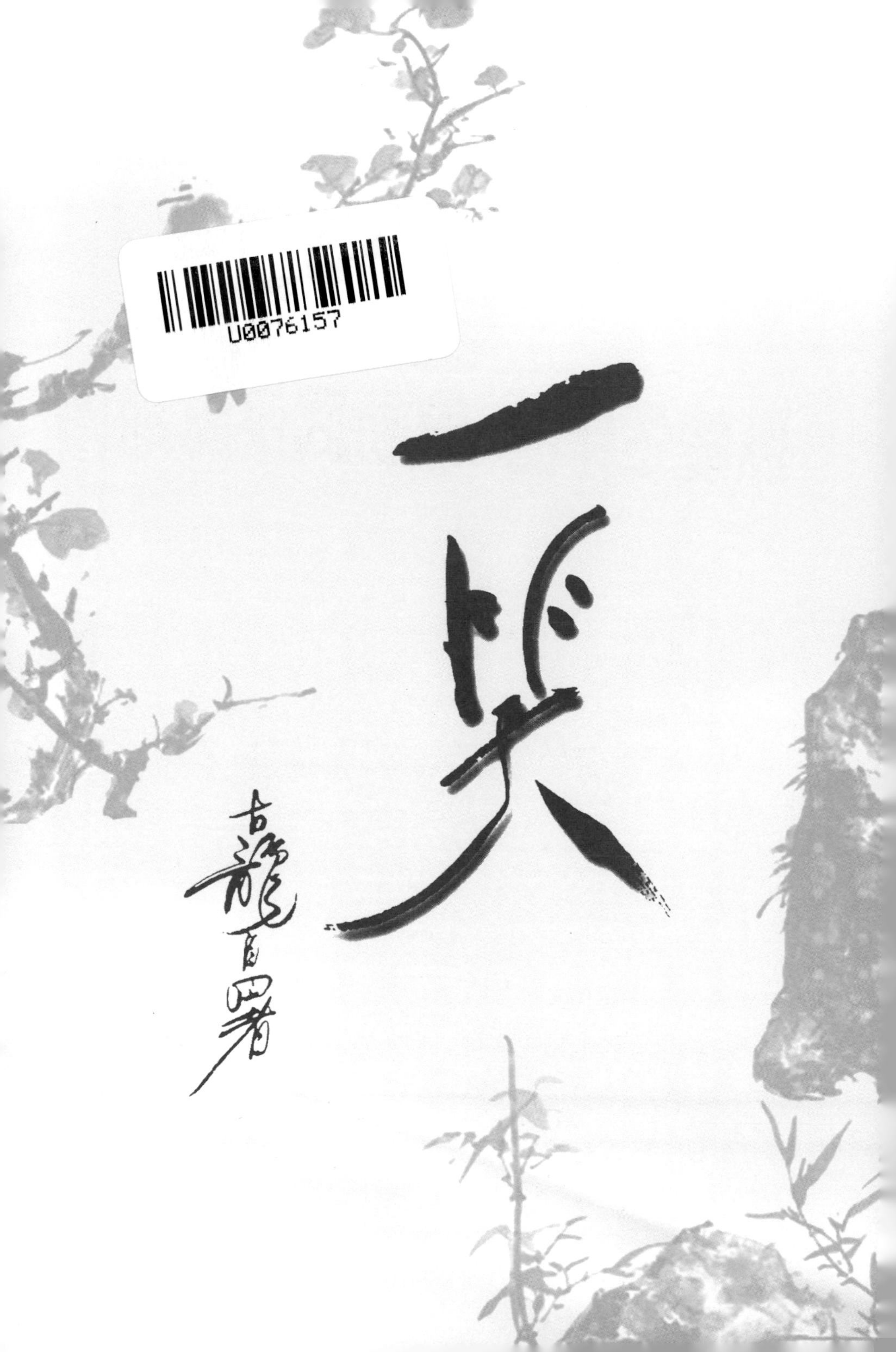

盛期之風貌

臥龍生作品 帶動武俠風潮

《飛燕驚龍》開一代武俠新風

《飛燕驚龍》(1958)爲臥龍生成名作，共48回，約120萬言。此書承《風塵俠隱》之餘烈，首倡「武林九大門派」及「江湖大一統」之說，更早於香港武俠巨匠金庸撰《笑傲江湖》(1967)所稱「千秋萬世，一統」達九年以上。流風所及，臺、港武俠作家無不效尤；而所謂「武林盟主」、「江湖霸業」等新提法，竟成爲社會大眾耳熟能詳的流行術語了。

《飛燕》一書可讀性高，格局甚大。主要是寫江湖群雄爲覬覦傳說中的武林奇書《歸元秘笈》而引起一連串的明爭暗鬥；再以一部假秘笈和萬年火龜爲餌，交插敘述武林九大門派（代表正派）彼此之間的爾虞我詐，以及天龍幫（代表反方）網羅天下奇人異士而與九大門派的對立衝突。其中崑崙派弟子楊夢寰偕師妹沈霞琳行道江湖，卻如夢似幻地成爲巾幗奇人朱若蘭、趙小蝶之絕世武功技驚天龍幫，而海天一叟李滄瀾復接連敗於沈霞琳、楊夢寰之手；致令其爭霸江湖之雄心盡泯，始化解了一場武林浩劫云。

在故事佈局上，本書以「懷璧其罪」（與真、假《歸元秘笈》有關）的楊夢寰屢遭險難，卻每獲武林紅妝垂青爲書膽(明)，又以金環二郎陶玉之嫉才害能，專與楊夢寰作對(暗)爲反派人物總代表。由是一明一暗交織成章，一波未平，一波又起，極盡波譎雲詭之能事。最後天龍幫冰消瓦解，陶玉帶著偷搶來的《歸元秘笈》跳下萬丈懸崖，生死不明，卻予人留下無窮想像空間。三年後，作者再續寫《風雨燕歸來》以交代陶玉重出江湖，爲惡世間，則力不從心，當屬狗尾續貂之作。

在人物塑造方面，臥龍生寫男主角楊夢寰中看不中用，固然乏善可陳，徹底失敗；但寫其他三名女主角如「天使的化身」沈霞琳聖潔無瑕，至情至性，處處惹人憐愛；「正義的女神」朱若蘭氣質高華，冷若冰霜，凜然不可犯；「無影女」李瑤紅則刁蠻任性，甘爲情死等等，均各擅勝場。乃至寫次要人物如「賓中之主」海天一叟李滄瀾之雄才大略，豪邁氣派；玉簫仙子之放蕩不羈，爲愛痴狂；以及八臂神翁聞公泰之老奸巨猾，天龍幫軍師王寒湘之冷傲自負等，亦多有可觀。

與

武俠小說

摘自 葉洪生、林保淳著《台灣武俠小說發展史》

台港武俠文學

流行天王

臥龍生

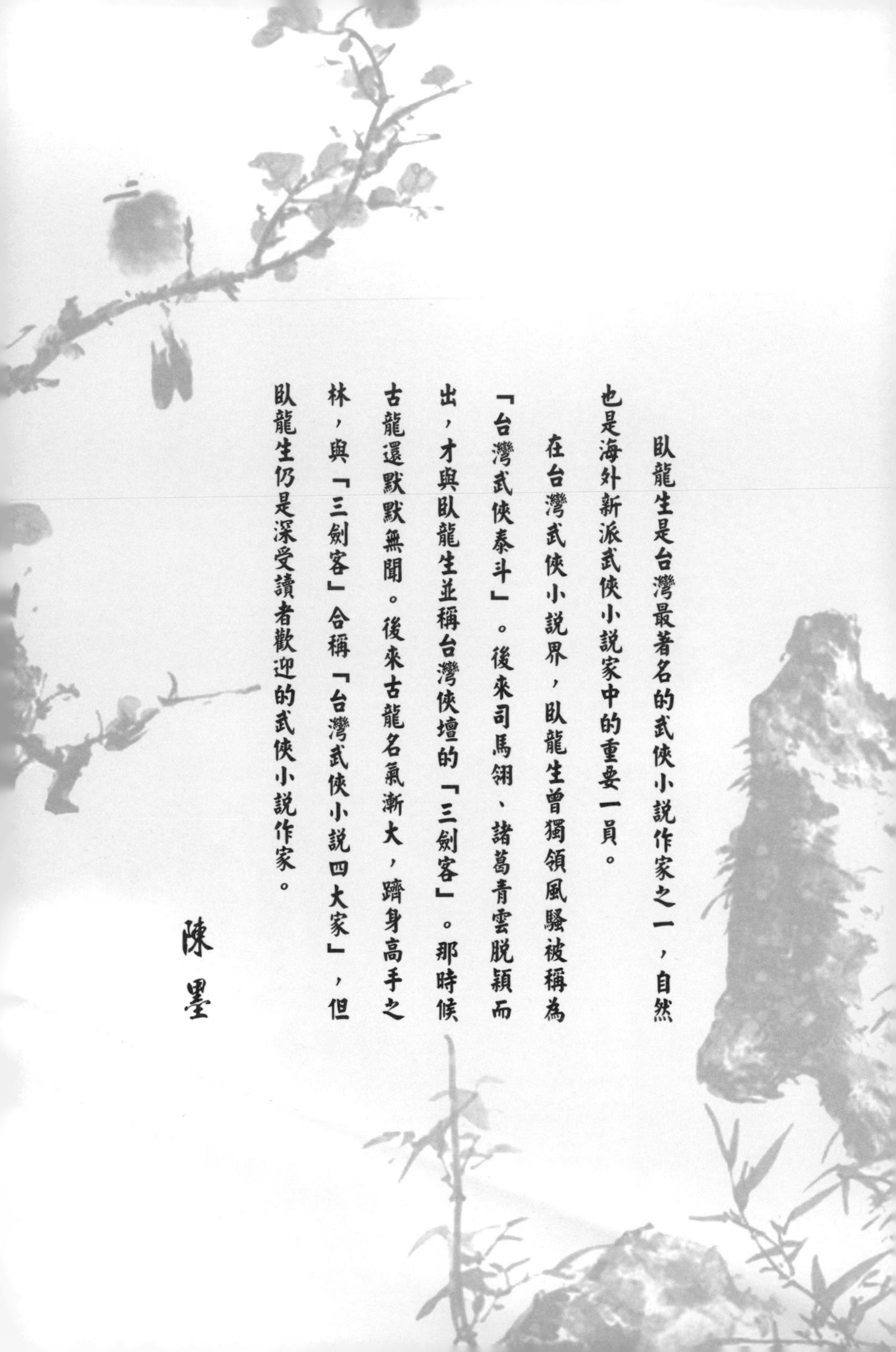

臥龍生是台灣最著名的武俠小說作家之一，自然也是海外新派武俠小說家中的重要一員。

在台灣武俠小說界，臥龍生曾獨領風騷被稱為「台灣武俠泰斗」。後來司馬翎、諸葛青雲脫穎而出，才與臥龍生並稱台灣俠壇的「三劍客」。那時候古龍還默默無聞。後來古龍名氣漸大，躋身高手之林，與「三劍客」合稱「台灣武俠小說四大家」，但臥龍生仍是深受讀者歡迎的武俠小說作家。

陳墨

神州豪俠傳

(三)

臥龍生精品集 51

臥龍生精品集51

神州豪俠傳(三)

廿一　強敵迭至

黃衣老僧突然衝天大笑三聲，道：「藥醫不死病，佛度有緣人，看來我丁傑不是佛門中人！」雙臂一抖，身上披的黃色袈裟，突然化成碎片脫落一地。

高萬成微微一笑，低聲說道：「丁傑是真的火了，這一次脫下袈裟，只怕已決心脫離空門了。」

玉娘子笑道：「江湖中人，就是江湖中人，出什麼家，當什麼和尙？」

只聽那左首黑衣人高聲叫道：「你們給我閃開。」

他喝聲未絕，場中已起了極大的變化。

只見丁傑右手一揮，突然之間，寒芒迸射，數十道寒芒，由他身上散發出來，分向四周射出。

只聽一陣低吼、悶哼，川東四魔，除了老大手中的鐵傘疾出輪轉，有如一朵烏雲，擋住射來的暗器之外，其餘三人，都已中了暗器。

此時，天色已然大亮，玉娘子看得十分真切，不禁發出了一聲輕呼，道：「好手法，果不愧世間第一位暗器能手。」

她失聲而叫，以川東四魔耳目之靈，應該聽得出來，所幸三魔均爲暗器所傷，呼喚之聲，不絕於耳，掩遮去了玉娘子的呼叫之聲。

高萬成低聲道：「玉姑娘，小心一些。」

玉娘子低聲道：「小妹見過了不少暗器名家，但卻從未見過這麼奇妙的手法，似乎是他全身都會射出暗器來。」

高萬成道：「江湖上稱他爲一代暗器名家，被譽爲前無古人、無後來者的奇才，自然是非同小可了。」

玉娘子道：「當真是不可思議了。」

凝目望去，只見川東四魔，已經躺下了三個，只餘下那左首的執傘大漢，還站在原地未動。

丁傑目光轉到那大漢的臉上，冷冷地說道：「閣下還準備動手嗎？」

那爲首大漢神情肅然，緩緩說道：「你出手吧！」

丁傑道：「如是閣下不願動手，現在你可以走了。」

那黑衣大漢道：「我三個受傷的師弟，可以讓我帶走嗎？」

丁傑道：「可以。」

川東首魔收了鐵傘，道：「閣下這份情意，兄弟牢記心中。」

把一個扛在肩上，兩個挾在脇下，轉身疾奔而去。

丁傑目注那大漢去遠，仰天冷笑一聲，道：「高萬成，你可以出來了。」

玉娘子怔了一怔，道：「他怎麼知道咱們還在此地？」

高萬成道：「你那失聲一叫，二十年禪定坐息，他的內功進境不少。」

口中說話，人卻飄然下樹，縱身幾個飛躍，到了大殿之前，抱拳一禮，道：「丁兄！咱們久違了。」

丁傑冷冷說道：「你是冤魂纏腿，不讓我有一處安身立命之地。」

高萬成笑一笑，道：「丁兄，言重了。」

丁傑道：「你在金劍門中很得意嗎？」

高萬成道：「托丁兄之福，新任門主對小弟信任有加。」

丁傑道：「那很好，你亮出文昌筆吧！」

高萬成道：「幹什麼？」

丁傑道：「我要見識你文昌筆法，是否比過去更進步了。」

高萬成道：「小弟幾招筆法，如何能擋得丁兄的暗器？」

丁傑道：「你不亮兵刃也行，但要答應我一個條件。」
高萬成道：「丁兄，小弟無不從命。」
丁傑一字一句地說道：「從此之後，不許再和我見面。」
高萬成道：「這個麼，咱們義結金蘭，情同骨肉，丁兄怎能這樣決絕。再說，你已經……」
丁傑厲聲接道：「不用再說了，咱們不劃地絕交、割袍斷義，我一輩子不得安靜。」
高萬成笑一笑，道：「丁兄請暫息無名之火，小弟只要說完幾句話，如是丁兄不能見容，小弟也只有從命絕交了。」
丁傑的神情似乎也冷靜了下來，嗯了一聲，道：「好！你說吧！」
高萬成道：「金劍門息隱近二十年……」
丁傑接道：「那和我無關，我不是金劍門中的人，也用不著，替朱門主報仇。」
這時，王宜中和玉娘子也行了過來。
兩人靜靜地站在高萬成的身後。
玉娘子兩道清澈的目光，藉初升太陽發出的金色光芒，打量著丁傑。
那是充滿著敬佩的目光。
玉娘子在武林中走動了不少的時間，經歷了不少的風浪，但她從未見過一個人，能把暗

器施用到像丁傑這等出神入化的境界。

但那丁傑，卻頭不轉顧，望也不望兩人一眼。

高萬成緩緩說道：「朱門主雖然被害，但金劍門實力並未受損，念念不忘的是爲門主復仇，繼承朱門主的遺志，使江湖上道長邪消，人間清靜。」

丁傑道：「這些事我早知道了。」轉過身即欲離去。

高萬成急道：「丁兄留步，小弟還有最重要的事情奉告。」

丁傑緩緩說道：「我知道你口才很好，但你不要想存著說服我的用心。」

高萬成道：「丁兄，咱們義結金蘭，小弟爲人如何，你應早已明白，丁兄一心向佛，小弟雖然思念心切，但我卻一直忍耐著未來打擾。」

丁傑接道：「佛門中人，講究的四大皆空，無我無嗔，無喜無憂。」

高萬成道：「但你並沒有把一身暗器放下，而且手法、速度也比昔年快速。」

丁傑道：「我昔年結仇太多，不得不防人暗襲，再說我也不願此技……」他似是自知說溜了嘴，頓然住口不言。

高萬成淡然一笑，道：「江湖是非沾惹上，就很難平安罷手。何況，你惹上了目前江湖上最難纏的一個神秘組織。」

最後兩句話，大約是引起丁傑的興趣，啊了一聲，道：「最難纏的神秘組織，那是什麼組織？」

高萬成道：「沒有人知道那神秘組織的首腦人物是誰，但他們卻有辦法使很多武林中高手爲他們賣命，就小弟記憶，這是百年來，武林中從未有過的事情。」

丁傑似是動了強烈的好奇之心，緩緩說道：「諸位請入禪房用茶。」當先舉步向前行去。

高萬成、王宜中等魚貫相隨，行入方丈室中。

一個年約二十，眉目清秀的青衣人捧著木盤、獻上香茗。

禪院方丈室中，出現了這麼一個帶髮的青衣人，實叫人有些不解。玉娘子雖是有著豐富經驗的人，也瞧得微微一怔。

高萬成卻打量那青衣少年一眼，道：「這是你承繼衣缽的弟子？」

丁傑道：「不錯，他不是佛門中人，所以我未讓他削髮爲僧。」

高萬成道：「好一副練武的骨格，恐已得丁兄的真傳了吧！」

丁傑道：「他七歲入寺，在這裡住了一十三年，沖兒，見過你高二叔。」

青衣少年一欠身，道：「晚輩周沖見過高二叔。」撩衫跪倒，欲行大禮。

高萬成伸手攔阻，道：「不用行大禮，快些起來，我還有要事和你師父商量。」

周沖應了一聲，站到丁傑的身後。

丁傑道：「你們金劍門二十年不問江湖中事了，怎會和那神秘組織結怨？」

高萬成道：「金劍門休養了近二十年，原因要等一個人。」

丁傑道：「什麼人這等重要？」

高萬成道：「敝門中的新任門主。」

丁傑目光一掠王宜中，道：「就是這一位嗎？」

高萬成道：「正是本門朱門主指定的第二代門主。」

丁傑合掌道：「老僧失敬了。」

王宜中道：「不敢當，末學後進，還望高僧指教。」

丁傑微微一笑，道：「江山代有才人出，貧僧老朽了。」

玉娘子道：「丁大俠暗器手法，曠古絕今，小妹今日大開了一次眼界。」

丁傑道：「姑娘是……」

玉娘子接道：「小妹玉娘子，出道江湖時，丁大俠已經歸隱。」

丁傑點點頭，道：「姑娘也是金劍門中人？」

高萬成道：「玉姑娘是金劍門的朋友。」

丁傑道：「現在，你們準備如何對付那神秘組織？」

高萬成道：「本門已和他們成了難以兩立之局，看來只有鬥下去了。」

丁傑道：「爲什麼？」

高萬成道：「人家擄去了敝門主的太夫人，此事是否該忍？」

丁傑一怔，道：「有這等事。」

高萬成道：「敵人來路不明，而且又無痕跡可尋，卻偏又有很多武林高手爲他們役用，那些人行事手段惡毒，計畫又周密無比。所以，丁兄也要防著他們一些。」

丁傑點點頭，道：「多謝指教，不過，我也要求你答應我一件事。」

高萬成道：「你吩咐！」

丁傑道：「我這個徒兒，已然盡得我的真傳，我已決定向佛，不問江湖中事。現在，我把這個徒弟，交給你們金劍門。」

高萬成接道：「丁兄呢？」

丁傑道：「我要改修苦行，從此之後，雲遊天下，直到老死爲止，你也別再打擾我了。」

高萬成歎道：「丁兄，你這……」

丁傑搖搖頭，道：「別勸我，我已經決定的事，決不會更改。」

周冲一撩長衫，拜伏於地，道：「師父，弟子要追隨身側，侍候你老人家一輩子。」

丁傑微微一笑，道：「難得你有此一番孝心，也不枉我十幾年的教養，爲師的已經心如枯井、死灰，不願手沾血腥，捲入江湖恩怨之中。

「金劍門是江湖中大門戶，二十年前，劍士鐵蹄，遍及天下，江湖上宵小斂跡，武林中一度風平浪靜。你能入金劍門，為武林正義效力，也不負你一身所學了。」

周冲道：「弟子……」

丁傑冷哼一聲，接道：「還不快去拜見門主。」

周冲不敢多言，站起身子，對著高萬成拜了下去。

高萬成閃身而起，回頭對王宜中一抱拳，道：「門主開恩，希望破格把周冲收入金劍門下。」

王宜中道：「我有權如此嗎？」

高萬成道：「快謝門主。」

周冲轉身對王宜中抱拳，道：「謝過門主破格收留。」

周冲心中卻是大為不服，暗暗忖道：「他年紀和我相仿，怎的就能當金劍門中的門主。」

王宜中卻揮手說道：「不用多禮了，此後大家都在門中，福禍與共。」

丁傑突然站起身子，哈哈一笑，道：「了卻此一樁心願，世間再無我掛慮的事，貧僧去了。」笑聲中，躍出禪室。

高萬成大聲叫道：「丁兄。」

周冲疾呼師父，雙雙追出室外，抬頭看去，哪裡還有丁傑的影子。

高萬成輕輕歎息一聲，道：「周冲，你暫做門主長隨，保護門主安全。」

周冲皺皺眉頭，低聲道：「高二叔，給我個別的事情幹好嗎？」

高萬成道：「不行，金劍門中，規令森嚴，門主又是權位最重之人，你能做為門主長隨，實是萬分難得之榮。」

周冲心中雖然有點不願，但卻不敢再借詞推託，點點頭，道：「屬下遵命。」

王宜中似乎是根本就沒有注意到那周冲的神態。

高萬成望望天色，道：「川東四魔鎩羽而歸，他們很可能再遣人手趕來。」

周冲微微一笑，道：「不要緊，我師父雖然離去，但有屬下出手對付他們，也是一樣。」口氣雖然說得很婉轉，但神態之間，卻是意氣飛揚。

高萬成淡然說道：「他們已兩次失誤，如再遣人來此，必將是第一等的身手人物。」

周冲接道：「晚輩雖然還未到家師那等施用暗器的境界，但自信武林之中，很難有人能躲過我的暗器。」

玉娘子看不慣周冲的驕狂之氣，冷冷說道：「小兄弟，天外有天，人外有人，別把話說得太滿了。」

周冲道：「咱們守在此，強敵也許很快會來，屆時，由我一人對付就是。」

語聲甫落，王宜中已一皺眉頭，道：「有人來了。」

玉娘子、高萬成凝神傾聽，果然隱隱可聞到步履之聲。那步履聲來得很快，眨眼之間，已到大殿外面。

玉娘子低聲道：「好快的身法。」

高萬成道：「出去會會他們吧！」舉步向外行去。

周冲一跨步，搶走前面，道：「屬下先會會他們。」

周冲一躍出殿，揮手間，灑出一天寒芒。

兩個黑衣佩劍人，已堵住了大殿門口。

但見漫空暗器來勢凶猛，迫得他們雙雙向兩側躍開。

高萬成低聲說道：「門主，你胸中已熟記了天下武學總綱，不論如何奧妙的變化，都無法逃過你的雙目。如遇高手相搏，你稍微留心一些，定可獲益不淺。」

王宜中道：「過去，我確然不懂武功，但自從學得玉娘子幾招劍法之後，似乎是開了一竅。」

只聽一聲厲喝，打斷了王宜中未完之言。

隨著那聲大喝，數十點寒芒，突然反向殿中飛來。

周冲吃了一驚，在他的想像之中，暗器決不會被人擋了回來。但他想不到的事情，竟然出現了。

就在他一怔神間，那暗器已然飛近胸前。

高萬成急急叫道：「門主發掌。」

王宜中應了一聲，右手一揮，拍出一掌。

周冲及時一仰身，暗器掠胸而過。

王宜中習練的一元神功，其過程繁雜博深，循序而進，暗中包括了天下武學經緯總綱，一元神功有成之日，也就不自覺中通曉武學經緯總綱。

儘管他還不會武功，但他意識中卻記熟了武功變化的基本路數，別人施展出來的招數，他只要瞧上一眼，就似曾相識。

且說那王宜中拍出的一掌，強勁的掌力，擊落了大部分迎面而來的暗器。

高萬成的文昌筆和玉娘子的長劍，同時飛舞起一片寒芒，擊落了餘下的暗器。

抬頭看去，只見大門口處，站著一個青袍人，一眼之下，就可以瞧出那青袍人戴著面具，掩去了本來的面目。

周冲挺身躍起，心中暗道：「原來世間還有這等高人，能夠使擊出的暗器，反飛回來，

這位門主的年紀雖然很輕，但他的武功，卻強過我很多。」輕視之心，頓然大減。

高萬成早已把周冲的舉動，看在眼內，但卻不肯說破，緩緩向前行了兩步，道：「大丈夫行不更名，坐不改姓，朋友能藉內力使暗器反擊過來，足見高明，何以戴著面具，不敢以真面目示人？」

青袍人冷冷說道：「你是什麼人？」

高萬成道：「金劍門中的高萬成，如若在下推想的不錯，你朋友也許認識在下，何必又多此一問。」

玉娘子突然接道：「高兄，這人的聲音很熟，可惜小妹一時間想不起他是什麼人。」

青袍人冷笑一聲，道：「我是什麼人，似乎是不關緊要，重要的是，你們要交出丁傑。」

高萬成道：「你能認識丁傑，想必也認識我高某人了。」

青袍人道：「我說過了，咱們是否相識，那都無關緊要。」

高萬成道：「可惜的是，丁傑早已離開了此地。」

青袍人兩道銳利的目光投注在周冲的身上，道：「這位年輕人是誰？」

高萬成道：「丁傑的衣缽弟子，天下除了丁傑之外，又有誰能在一揮手間，發出數十種暗器。」

青袍人道：「好！那我就帶他走，丁傑要救他弟子性命，自然會找上門去。」

高萬成道：「閣下只帶他一個人去？」

青袍人目光盯住高萬成的身上，緩緩說道：「我只奉命找丁傑，不願節外生枝，所以，只帶他一個人走。」

高萬成道：「丁傑如在此地，高某自不敢過問丁大俠的事情。可惜，丁傑他不在此地，高某人就不能不照顧一個晚輩了。」

青袍人道：「這麼說來，你要替他撐腰了。」

高萬成道：「如若你朋友自信有此能力，那就把在下等一起帶走。」

青袍人仰臉大笑三聲，道：「好！聽說你文昌筆上招數，神妙無比，在下倒要領教一番。」

高萬成冷冷說道：「殿中狹小，咱們到外面打吧。」

青袍人冷哼一聲，向後退去。

高萬成帶著玉娘子、王宜中等，連袂行出了大殿。

玉娘子低聲說道：「小妹先打頭陣如何？」

高萬成道：「不用了，你照顧著門主，如若敵勢太強時，還要勞動門主出手。」

玉娘子笑一笑，未再多言。

高萬成目光轉動，只見場中除了那青袍人外，還站著八個黑衣大漢，各自帶著兵刃，分佈成合圍之勢。

玉娘子和周冲一左一右，站在王宜中的身側。

高萬成平舉手中文昌筆，道：「閣下亮兵刃吧！」

青袍人道：「區區先用空手接你幾招再說。」

玉娘子突然高聲叫道：「我知道了，他是鐵掌碎碑陳通。」

青袍人突然欺身而上，一掌向高萬成拍了過去。

玉娘子又道：「一定是他，除了鐵掌碎碑陳通之外，還有何人能夠赤手空拳接你高兄的文昌筆？」

就在玉娘子兩句話的工夫，青袍人已和高萬成過了五招。彼此的動作，都極神速，鐵筆、肉掌，各極變化之妙。王宜中看得全神貫注，似極神往。

青袍人突然大喝一聲：「好筆法。」左手一招「如封似閉」，封住了高萬成的筆勢，右手一招「穿心掌」，直向高萬成的前胸。雙掌齊出，各具妙用，高萬成被迫的向後退了兩步。

青袍人動作迅快，一記得手，如影隨形般，欺身而上。

高萬成右腕疾縮，人又向後退了兩步，金筆疾點，閃起一片寒芒，點向青袍人的前胸。

青袍人右手一揮，橫向文昌筆上劈去。他竟然以肉掌對那高萬成手中的文昌筆。

高萬成心頭火起，右手暗加勁力，橫裡一擊，硬向青袍人掌上砸去。掌、筆相觸，如擊敗革，青袍人五指一翻，抓住了高萬成的文昌筆。

高萬成暗運勁力，向後一拉，竟然未能把文昌筆掙脫敵手。

青袍人冷笑一聲，左掌一揮，當胸拍去。

高萬成的文昌筆在敵手之中，無法掙脫，除了撒手而退之外，只有一個辦法硬接對方的掌勢。

玉娘子想到那青袍人乃是以掌力見長，高萬成和他硬拚掌勢，自然是要大爲吃虧了。當下一振長劍，準備出手相助。

但她的舉動晚了一步，高萬成左手揚起，硬接了那青袍人擊來的一掌，雙掌觸接，響起了一聲輕震。

高萬成只覺接下的不似一片肉掌，而似一塊堅硬的金石，震得五指若折，腕骨奇疼，身不由己地向後退了三步。右手緊握的文昌筆，也不由自主地鬆了開去。

玉娘子嬌叱一聲，長劍疾伸，斬向了那青袍人的右腕。

青袍人冷笑一聲，道：「玉娘子，你比高萬成的武功如何？」手掌一翻，硬抓住了玉娘子的長劍。

王宜中瞧得吃了一驚，忖道：「這個人怎敢以掌指硬抓那百鍊精鋼的劍鋒？」

只聽青衣人喝道：「撒手！」飛起一腳，踢了過去。

這當兒，周冲右手一抬，五點寒芒，梅花型飛了過去。

那青袍人雙手練成了奇異的武功，不畏刀、劍，但身體的其他部分，卻是和常人無異，眼看對方暗器飛來，分取雙目、咽喉、前胸，心中大急，一吸氣，疾向旁側閃去。

自顧要緊，閃避暗器時，一下子鬆開了文昌筆和玉娘子手中之劍。

玉娘子玉腕一沉，劍身下探，挑起了未及落地的文昌筆，接在手中。

周冲一發暗器，逼退了青袍人，立時踏上一步，雙手齊揮。這一次發出的都是極爲細小的暗器，飛魚刺、梅花針之類。

月光下，數十道銀線閃爍而至。

青衣人一皺眉頭，拍出了一掌，人卻又向一側避去。對這等無聲無息的歹毒暗器，青衣人亦不敢稍存大意之心。

玉娘子疾快地奔到高萬成身側，低聲說道：「高兄，傷的如何？」

高萬成道：「不要緊，我還支撐得住。」

玉娘子道：「小妹身上有療傷丹藥。」

高萬成道：「不用了。」

舉步行近王宜中，沉聲接道：「來人武功高強，非得門主出手不可了。」

王宜中道：「我成嗎？」

高萬成道：「如是門主不成，咱們金劍門中，還有何人能夠和他對手？」

王宜中如是多疑一些，這句話或將使他心中不悅，但王宜中心竅尚未全開，一切反應，都很直接，只覺高萬成這句話十分有理，自己既是一門之主，如是屬下非人敵手，自然要親自出馬了。

當即從玉娘子手中取過長劍，緩緩行向那青袍人的身前。

青袍人兩道目光，盯注在王宜中的臉上，仔細地看了一陣，冷冷說道：「你是金劍門的門主，如是敗在我的手中，金劍門都算區區的手下敗將了。」

王宜中道：「金劍門下的人手很多，我敗了就是我敗了，和別人無關。我不喜和人多費唇舌，你小心了。」長劍一抬，刺了過去。

青袍人右手一揮，反向長劍上抓了過來。

王宜中知他掌指上練有特別的功夫，不畏劍鋒。當下一轉劍鋒，反向青袍人的腕脈穴上削去。

這一劍看上去無什麼變化，平凡至極，但卻是制機之變，出自王宜中的潛意識中。

那是一招平中蘊奇的招數。

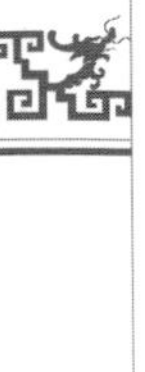

青袍人也許是太大意，也許這一招來得太過突然，想閃避已自無及。冷森森的劍鋒，劃中了青袍人的脈穴。立時筋斷血流，右手殘廢。

青袍人的五指抓住了長劍，但他右腕筋斷，已經無法運氣自保。

原本堅逾精鋼的掌指，完全恢復成了血肉之軀。

王宜中劍鋒一轉，慘叫聲中，青袍人右手五指，完全被利鋒絞斷。

沒有人看清楚這一招的變化，玉娘子大聲叫道：「劍氣！」

一個人如若能練到劍氣的境界，也就進入了化腐朽爲神奇的上乘劍道，就是枯木、飛葉，在他手中，亦將有無堅不摧之能。

青袍人悚然驚退，轉身飛奔而去。

周冲大喝一聲，揮手、搖肩，數十種暗器一齊飛了出去。慘叫聲中，又有三個黑衣人被暗器擊傷。

兵敗如山倒，來人大遭傷亡之下，戰志全無，呼嘯一聲，疾奔而去。

一時間，殺氣瀰漫的戰場，又恢復了平靜，青袍人落在地上的五個手指，仍然不停地顫動。

王宜中望望那落在地上的手指，輕輕歎息一聲，緩緩把長劍交還到玉娘子的手中，道：

「高先生，現在，咱們應該如何？」

高萬成微微一笑，道：「咱們要利用這一個機會。」
王宜中道：「機會，什麼機會？」
高萬成道：「門主殺傷那青袍人，必然會招來對方更多的高手報復。」
王宜中道：「那算什麼機會？」
高萬成道：「門主利用這一段時間，在這裡習練武功，等敵人找上門時，也可以用他們求證你武功上的成就。」
王宜中道：「那是說咱們要留在這裡了。」
高萬成道：「不錯。」
王宜中點點頭，道：「好吧！」
高萬成道：「現在時光，每一刻對門主都十分重要。」
一切都按照高萬成的安排，幾人都留在廟中。
高萬成、玉娘子、周冲，各以絕技，傳授給王宜中。
天到日落時分，三人都已感覺到無藝可傳。
王宜中像一個浩瀚的大海，似乎是無物不容的大海。
高萬成長長吁一口氣，道：「門主的成就，比我們預想的進步更快，現在咱們應該吃點東西了。」

原來，幾人都在練習武功，竟然把吃飯的事都已忘去。
玉娘子低聲說道：「很奇怪啊！怎麼不見有人來呢？」
高萬成沉吟了一陣道：「這就證明了一件事情。」
王宜中道：「什麼事？」
高萬成道：「他們已無可遣之人，至少，他們已無法在極短的時間內，遣派出比那青袍人更強的高手。」
玉娘子道：「這麼說來，他們不會來了。」
高萬成道：「會來，而且一旦再來，必將是更難對付的人。」
王宜中道：「此刻，咱們應該如何？」
高萬成道：「等下去。」
周沖站起身子，道：「我去準備吃喝之物。」大步出室而去。
玉娘子低聲說道：「高兄，有一點，小妹想不明白。」
高萬成道：「什麼事？」
玉娘子道：「高兄爲什麼要選擇這一處在等他們呢？」
高萬成道：「分散敵人實力，使他們首尾不能兼顧。」
玉娘子道：「小妹愚笨，仍然不明所以。」

高萬成道：「千慮有一失，百密有一疏，我發覺那神秘組織中人物，大都是借重於已經成名於江湖上的人物，給他効力、賣命。」

玉娘子接道：「這才可怕啊！天下所有的武林同道高手都可能被他們所困。」

高萬成道：「驟然看來，確是可怕的很，但如仔細的想一想，這中間就有很多的破綻可尋。」

玉娘子道：「小妹想不出有什麼破綻？」

高萬成笑一笑，道：「被他們役用之人，大都是身受著某一種迫害，不得不爲他們效命；但所作所爲又非他們心甘情願。所以，他們用面具掩去了本來面目，他們覺著自己所作所爲都是見不得天日的事，這種心理與日俱增，反抗之心，也是日漸增強。他們一旦被人揭穿了面目，就覺著羞於見人，你可知道那是什麼原因？」

玉娘子道：「不知道。」

高萬成道：「人性本善，他們只注意到惡的一面，卻忽略了善的一面。」

玉娘子道：「我有些明白了，但還不瞭解人性的善惡，和我們留在這座禪院中有什麼關係？」

高萬成道：「他們隱身幕後，故弄玄虛，奴役別人爲他們辦事，表面上瞧去，十分神秘，但中間不能有一點阻礙，一旦有了些變化，他們整個計畫都受到了阻礙，必得要一段時

間，才能夠調整過來。」

玉娘子接道：「我有一點明白了，你要破壞他們的計畫。」

高萬成道：「不錯。我要在此和他們先來一次小規模的決戰，如能因此查出他們的首腦，那是最好不過，萬一不能，也將使他們大受損失，咱們由被動爭到主動。」

玉娘子道：「但我們的人手太少。」

高萬成道：「本門中四大護法，午後不到，日落之前，一定可以趕到此地。再傳本門門主之諭，召集本門中一些劍士到此，如能一鼓作氣，瓦解那個神秘組織，也算挽救了武林中次大劫。」

玉娘子道：「高兄不愧金劍門中的智多星。金劍門也不愧為江湖一大劍派，武林同道，提起金劍門無不肅然起敬。」

高萬成淡淡一笑道：「本門這一番重振雄風，再度出而主持武林正義，希望能以先破去這一神秘組織為始。」

玉娘子點點頭，道：「小妹願附驥尾，萬死不辭。」

高萬成道：「這一次本門重出江湖，希望能和武林道上的朋友們，多多連繫，合力維護江湖正義。」

轉頭望去，只見王宜中雙目圓睜，似是在思索什麼，而且想的十分入神。他似乎是根本沒有聽兩人說話。

玉娘子緩步行了過去，低聲說道：「門主在想什麼？」

王宜中如夢初醒一般，啊了一聲，道：「什麼事？」

玉娘子道：「我問你在想什麼？」

王宜中道：「我在想武功。」

玉娘子道：「什麼武功啊？」

兩人交談之言，也引起了高萬成的留心，全神貫注暗中靜聽。

只聽王宜中道：「我似乎是突然間想起了很多武功，但卻是若隱若現，捕捉不易。」

玉娘子奇道：「有這等事？」

王宜中道：「所以，我在很用心的想，希望捕捉住一些。」

高萬成喜道：「門主靈智大開，那些隱藏於意識中的武功，都將在搏鬥的啓發之下，源源而出。此固是門主個人之喜，本門之福，但也是天下武林同道的幸運，不負上代朱門主一番苦心，不枉我們二十年的等待。」

這數日來的歷練經過，比起他在天牢十七年的感受還要多些，當下輕輕歎一聲，道：「這幾天我學會了不少的事，最重要的一件事，是我學會了用心去想事情。」

高萬成道：「好極了，希望我們在這小禪院停留的三五天中，能使門主掘發出潛意識的

武功成就。」

大部事情，都在那高萬成的預料之中。

太陽下山之前，龍、虎，獅、豹四大護法，都如約而至。

高萬成未問四人辦的事情如何，立刻要四人開始傳授王宜中武功。

龍、虎、獅、豹各具有一身上乘的武功，尤以赤鬚龍嚴照堂的一身成就，實已到了極上乘的境界。

四人一開始傳授王宜中武功，心中立時感覺到大大的震驚。原來，四人發覺那王宜中學會了幾招武功之後，必然會另外變出一、兩招來，正是幾人夢寐所求的變化。

四大護法，固然把一身武功都傳授給王宜中，但在授受過程之中，四人反而也獲得了極大的進益。

三日時光，四大護法已然傾盡所學，再無可授之技。

這三日來，四大護法和王宜中都很忙碌快樂，但高萬成卻如有重重心事，眉宇間仍現憂苦。他極力設法隱藏起憂慮，但仍然被玉娘子瞧了出來。

找一個無人的機會，玉娘子低聲問道：「高兄，你有心事？」

高萬成點點頭，道：「不錯，有點心事。」

玉娘子道：「可否告訴小妹？」

高萬成道：「你本已知道，說說自是無妨。」

玉娘子沉吟了一陣，道：「我想不明白，究竟是什麼事？」

高萬成道：「在我預想之中，那神秘組織的首腦人物，定會再度遣人來此，但他們竟然未來。」

玉娘子道：「也許他們已試過金劍門的厲害，知難而退。」

高萬成搖搖頭，道：「不會這樣簡單。」

玉娘子道：「高兄的想法呢？」

高萬成道：「他們可能變更了計劃，也可能準備調更大實力。總之，這幾日的平靜，正是大風暴前的一段寧靜，一旦有變，必將石破天驚。可慮的是，咱們完全無法預測。」

玉娘子沉吟了一陣，道：「高兄，小妹有一點愚見，不知是否可行？」

高萬成道：「什麼事？」

玉娘子道：「我想這件事不應該是金劍門一派門戶的事，應該是武林中所有各大門派的事，至少應該通知少林、武當兩派一聲。」

高萬成道：「敵人是誰，咱們還未找出來，如何能通知別人？」

玉娘子道：「正因爲敵人隱身暗處，所以才覺著可怕。」

高萬成道：「金劍門一向未求過別人幫忙。」

玉娘子接道：「不是要別人幫忙，而是要他們自救，如是金劍門不便出面，小妹願代效勞，走一趟少林、武當。」

高萬成搖搖頭，道：「金劍門息隱二十年，但這二十年，我們並未在休息，而是秣馬厲兵，準備復出。第一件大事，就是要查出謀害朱門主的仇人，也許這個神秘的組織，和謀害本門上一代門主有關。」

玉娘子道：「既是如此，小妹就不便代出主意了。」

高萬成道：「玉姑娘，這件事希望你代我們守密。」

玉娘子道：「你放心，小妹守口如瓶就是。」

高萬成道：「今夜之中，如再不見有人找來此地，咱們也要動身了。」

玉娘子話題一轉，道：「高兄，貴門主大約是武林中從未有過的才智之士，任何武功，他不但一學就會，而且能夠學得十分通達。」

高萬成道：「玉姑娘，二十年的時間，何等悠長，我們等了二十年，豈能是白等的嗎？」

兩人談話之間，赤鬚龍嚴照堂大步行了進來，道：「高兄，門主已盡得我們四人武功，適才我們四人聯手和他過招，他亦用我們傳授的武功對手，已能夠運用純熟。」

高萬成道：「好！我們留在這裡的心願已完，今天休息一夜，明天動身。」

嚴照堂道：「這一次，咱們行向何處？」

高萬成道：「咱們這次和敵人衝突，一切都由對方主動，現在，咱們應該找他們了。」

嚴照堂道：「先生的高見甚是，不過，我們奉命在仙女廟中守候，不見敵蹤出現，趕往王夫人被囚之處，也撲了空，他們似乎隱蔽起來，只怕不易找到。」

高萬成沉吟了一陣，道：「他們組織本就神秘，隱於暗處，稍微受到挫折，立刻潛隱，這正是他們的如意算盤。現在，咱們要設法找出他們。」

嚴照堂接道：「先生可是胸有成竹了嗎？」

高萬成道：「辦法倒有一個，但不敢講十分有效，敵人太狡猾，能否上鉤，要看咱們的手段了。」

嚴照堂道：「高兄可否先給我說明一下？」

高萬成道：「他們擄去了王夫人，其用心自然在門主身上，這文章自然也要作在門主的身上了。」

嚴照堂道：「題目有了，文章如何一個作法，還要高兄大費一番腦筋了。」

高萬成道：「敵暗我明，咱們無法找出敵人，但咱們的一舉一動，卻全在敵人的監視之

下，如若咱們保護著門主，決無法逃避過敵人的耳目，唯一的辦法，就是放開門主走單，目下門主武功，足以自保，咱們可以放下一大心事。」

嚴照堂神情肅然，沉吟了一陣，道：「話是不錯，不過門主身分尊貴，又全無江湖經驗，有你高兄隨行，我們可以放心，讓他單獨行動，那就太過冒險了。朱門主蓋代英才，機智、武功，雙絕人間，但他也難免受人暗算，前車之鑑，在下不主張冒險。」

高萬成道：「咱們利用本門中的暗記，用作連絡，和門主保持一個適當的距離，隨時可追蹤而至。」

嚴照堂搖頭說道：「危險得很，此事還得從長計畫。」

玉娘子突然微微一笑，道：「高兄，你的易容手法如何？如是能把小妹扮作貴門中門主的模樣，小妹願代門主行險。」

嚴照堂道：「這法子不錯。」

高萬成搖搖頭，道：「不行。」

嚴照堂一皺眉頭，道：「爲什麼？」

高萬成道：「玉姑娘的武功，不足以應付大變。」

玉娘子笑道：「比起貴門主的武功，小妹是難及萬一了。」

嚴照堂神情肅然的說道：「高兄，你掌管本門令符，遣我們兄弟赴湯蹈火，龍、虎、

獅、豹四兄弟，絕不會皺眉頭，但有關門主的安危，我嚴照堂身有重任，不便同意你高兄之見。」

高萬成道：「嚴兄，你們這幾日都和門主在一起習練功夫，門主武功如何，你嚴兄心裡早該有數了。」

嚴照堂道：「朱門主用盡了心機，培育出第二代門主，那確是天縱奇才，世所罕見。但江湖詭詐，防不勝防，單憑武功，實不足保本身的安全。」

高萬成道：「嚴兄，你既知我掌本門令符，應該聽我的命令，對嗎？」

嚴照堂道：「門主身分，高過本門令符，他的安危，自非高兄掌管的令符所能左右！」

兩人各執己見，一時間形成了相持不下之局。

高萬成沉吟了一陣道：「如是我心意已決呢？」

嚴照堂道：「不論高兄如何安排，我們四大護法，都要自作主意，追隨在門主身後，寸步不離。」

這時，王宜中適巧練過武功，行入室中。看兩人面色肅穆，似有爭執，立時說道：「什麼事啊？」

高萬成道：「嚴兄，這件事咱們不用爭執了，提供門主裁決如何？」

嚴照堂道：「可以，不過，要允許我暢所欲言。」

高萬成道：「那是自然。咱們各自說出理由，請門主定奪就是。」

王宜中第一次遇到了內部形成的爭執，但他這些日子中，靈智大開，已具有處事之能，和初離天牢時已不可同日而語。當下說道：「好！你說出來聽聽，什麼事？」

高萬成仔細地說明了計畫之後，又道：「如不能誘敵上鉤，時機稍縱即逝。如是敵人潛隱遠揚，咱們再想追尋敵蹤，必將大費周折。而且，門主足可獨立應付變化，此計雖有行險成份，但實則無險可言。」

王宜中說：「很有道理。」

嚴照堂一欠身，道：「稟門主，屬下還有下情未達。」

王宜中道：「你請說。」

嚴照堂道：「門主身分，何等尊榮，豈可用來做餌，此爲一不可。再說江湖宵小，手段卑下，下毒、伏擊，無所不爲，門主武功雖高，但卻全無江湖閱歷，此爲二不可。」

高萬成微微一笑，接道：「嚴兄……」

嚴照堂冷冷接道：「等一下，我的話，還沒有說完。」

高萬成點點頭，道：「嚴兄請說。」

嚴照堂道：「門主遇上了什麼凶險，固然我們四個護法無顏見本門兄弟，就是你高兄也不見得光彩，退一步講，就算門主有能保著身體平安，但他只要遇上一點羞辱，咱們金劍門就算栽了一個筋斗。此爲三不可。」

高萬成淡淡一笑，道：「嚴兄說得有理。」

嚴照堂道：「高兄如若覺著兄弟說得有理，那是同意兄弟的意見了。」

高萬成道：「有一句俗話說，百鍊成鋼，上代門主費盡了心機，咱們等了十七年，使門主練成了世無其匹的武功，如是不讓他磨礪鋒芒，豈不有負朱門主一番苦心。」

高萬成微微一笑，又道：「除非咱們別有良策，找出那神秘組織中人，在下想不出還有什麼別的辦法能夠使對方上鉤。」

嚴照堂似是被高萬成說服，沉吟了一陣，道：「以高兄的才慧，難道就別無良策了嗎？」

高萬成道：「如是兄弟能夠想出別的辦法，也用不著和嚴兄爭論了。」

嚴照堂道：「好吧！看看門主的意見如何？」

王宜中沉吟了一陣，道：「如是我可以勝任，我倒希望試試自己是否有獨自應變的能力。」

嚴照堂道：「高兄，咱們保護門主，不能距離太遠，寧可讓敵人發覺，也不能相距的太遠。」

高萬成道：「嚴兄同意了兄弟的意見，最好讓兄弟安排。」

嚴照堂應了一聲，不再多言。

高萬成詳細地說出了計畫，分派了各人的工作，而且告訴了王宜中連絡的暗記。

一切事安排妥當，王宜中單獨離開了禪院。第二起離開禪院的是四大護法，高萬成、玉娘子和周冲最後離開。

王宜中仍然是長衫飄飄，赤手空拳，獨自行在官道上。

他心中雖然有著很充分的準備，但想到母親的安危，心中的憂苦，不覺間流現於神色之間，緊皺著兩條劍眉。

這時，已是太陽將要下山的時分。

王宜中雖然已得高萬成甚多的指點，但究非本身的歷練，未發覺就在他離開禪院不久，就有一個身穿土布褲褂，頭戴草笠，足登布鞋，農夫打扮的人，暗中盯上。

王宜中全無所覺，獨自順官道而行。太陽下山時，到了一個市鎮之上。

廿二　將計就計

這是一個很熱鬧的小鎮，兩側的客棧、飯莊，已經挑出了燈籠。

王宜中目光左右轉動，找了一家最大飯莊行了進去。

店小二行了過來，道：「客官一個人嗎？」

原來，王宜中文質彬彬，身穿長衫，配著那俊美的面貌，似是一位書生，但也像一位貴公子，怎麼看也不像一個獨自在江湖上走動的人。

王宜中點點頭，道：「只有我一個人。」

店小二啊了一聲，道：「大爺吃點什麼？」

王宜中從來沒有一個人在館子裡吃過飯，沉吟了一陣，道：「配四個菜，來一盤牛肉。」

店小二道：「大爺不吃點酒嗎？」

王宜中道：「我不用酒。」

店小二應了一聲，轉身而去。片刻之後，菜和牛肉都送了上來。

王宜中慢慢地食用，一面目光轉動，四面環顧，希望瞧出高萬成等是否已改扮趕到。

小鎮飯莊，雖然是最大的一家，也不過有十幾個座位，此刻已有十幾個人在吃飯。

王宜中仔細地打量了每一個人，但卻都不認識。

這當兒，突然有一個身著翠綠衣裙的少女，急步行了進來，四顧一眼，直向王宜中的座位行去。

王宜中看那少女年約十六、七歲，長得十分嬌媚，臉上卻滿是驚慌之色。

他心中早已得高萬成甚多指點，一面暗作戒備，雙目卻盯注在那位綠衣少女的臉上。

綠衣少女行到王宜中身前四、五尺處，停了下來，道：「公子請救救小女子。」

王宜中微微一怔，道：「救你？」

綠衣少女點點頭，還未來得及答話，一個滿臉橫肉的大漢，疾快地衝了進來。

那大漢手中執著一條皮鞭捲了過來。鞭勢如電，正纏在綠衣少女的玉頸之上。

那大漢一挫腕，綠衣少女整個身軀被帶了過去。

王宜中事先已得指點，想到這可能是敵人的圈套，故而一直未有所行動。

但出他意料之外的是，那大漢一把抓住綠衣少女之後，轉身向外行去。

王宜中心中暗道：「這是真的抓人，那大漢凶惡無比，我豈能坐視不管？」

心念轉動，突然覺著左腿膝蓋處微微一痛，本能地揮掌拍去。

只見一個奇大的綠色長腿怪蟲，應手而落。

王宜中呆了一呆，撿起來，放在木案之上，仔細看去，只見那怪蟲形如螞蟻，但卻比一般螞蟻大上十餘倍，已被王宜中一掌把頭顱拍碎。

就在這一陣工夫，王宜中整個左腿就麻木起來，不禁心中大駭，急急扶著木案站起，一條左腿，整個已失去作用。

情勢的變化，完全出了高萬成的預計，王宜中頓然感覺到無所依憑。

這當兒，突然有一個肩揹藥箱，身著黑衣，手搖串鈴的走方郎中，緩步行入店中。

那郎中目光一掠王宜中，大吃一驚，道：「閣下中了毒！」

王宜中已然本能地運氣封住了右腿穴道，聞言點點頭，道：「不錯，我中了毒。」

那走方郎中哦了一聲，道：「閣下中毒很深，如若不早些施救，只怕是沒有機會了。」

王宜中伸手指著木案上的長腿螞蟻，道：「我被這個毒蟲咬了一口。」

黑衣郎中放下藥箱，瞧了那巨大的長腿螞蟻一眼，道：「這是產在苗疆的毒蟻，而且是最毒的一種，腿長行速，惡毒無比。如是被牠咬中一口，多則十二個時辰，少則六個時辰，奇毒攻心而死。不論如何硬朗的身子，也無法抗過十二個時辰。」

王宜中茫然說道：「這螞蟻產於苗疆，怎會突然在此地出現？」

黑衣郎中道：「這毒蟻雖然厲害，卻決不會由苗疆自行跑到這裡，定然是有人帶牠來此，故意暗算你閣下。」
王宜中奇道：「故意暗算我？定然是她了！」
黑衣郎中道：「什麼人？」
王宜中道：「那位綠衣姑娘。」
黑衣郎中道：「人呢？」
王宜中道：「逃走了。」
黑衣郎中搖搖頭，道：「看你閣下，不像走江湖的人，怎會和人結仇？」
王宜中道：「我和她無怨無仇啊。」
黑衣郎中突然站起身子，行到一張木案前面，高聲說道：「夥計，給我兩盤小菜，一碗麵。」不再理會王宜中。
王宜中皺皺眉頭，道：「大夫，你能夠療治我的毒傷麼？」
黑衣郎中道：「也許有法子，不過沒有把握。」
王宜中歎息一聲，道：「小二，這地方，哪裡有大夫？」
只聽一個熟悉的聲音，道：「不用找大夫了，這是擺好的圈套。」
王宜中轉頭望去，只見那說話之人，似是一個跑單幫的生意人，面目平凡、陌生，從不

相識，不禁一皺眉頭。

那生意人一隻手，已然搭在了黑衣郎中的左肩之上，所以，那黑衣郎中一直沒有動過。因爲他已感覺那搭在肩上的掌勢，力道十分強大。

王宜中茫然地望著那生意人，道：「你是……」

那生意人接道：「屬下高萬成。」

黑衣郎中哈哈一笑，道：「高兄，貴門主的毒傷很重，如不能及時施救，只怕要後悔無及了。」

高萬成冷笑一聲，道：「你朋友如是不想死，那就趕快取出解藥。」

黑衣郎中道：「古往今來，從未見過把刀架在大夫的頸子上，迫人看病。」

高萬成道：「朋友，敝門主傷勢很重，在下的心情不好，惹火了我，吃虧的是你朋友。」

黑衣郎中道：「放開手，我拿解毒的藥物給你。」

高萬成道：「你最好不要多耍花招，你現在有一隻左手可用。用左手足可以打開藥箱，取出解藥。」一面五指加力，扣緊了那黑衣郎中的肩井穴。

黑衣郎中冷冷說道：「高萬成，你如若傷害到我，貴門主要陪在下殉葬。」

高萬成道：「這箱子裡如有解藥，我高某人自信能夠認得出來。」

王宜中沒有抗毒的經驗，聽兩人談話，心中感慨萬端，想到這江湖上的詭詐，果然是凶險得很。一念仁慈，就可能喪失了自己的性命。心念轉動之間，不覺間鬆了一口氣。那毒性強烈無比，就在他鬆一口氣時，毒氣乘勢而上，霎時間，臉色大變，泛起了一片鐵青之色。

高萬成心中大急，但又不敢說出口來，暗中加力，指尖透入了那黑衣郎中的肩頭之內。

那黑衣郎中一面運氣抗拒，一面伸出左手，打開藥箱，取出一個玉瓶，道：「解藥在這裡，拿過去。」

高萬成接過玉瓶，打開瓶蓋，倒出了一粒解藥，道：「朋友，先吃下一粒。」

黑衣郎中道：「爲什麼？」

高萬成道：「這可能是毒藥。」

黑衣郎中一張口，吞下了一粒藥物。

高萬成見黑衣郎中吞了一粒藥丸，緩緩說道：「閣下帶著成藥而來，顯然是早有準備了。」

黑衣郎中道：「如若在下說是無備而來，你高兄也不會相信了。」

高萬成冷然說道：「不錯，所以你最好說實話。」

黑衣郎中道：「你高兄的才智，早已名聞江湖，兄弟自知也無法欺騙你，在下也只好實話實說了。」

高萬成道：「我相信你如混上一句胡言，也無法瞞得過我。」

黑衣郎中道：「好！我說實話，這玉瓶中的藥物，只是一種治標的藥物，也是一種慢性毒藥，服用之後，只能暫時堵住那毒蟻的毒性發作，卻無法阻止那毒性蔓延。」

高萬成道：「如若不服這藥物，是一個什麼樣的後果？」

黑衣郎中道：「很快的毒發死亡。」

高萬成啊了一聲，道：「服了這藥物之後，是否還有解救之法？」

黑衣郎中道：「有，不過，那不是在下所能為的。」

高萬成回顧了王宜中一眼，只見他臉上泛起一片濛濛青氣。

暗暗歎息一聲，道：「門主，快服下一粒藥物。」

王宜中應了一聲，接過一粒藥，吞了下去。

這是對症下藥，只是藥力不夠和別含奇毒，但對那毒蟻之毒，卻是很快地見效。

王宜中服下之後，霎時間，臉上的青氣就褪了下去。

高萬成看那玉瓶中，還有四粒藥物，緩緩把玉瓶交給了王宜中，道：「門主收著。」

王宜中本已感覺到有些頭暈眼花，但服下那藥物之後，立時頭腦清醒。

高萬成一面和那黑衣郎中談話，一面右手仍然不停地加力，五個手指已然深入那黑衣郎中肉內半寸，鮮血由黑袍中流了出來。

王宜中輕輕歎息一聲，道：「高先生，放開他。」

高萬成呆了一呆，道：「為什麼？」

王宜中道：「不是他謀算我的。」

高萬成道：「他們是一夥的，對敵人一分仁慈，對咱們就多一分傷害。」

王宜中道：「我知道。對這句話我體會得很深刻，但你還是要放了他。」

高萬成道：「門主的氣度，在下是佩服得很。」

一鬆手，放開了那黑衣郎中的右肩。

那黑衣郎中緩緩站起身子，望了王宜中一眼，輕歎一聲，道：「金劍門主的風度，果然與眾不同。」

高萬成道：「閣下能保住這條命，全是我們門主氣度過人，還不謝過。」

黑衣郎中望了高萬成一眼，欲言又止。

王宜中道：「高先生，別要他謝我，我們彼此為敵，他想法子陷害我，那也是情理之常。」

黑衣郎中聽得怔了一怔，道：「在下閱人多矣，卻從未見過像你王門主這等氣度，在下告辭了。」

王宜中淡淡一笑，道：「你去吧！」

黑衣郎中突然探手入懷，取出一個藥瓶遞了過去，道：「王門主，這玉瓶中共有九粒藥物，每三日服用一粒，三九二十七天……」

高萬成伸手去取藥瓶，那黑衣郎中卻突然縮回手去，接道：「我要親手交給王門主。」

高萬成冷笑一聲，道：「人心難測，在下要先行看過。」

王宜中搖搖頭，伸手接過玉瓶，道：「我相信他不會害我，不用檢查了。」

黑衣郎中道：「王門主這般相信在下，在下感到榮幸得很。」轉身向外行去。

王宜中道：「朋友好走，王某人不送了。」

黑衣郎中一躬身，道：「不敢有勞。」提起藥箱，大步向外行去。

那黑衣郎中剛剛行出大門，突然慘叫一聲，又轉入店中。

王宜中轉頭看去，只見那黑衣郎中前胸之上，正插著一把飛刀，飛刀把柄之上，飄著一條白綾，上面寫著「叛逆者死」四個大紅字。

高萬成一把抓住黑衣郎中，道：「你受了傷？」伸手去拔他前胸的飛刀。

黑衣郎中急急說道：「不要動我，刀上有奇毒，離身即死。」

高萬成手已抓住刀柄，卻不敢拔出。

那黑衣郎中苦笑一下，道：「扶我到王門主的身側，我有話對他說。」

其實，王宜中早已行了過來，忙道：「我在這裡。」

黑衣郎中道：「刀上毒性至烈，我已無法看到三尺外的景物了。」

高萬成道：「那是說，沒有救了？」

黑衣郎中道：「不錯，沒有救了。縱然是華陀重生，扁鵲還魂，也無法救治我身中的奇毒。」

高萬成道：「你朋友的意思是……」

黑衣郎中突然一閃雙目，接道：「我的眼睛已經瞎了，眼前的景物，一點也看不到……」語聲微微一頓，接道：「目下，我已經到了將要死亡的時刻，我想趁還有一口元氣未散，把我知道的隱密，說出來。」

高萬成道：「你朋友說吧，我們洗耳恭聽。」

黑衣郎中長歎一聲，道：「有一個神秘的組織，準備對付整個江湖。金劍門，是他們首先要對付的門派。」

高萬成道：「這個，我們知道，最重要的是，我們想知道都是些什麼人？」

黑衣郎中道：「我也是被他們役用的人，但我不知道他們是誰。不但是我，整個江湖上，只怕也沒有幾個知道他們是誰。」

高萬成道：「你朋友又是何許人呢？」

黑衣郎中道：「在下王培。想不到我竟然會被人役用，變做了走方郎中。」

高萬成道：「原來是王神醫，在下失敬了。適才，在下十分莽撞，開罪之處，還望王神醫多多原諒。」

王培苦笑一下，道：「貴門主服下我九粒藥物之後，可保三個月內，毒傷不會發作。不過，三個月後，在下就不敢保證。你們有三個月的時間找尋出一種藥物，救治貴門主的毒傷。如是三個月內，你們仍然無法找到解毒藥物，那就只好爲貴門主辦理後事了。」

王宜中輕輕歎息一聲，道：「別替我擔心，我不怕死。縱然真的無藥解救，那也不算什麼大事。」

高萬成道：「以你王神醫之能，如何解不了這點小毒？」

王培道：「不然，那長腿毒蟻口中的劇毒並不難解，難解的是他服下的藥物。」

高萬成輕輕咳了一聲，道：「王神醫，當真無法可想嗎？」

王培道：「沒有，這就是我回來的原因。高兄，請記住我的話，能救貴門主的人，只有一個……」

話到此處，似乎無法繼續，突然閉上了嘴巴。

高萬成大吃一驚，道：「王神醫、王神醫……」

伸手摸去，王培氣息已絕。

高萬成暗道：「好厲害的淬毒飛刀，毒性如此之烈。」

只聽王宜中輕輕歎息一聲，道：「高先生，咱們要如何處置這位王神醫的屍體？」

高萬成道：「自然是埋了他。」

王宜中道：「不錯，但不知要埋到何處？」

高萬成望了店小二一眼，道：「此地有賣棺材的店嗎？」

店小二急急應道：「有，有。」

高萬成拿出一錠黃金，放在木案上，道：「這錠黃金用來掩埋這具屍體，你要小心爲之。」

店小二連連躬身，道：「小的知道。」

高萬成道：「門主，咱們走吧！」大步向外行去。

王宜中緊隨身後，行出了店門，低聲說道：「高先生，你認識那王培麼？」

高萬成道：「不認識，但我聽人家說過，想不到他們連這等好人也不放過，當真是不擇手段了。」

王宜中道：「那王培是一位很好的人麼？」

高萬成道：「一個譽滿江湖的神醫，尤其是療治刀傷、中毒，更是著手回春。江湖上黑白兩道，都對他敬重無比，但那些人，竟然不肯放過他。」

王宜中輕輕歎息一聲，道：「高先生，現在，咱們要到哪裡去？」

高萬成苦笑一下，道：「嚴照堂說得對，我不該讓你冒險，我什麼都防到了，就是沒有防到他們會施放毒蟲，就這一著失算，釀成了今日的慘局。」

王宜中搖搖頭，道：「這件事不能怪你，目下也不便說出去。何況那王神醫臨死之際，要我們尋找藥物，那是說世間還有解藥可尋了。」

高萬成心中懊惱，歎道：「連王神醫也開不出的藥方子，世間還有什麼人能夠解去你身中之毒？」

王宜中道：「有人能配製這些藥物出來，自然會有人解得。」

高萬成道：「可惜，他還未來得及說出那人是誰，就已經氣絕而逝。」

突然停下了腳步，自言自語說道：「有人能配製出這種藥，就有人能夠解得，對！解鈴還須繫鈴人。」

目光轉到王宜中的臉上，接道：「門主，世間有一處地方，有解毒之藥。」

王宜中道：「什麼地方？」

高萬成道：「那神秘組織之中。」

王宜中道：「可是，咱們到哪裡去找呢？」

高萬成奇道：「不用找，要他們帶你去。」

王宜中奇道：「帶我去？」

高萬成道：「不錯，帶你去！我想他們對付金劍門，最重要的原因，那就是爲了你。只要你裝作毒發，他們就會帶你去。」

王宜中道：「不錯。」

高萬成接道：「可是，決不能讓你再冒險了。」

王宜中微微一笑，道：「我已經中了毒，至多還能再活三個月，去還有一線生機，不去是死定了。」

高萬成似是對自己估算的錯誤，有著極大慚愧，仰臉望天，長歎了一口氣，道：「有了這一次教訓，在下實不敢再請門主涉險了。」

王宜中道：「我記得有一句俗話說，不入虎穴，焉得虎子。」

高萬成道：「身入虎穴，也可能使人受傷。」

王宜中道：「高先生，這一次恐怕由不得你拿主意了。」

高萬成道：「門主的意思是……」

他初度聽得王宜中堅持己見，心中喜憂參半。

王宜中道：「我只能活三個月，生死由命，這件事，我也不放在心上。不過，既然有一個地方，可以醫治我的毒傷，爲什麼不去冒險試試。我活著如是對金劍門很重要，我自然不便輕言一死。」

高萬成點頭應道：「門主言之有理。」

王宜中道：「你既然覺著我言之有理，那就不用干涉我了。」

高萬成道：「可是門主……」

王宜中緩緩道：「如是你要尊敬我門主，應該聽我一次決定。是麼？」

高萬成吃了一驚，道：「門主言重了，屬下不敢。」

說完話，欠身垂首，一付誠惶誠恐的神態。

王宜中揮揮手，道：「你替我設計一下，我如何才能被他們發覺？」

高方成道：「如是屬下的推想不錯，我們用不著作什麼設計，他們早已在暗中監視咱們了。」

王宜中臉上泛現出一股很奇異的表情，道：「有這等事？」

高萬成回顧了一眼，道：「不錯。只不過他們的易容術十分高明，咱們沒有法子瞧出來。」

王宜中道：「如是先生說對了，咱們可能在人監視之下，我不能無緣無故地躺下去啊。」

高萬成道：「咱們得做作一番，我扶你趕路。」

兩人相扶奔行，一面低聲計議著對付敵人的策略。

高萬成發覺到王宜中已漸成熟，成熟得出於他意料之外。

原來，他本具有上乘的才慧，只是和人間事物接觸的太少，一旦接觸，又處在險難危惡之中，這就使王宜中極快地學會了用腦思索。

奔行一段路之後，高萬成背起了王宜中走。

又行十餘里，到了一座土崗下小廟前面。小廟緊傍著一個廣大的水池。

王宜中低聲道：「這地方很好，把我放下來吧！」

高萬成道：「門主小心，千萬記著，多和我們連絡。」

低頭行入了小廟，放下了王宜中，急步而去。

王宜中在廟中等了一個時辰之久，仍然不見動靜，心中暗暗忖道：「要糟，如是高先生想錯了，沒有人在暗中監視我們，難道我永遠等候在這裡不成？」

心中念轉，緩緩向外爬去。

他已和高萬成研究好了很多方法，心中念轉，緩緩向外爬去。

此刻他裝作毒性發作，爬出了小廟，並在小廟中留下了暗記。

深秋初冬的天氣，水池邊的青草，已泛現萎枯前的黃淡。王宜中爬過青草，爬向水際。

水中倒映出一個布衣荊釵的中年婦人。

那中年婦人左面臂彎裡，掛著一個竹籃，臉上卻泛現出輕淡的笑意。

因爲她緊靠著小廟背後的山牆而立，所以，王宜中先從水中發現她倒映的人影。

王宜中雙手按地，掙扎而起，望了那中年婦人一眼，道：「什麼人？」

中年婦人微微一笑，道：「回娘家的。」

右手伸入竹籃子裡，抓出了一條金色的小蛇，極快速地投向王宜中。

高萬成和王宜中設想了十餘種可能發生的情況，但卻未想到，對方會抓出一條金色的小蛇，做爲試驗之法。

王宜中幾乎要掙扎而起，揮掌劈蛇，但他終於又忍了下去。

那金色小蛇極快地纏在王宜中右腕上，昂首吐出紅色的蛇信，伸縮在王宜中的手臂之上。

這是一個很恐怖的測驗，任何人都無法忍受、控制那激動的情緒。

但王宜中深厚的內功，使他有著過人的耐受力，望著那纏在手腕上的金色小蛇，默然不語。

那中年婦人冷笑一聲，道：「這是天下最毒的三種毒蛇之一，名叫金線蛇，如是被牠咬上一口，大象、猛虎也要在一個時辰之內死亡。」

王宜中的心情，已完全平復下來，淡淡一笑，道：「我不怕死。」

中年婦人微微一笑，道：「那麼英俊年輕的人，連媳婦也未娶過，死了豈不是可惜的

很。」

王宜中道：「我已經身中奇毒，至多還可多活兩天工夫。」

中年婦人笑道：「你的運氣好，遇上了我。」

王宜中接道：「你是誰？」

中年婦人道：「專治人間疑難雜症的人。」

王宜中道：「我沒有病，更不是疑難雜症，我是被一種長腿毒蟻咬傷。大夫說，天下沒有人能夠解得這等毒。」

中年婦人嗯了一聲，道：「那位大夫的見識太少了。」

王宜中道：「那位大夫，乃天下有名的王神醫，醫道絕世，他無能醫好我的傷勢，天下還有什麼人能夠醫好我的傷勢？」

中年婦人道：「神醫也未必知道療治這等奇蟲的毒傷。」

王宜中淡淡一笑，道：「這麼說來，你可以療治這毒傷了？」

中年婦人道：「自然可以，我善運天下各種毒蟲，自然有療治這毒傷之能。」

王宜中道：「你這金線毒蛇，比起那長腿螞蟻的毒性如何？」

中年婦人道：「重過百倍，如是被我金線毒蛇咬傷，走不過百步，就要氣絕而逝。」

王宜中淡淡一笑，道：「我已被那長腿毒蟻咬傷，毒性已經發作，很快地就要死了，就算是再被你毒蛇咬傷，也不過是一死罷了。」

中年婦人淡淡一笑，道：「你碰上了我，就不會死了。」

王宜中道：「爲什麼？」

中年婦人道：「因爲，我要療治好你的毒傷，不過……」突然住口不言。

王宜中接道：「我還不想死，你有什麼話，只管說出來就是。」

中年婦人道：「那很好，你如是不想死，那就好談了。」

王宜中道：「螻蟻尙且貪生，何況我是人呢。」

中年婦人道：「第一，我治好你的毒傷之後，你要聽我之命。」

王宜中接道：「你對我有救命之恩，我自然要聽你之命了。」

中年婦人道：「第二，這條金線蛇永遠纏在你手腕之上，你如是不聽我的話，隨時可以咬你一口。」

王宜中道：「那是說我永遠在你的控制之下了。」

中年婦人道：「不錯，永遠聽我的話。」

王宜中歎道：「如是每刻都有一條蛇纏在手腕之上，那就生不如死了。」

中年婦人道：「這是條件，你如是不肯答應，那只有死路一條了。」

王宜中道：「這樣吧！每天睡覺的時候，要這條毒蛇離開我的手腕。」

中年婦人嗤的一笑，道：「好吧！現在你可以跟我走了。」

王宜中道：「我身上毒性發作，行動不便，如何能跟你走？」

中年婦人探手從懷中摸出一個玉瓶，倒出一粒藥丸，道：「張開嘴巴！」

王宜中依言張開嘴巴，那中年婦人屈指一彈，一粒藥丸，直飛入王宜中的口內。

中年婦人合上瓶蓋，藏入懷中，笑道：「吞下去，就可以解去那長腳螞蟻的毒性，不過要記住一件事，你手腕上還纏著一條金線蛇，如是被牠咬一口，那就麻煩大了。除非我在你的身邊，否則，無法施救。」

王宜中道：「你的藥物，真的那樣靈嗎？」

中年婦人道：「靈不靈服下便知。」

王宜中本來把那粒丹丸含於舌下，聽完這話，口中才應道：「果然很靈，在下已經覺著好多了。」

中年婦人道：「好！你現在站起來，咱們要趕路了。」

王宜中道：「到哪裡去？」

中年婦人道：「這個你不用問，是非只爲多開口，你現在隨時有性命之憂，只要想著你隨時可能死掉，那你就不會多開口了。」

王宜中道：「好！你吩咐吧！咱們往哪裡去？」

中年婦人道：「跟著我走！」轉身向前行去。

王宜中緊跟在那中年婦人身後，不時低頭望望纏在手腕上的金線蛇。

那中年婦人行約兩、三里路，突然停了下來，回頭說道：「你這點年紀，就當了金劍門的門主，想來你這一身武功，定然十分高強了。」

王宜中道：「在下這點武功麼，登不得大雅之堂。」

中年婦人冷笑一聲，道：「想不到啊，你這點年紀，就學得如此滑頭。」

王宜中道：「客氣，客氣，在下說幾句謙虛之言，不過表示一下禮貌罷了。」

中年婦人道：「原來如此。」語聲一頓，接道：「這麼說來，你的武功很高強了。」

王宜中初度和這些人物接觸，言詞之間，還有些詞不達意，沉吟了一陣，道：「我的武功，不算頂好，但也不能算壞。」

中年婦人道：「能不能表演幾手，給我見識一番？」

王宜中道：「可以，但有一個條件。」

中年婦人接道：「取下你手腕上的金線蛇？」

王宜中道：「在下正是此意。」

中年婦人搖搖頭，道：「現在不行，讓我想想再說。」

王宜中望著她在肘上的竹籃，道：「你那竹籃之中，放的都是金線蛇麼？」

中年婦人道：「還有別的蛇，你可要見識一下？」

王宜中自小在天牢中長大，見過的事物不多，雖然覺著蛇的形狀有些討厭，但他對蛇知道的太少，倒不似常人那般畏懼，探首籃中望去。只見竹籃中有五條色如翠玉的青色小蛇，盤聚在一起，一條金色小蛇，卻獨霸一方。

王宜中瞧完了竹籃中六條小蛇，搖搖頭，笑道：「你這竹籃中的蛇，怎麼都這樣的小。」

中年婦人冷笑一聲，道：「你知道什麼，這蛇雖小，毒性卻十分強烈。」

王宜中淡淡一笑，卻未再多言。

那中年婦人冷笑一聲，道：「你好像一點也不害怕。」

王宜中道：「我心中害怕，你也不會解下我手腕上的金線蛇。」

語聲一頓，道：「不過，我雖然不太害怕蛇，只是有些討厭牠。」

中年婦人怒道：「哼！討厭牠，以後我要你日日夜夜都陪著毒蛇。」

王宜中心中早已有了打算，故而十分沉著，微微一笑，未再答話。

中年婦人對王宜中的沉著，心中雖然十分氣忿，但又有著幾分佩服，長長吁一口氣，道：「你這小娃兒的膽子叫人佩服，不過，生死的事，不是兒戲，希望你跟著我走，不要別生枝節，要出花樣。」轉身又向前行去。

王宜中緊隨中年婦人身後，又行約五、六里路，到了一座棗林旁邊。

中年婦人打了一個呼哨，棗林中行出了一輛馬車，趕車人是一位鬚髮皆白的老者，滿臉紅光，手執長鞭，但神情卻很冷漠。明明瞧到了王宜中和那中年婦人，但他連頭也未轉一次。

馬車馳在兩人身前，突然停了下來。

那中年婦人對那趕車老者，似是十分敬重，一欠身，道：「老爺子，小婦人幸未辱命，帶來了金劍門的王門主。」

白髯老者目不轉睛，頭未回望，冷冷淡淡說道：「要他上車吧！」

中年婦人一手掀起車簾，口中卻冷冷說道：「記著，你腕上還有一條金線蛇，只要我一聲呼號，牠會咬你一口。」

王宜中笑一笑，道：「我知道。」舉步登上馬車。

車上的佈置，十分豪華，鵝黃色的氈墊子，鵝黃色的幔帳，一陣陣清雅的香氣，撲入鼻中。

那中年婦人正待舉步登車，那白髯老者卻突然出手拉下垂簾，道：「你坐在外面吧。」

話說完，篷車突然快速如箭，向前奔馳而去。

外面是黑色的厚布，但車內的佈置，卻是講究得很，越是看得仔細，越是發覺每一個地方，都經過精心的設計。

王宜中暗暗忖道：「這篷車的主人，定然是很有身分的人物。」

他坐在車上，伸展了一下雙臂，坐得更安適一些。

篷車快速，但行得又十分平穩，顯然這篷車不但經過特殊的設計，而且那牽引篷車的健馬，也是特別選的良駒。華麗篷車中，唯一不調和的事情，就是王宜中手腕上纏了一條金線蛇。

不知道行走了多遠的路程，也不知過了多少時間，篷車突然停了下來。

篷車外響起那中年婦人聲音，道：「王門主，你可以下來了。」

王宜中緩緩下了馬車，轉身望去，那趕車的老人，早已不見，那中年婦人，卻獨自站在篷車前面。

這是一座高大的宅院，兩扇木門早已大開。

王宜中還未及打量四面的景物，那中年婦人已開口說道：「進去吧。」

王宜中舉步進門，木門立刻關上。

一個青衣少年，迎了上來，道：「小的給門主帶路。」

穿過兩重院落，到了一座跨院門前。青衣少年垂手立在門外，高聲說道：「上稟燕姑娘，金劍門的王門主駕到。」

王宜中探首向門內一望，只見花木掩映著一座青石砌成的小魚池，好一個優雅的所在。

忽然間香風撲面，一個全身綠衣，綠的像翠玉一般美麗少女，驟然而至。笑一笑，道：「這地方好看嗎？」

王宜中道：「很雅致。」

綠衣少女嫣然一笑，露出來兩個深深的酒窩，道：「希望王門主很滿意這裡。」玉手一揮，對那青衣少年道：「王門主交給我了，你去吧！」

青衣少年應了一聲，轉身而去。

綠衣少女目光又轉到王宜中的身上，笑道：「室中已替王門主備好了精緻酒菜，你一路行來，大約有些餓了吧？」

王宜中淡淡一笑，道：「我有些糊塗了。」

綠衣少女道：「哪裡糊塗了？」

王宜中道：「這不像對待敵人的樣子，似乎是你們對我太優厚了。」

綠衣少女道：「王門主是貴賓，婢子們奉令諭，竭誠侍候。」

王宜中怔了一怔，暗道：「原來這也是當不得家的人，自稱婢子，那是丫頭的身分了。」心中念轉，口中卻笑道：「這麼說來，你不是此地的主人了。」

綠衣少女道：「王門主，何必要小婢說得那麼清楚呢，我只是丫頭的身分。」

王宜中啊了一聲，道：「你們的主人呢？」

綠衣少女道：「主人不在，特命小婢妥爲照顧王門主，你有什麼事，只管吩咐小婢。」

王宜中道：「妥爲照顧，這話說得太客氣了。爲什麼不說是把我囚在這裡？」

綠衣少女道：「王門主言重了，這地方怎會是囚人的所在。」

王宜中道：「這地方確然不像囚人之地，但我手腕上這條金線蛇，卻不許我離此一步。」

綠衣少女望了那金線蛇一眼，不自覺的退後一步，笑道：「這種蛇很毒，咬一口必死無疑。」

王宜中道：「我知道，這樣的話，我已經聽過很多次了。」語聲微微一頓，接道：「你們的主人，是男人還是女人？」

綠衣少女嫣然一笑，道：「這個，等你見他之後就知道了。」

王宜中道：「你不敢說，是麼？」

綠衣少女道：「對。說穿了，我只是聽人使喚的丫頭身分，隨便多口，很可能招來很重的懲罰。是麼？」

王宜中笑一笑，道：「姑娘的口才很好。」

綠衣少女道：「陪你王門主的人，自然要找一個伶俐能幹的人才行。」語聲微微一頓，

接道：「王門主，你腹中很饑餓了，吃點東西吧！」

王宜中淡淡一笑，道：「好！姑娘是不是要陪我吃一點？」

綠衣少女道：「婢子奉的令諭是一切唯門主之命是從，門主要婢子陪著吃飯，婢子有受寵若驚之感。」

王宜中道：「咱們吃飯去吧！」

綠衣少女轉身帶路，進入一座雅室之中。

雅室內一張方桌之上，早已擺好了佳餚美味。

綠衣少女先替王宜中拂拭一下錦墩，笑道：「王門主請坐。」然後，在對面坐了下來。

王宜中確然有些饑餓，舉筷進了兩口食用之物，但那纏在手腕上的金線蛇，在王宜中右手舉動之中，不停地昂首吐信，幾乎要碰到了王宜中的鼻子。

綠衣少女看得心中作嘔，食難下嚥，再看王宜中時，卻是若無其事，照樣吃喝。不禁歎息一聲，道：「王門主，你怕不怕手中纏的毒蛇？」

王宜中笑一笑，道：「怕！但我有什麼法子？」

綠衣少女道：「可惜我無法給你幫忙。」

王宜中道：「在下的看法，燕姑娘似乎是很有權威，如是姑娘肯信任我，下令除去我手

腕上的金線蛇，在下答允姑娘，未得允准之前，不離開此地一步。」

綠衣少女道：「我是丫頭嘛，怎麼會有這等權威？」

王宜中淡然一笑，不再說話，大吃起來。

綠衣少女一直望著王宜中，看他吃完飯，立時奉上香茗，柔聲說道：「王門主生氣了。」

王宜中答非所問，道：「在下想休息一下。」

綠衣少女道：「我家主人早已爲門主備下了休息的房間，小婢帶路。」

王宜中在那綠衣少女帶路之下，行入了一間臥室之中。房中紗帳、錦被，佈置的很豪華。

綠衣少女急行兩步，拉起紗帳，道：「王門主，可要我伺候你沐浴、更衣？」

王宜中一舉右手，道：「帶著這一條蛇嗎？」

綠衣少女歉然一笑，道：「王門主，婢子實無相助之能，希望你不要生氣。」

王宜中一揮手，道：「你去吧！貴主人回來時再來叫我。」

綠衣少女一欠身，退了出去。

王宜中和衣躺在床上，只覺幽香淡淡，撲入鼻中，香氣不濃，但卻有中人欲醉的感覺。

這本是很曲折、綺麗的際遇，但是在經事不多的王宜中感覺裡，卻並無什麼特殊之處。

不知何時，矇矇然睡了過去。

醒來時，只見室中紅燭高燒，滿室通明。

一個長髮披肩，身著白衣的少女，坐在錦墩之上，正在看書。

王宜中緩緩坐了起來，步下繡榻。

那長髮白衣少女緩緩放下手中的書本，說道：「你醒了。」

王宜中嗯了一聲，道：「你是什麼人？」

長髮白衣少女道：「這裡的主人，你坐的椅，睡的床，都是我的。」

王宜中道：「很難見到你啊！」

白衣少女一直未轉過頭來，口中卻應道：「你坐下，咱們談談。」

王宜中道：「對！我也要和你談談。」

白衣少女似乎是有意不讓王宜中看到她真正的面目，側身一轉，一直背對王宜中。

王宜中在一錦墩上坐下，輕輕咳了一聲，道：「姑娘，何以不肯以面目對人？」

白衣女格格一笑，道：「你很想瞧瞧我，是嗎？」

王宜中道：「那倒不是，在下覺得彼此交談，應該以真正的面目相見。」

白衣女聲音突轉冷漠，道：「我可以告訴你一件事，我是個可以作主的人，你有什麼話，儘管對我說就是。」

王宜中道：「好，在下要首先請教一件事。」

白衣女道：「什麼事，你說吧。」

王宜中道：「你們把我帶到此地，用心何在？」

白衣女道：「請你到此，想和你商量一件事。」

王宜中道：「請恕在下愚笨，不知姑娘所指是何事？」

白衣女道：「金劍門息隱了十七年，不早不晚地在我們準備出道江湖時，你們金劍門卻又要在江湖上活動了。」

王宜中道：「江湖之大，兼蓄並容，咱們彼此活動，似乎是用不著衝突。」

白衣女道：「你錯了。」

王宜中道：「什麼錯了？」

白衣女道：「一句話可說完，本門在江湖露面時，不希望金劍門重出江湖。」

王宜中道：「姑娘的意思是……」

白衣女道：「你們給我退回李子林去。」

王宜中道：「這個麼，在下無法立刻答允姑娘。」

白衣女道：「不答應也得答應。」

王宜中道：「姑娘必須給我一點時間，讓在下和門中長老商量一下。」

白衣女道：「就是不准你們商量，你是一門之主，應該有權決定，是否答允，立刻回話。」

王宜中道：「這一點，在下不能立刻作主。」

白衣女道：「這麼說來，我只好把你囚禁起來了。」

王宜中淡淡一笑，道：「你們已經把我囚禁起來了。」

白衣女道：「現在還沒有，你現在還是我們的貴賓。但如是一旦鬧翻了，那就有得你的苦頭吃了。」

王宜中道：「還要把我怎麼樣？」

白衣女道：「把你關在水牢裡，終日不見天日，每日三餐，只給你一口飯吃，餓你三個月再說。」

王宜中心中暗道：「餓上三個月，豈不要把我餓死了麼？」心中念轉，不覺失聲說道：「那不要餓死我麼？」

白衣女嗤的一笑，道：「對！我要把你活活餓死。」

王宜中道：「那又何苦，你要那玩蛇的婦人，下一道令諭，咬我一口，我不就死了嗎？」

白衣女道：「如是只想要你死，事情簡單得很，我們用不著把你帶到這地方來了。」

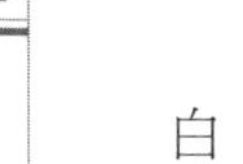

王宜中道：「這麼說來，姑娘把在下帶到此地，用心何在，應該可以說了。」

白衣女道：「我已經說過了，你要金劍門回李子林，我就放了你，也放了你的母親。」

王宜中道：「我說過，我不能答應。」

白衣女道：「這麼說來，咱們的談判算是失敗了。」

王宜中道：「姑娘之意，就是要把在下關入水牢了。」

白衣女道：「不錯，就要把你下入水牢中了。」

王宜中目光轉動，四顧了一眼，道：「這地方好像是一個宅院，難道會有水牢的設備麼？」

白衣女道：「這個不用你費心了。」

王宜中站起身子，道：「好！姑娘可以下令了。」

白衣女冷笑一聲，道：「你好像很喜歡坐牢？」

王宜中道：「非也，非也。但在下既無反抗之力，只好聽你之命了。」

白衣女道：「你可以再想想，是否要一定坐牢。」

王宜中道：「男子漢大丈夫，自當言而有信，我不能答允你的事情，自然是不應該欺騙你。」

白衣女道：「你如何才能夠決定？」

王宜中道：「我要和人商量一下。」

白衣女道：「和什麼人商量？」

王宜中道：「自然是金劍門中人。」

白衣女道：「金劍門有數百人之多，難道你要找他們開個會麼？」

王宜中沉吟了一陣，道：「那倒不用，在下至少要和一個人商量一下。」

白衣女道：「什麼人？」

王宜中道：「高萬成。」

白衣女道：「如是我把他找來，你們是否很快就可以決定了？」

王宜中道：「你帶在下來，似是很容易，但如要帶高先生來，只怕就不會那樣簡單了。」

白衣少女道：「我帶給你看看。」提高了聲音，接道：「帶王門主去見高萬成。」

王宜中呆了一呆，道：「怎麼，高萬成已經在這裡麼？」

白衣少女道：「你可是覺著很奇怪麼？」

王宜中道：「不錯！我不僅覺著奇怪，而且也不太相信。」

白衣少女道：「很快你就可以見到他了，而且，你還可以和他說話，你可以很快的證明，他不是別人偽裝的。」

談話之間，只見那綠衣少女快步行了進來。

白衣少女道：「帶這位王門主去見高萬成。」

綠衣少女微微一笑，道：「王門主請走吧。」

王宜中一直是不急不緩，淡淡一笑，道：「我心中很奇怪，但我還是有些不太相信。」舉步向外行去。

綠衣少女道：「小婢記下了。」口中答話，人已行出了雅室。

白衣少女緩緩說道：「給他們一個時辰的時間，讓他們談夠，記著不許派人偷聽。」

綠衣少女道：「小婢給王門主帶路。」

王宜中隨在綠衣少女身後，穿過一段花圃小徑，到了另一座小室前面。

室中燈光隱隱，木門緊閉。

綠衣少女舉手推開木門，緩緩說道：「王門主請進去吧。」

王宜中道：「高先生在裡面麼？」

綠衣少女道：「在裡面恭候大駕。」

王宜中舉步入室，果見高萬成盤膝坐在地上，似是正在運氣調息。

那白衣少女說出高萬成在此一事，王宜中心裡一直不太相信。驟然見到了高萬成後，內心中大爲震驚，呆了一呆，道：「你真的來了？」

高萬成微微一笑，道：「門主可是覺著很意外麼？」

王宜中道：「大大的感覺意外。」

高萬成道：「在下特地來奉陪門主。」

王宜中雙目轉到高萬成的右腕之上，道：「你手腕上沒有毒蛇嗎？」

高萬成道：「沒有，他們對付人的方法很多，在下被另一種方法擒到此地。」

王宜中啊了一聲，揚揚手腕，道：「他們說這條蛇惡毒的很，咬一口就可以致命，不許我妄動。」

高萬成道：「他們說得不錯，這條蛇確實惡毒的很，咬一口必死無疑。」

王宜中突然哈哈一笑，道：「高先生，你怎麼會這樣輕易地就被人帶到此地？」

高萬成道：「第一我要見門主，第二不來就得死。」

王宜中道：「這麼說來，你很怕死了。」

高萬成微微一笑，道：「屬下並不是怕死，而是要死得是時候。」

王宜中道：「現在咱們該不該死？」

高萬成道：「還不是死的時候。」

王宜中道：「好！咱們現在應該如何？」

高萬成道：「第一重要的事，咱們要想法子活下去。」
王宜中沉吟了一陣，道：「至少，我的生死，是控制在別人的手中。」
高萬成突然放低了聲音，道：「他們迫我到此，一半也是我有意來此。」
王宜中道：「你見過這神秘組織的首腦人物嗎？」
高萬成道：「沒有見過。」
王宜中道：「我見過了。」
高萬成道：「是一個什麼樣的人物？」
王宜中道：「女的！長長的頭髮，披散在肩上，穿著一身白衣。」
高萬成啊了一聲，道：「她是多大年紀？」
王宜中道：「我沒有瞧到過她的面目。」
高萬成道：「你和她談了很久的話，難道就沒有望她一眼嗎？」
王宜中道：「她背對著我。」
高萬成道：「聲音呢？」
王宜中道：「聲音很嬌脆。」
高萬成道：「她都和你談些什麼事？」
王宜中道：「她要咱們金劍門中所有的人，都退回李子林去，不許在江湖上走動。」

高萬成道：「門主答應了？」

王宜中道：「沒有答應。我告訴她，必須要和你商量一下，才能作決定。」

高萬成道：「她怎麼說？」

王宜中道：「想不到的是，他們竟把你也請到此地來了。」

高萬成道：「如是你不答應，她可曾說過如何處置你？」

王宜中道：「要把我下入水牢之中，餓我三個月。」

高萬成道：「門主作何打算呢？」

王宜中道：「我就是沒有主意，所以才找你商量，意外的是這樣快就見到了你。」

高萬成閉上雙目，道：「這件事要精打細算，屬下要仔細地想想。」

王宜中道：「好吧！你慢慢地想，我要出去瞧瞧。」站起身子，舉步向外行去。

高萬成急急叫道：「門主，不可涉險。」

王宜中道：「我手腕上纏了一條奇毒無比的蛇，性命控制在他們手中，他們隨時可以取我之命，涉不涉險，似乎已無關緊要了。」

高萬成道：「至少他們還沒有置咱們死地之心，不可激起他們殺機。」

王宜中笑一笑道：「不要緊。」

舉步行出室外，繞室行了一周，重又回來，笑道：「她們還守信用。」

高萬成道：「什麼人守信用？」

王宜中道：「那位白衣姑娘曾經下令，不許她的屬下偷聽，果然不見有人偷聽。」

高萬成啊了一聲，道：「原來如此。」

王宜中道：「現在，咱們可以談些正經事了。」

高萬成苦笑一下，道：「不知在下可否見見那位穿白衣的姑娘？」

王宜中道：「這個麼，我也不知道，不過，等一會兒，她一定派人來此，帶我去見她，我可以和她提提此事。」

語聲微微一頓，接道：「現在，先要想法子解下我手腕上這條蛇。」

高萬成搖搖頭，道：「只有兩個法子，可以解下你手腕上的毒蛇。」

王宜中道：「什麼法子？」

高萬成道：「第一個是那玩蛇人下令牠離開，第二個是用一種奇毒之藥，和以食物，把牠毒死。」

王宜中道：「除此之外呢？」

高萬成道：「再無良策。」

王宜中似是突然間想起了什麼，道：「你怎麼坐著不動？」

高萬成道：「我兩條腿被他們動了手腳，雙足不能著地。」

王宜中吃了一驚，道：「他們斬斷了你的雙腿？」

高萬成道：「沒有，只是點了我雙腿關節穴道。」

王宜中輕輕咳了一聲，道：「我替你解開。」

高方成道：「是一種很特殊的手法，只怕不大可能。」

只聽室外傳入綠衣女婢的聲音，道：「王門主，小婢有事求見。」

王宜中道，「好，你進來吧！」

木門呀然，綠衣少女快步行了進來。

王宜中冷然一笑，道：「又有什麼花樣了？」

綠衣少女道：「小婢奉命，轉告王門主一句話。」

王宜中道：「我在聽，你說吧！」

綠衣少女道：「我家主人要小婢告訴你一件事，她不能多等你了，你們必須在一個時辰內決定是否答應她的條件，如是不能答應，那就請兩位自絕一死。」

王宜中道：「那是說我們死定了。」

綠衣少女笑道：「怎麼會，你可以答應她退回李子林啊！」

王宜中臉色一變，道：「請你轉告她，我們金劍門的事，用不著貴主人代為操心，應該如何，本門中自會決定。」

綠衣少女呆了一呆，道：「你生氣了？」

王宜中道：「嗯！生氣了又怎麼樣？貴主人管的太多了。」語聲微微一頓，接道：「一個時辰之後，你再來聽回信吧！不過，在下還要姑娘奉告你那主人一句，如若我們一定要死的時候，我們不會甘心束手待斃。」

綠衣少女緩緩說道：「好！王門主的話，小婢定當據實轉告我家主人。」

王宜中道：「你可以去了。」

綠衣少女一欠身，道：「小婢告退，一個時辰之後，小婢再來聽候門主的回信。」

王宜中緩緩說道：「好！記著你主人一句話，不許在此地偷聽，如是激怒了我，當心我出手殺人。」

綠衣少女笑一笑，道：「這個你們儘管放心，敝主人出口之言，決然無人敢違。」欠身一禮，退了出去。

王宜中舉起右手，望著那纏在腕上的金線蛇，緩緩說道：「他們說這條蛇，鱗甲堅牢，刀劍斬牠不斷，我心裡有些不信。」

高萬成笑道：「他們說得不錯，這金線蛇，大約是世間第一毒蛇了。」

王宜中道：「我用手捏住牠的頭，把牠由手腕上取下來，然後，投向遠處，不知是否可以？」

高萬成淡淡一笑，道：「門主，可知道此來的用心麼？」

王宜中道：「我知道，咱們來此取解藥。」

高萬成道：「對！但不知門主是否已經取到了解藥？」

王宜中道：「這裡有一粒藥物，你看看是否是解毒之藥？」

原來，那中年婦人投入王宜中口中的藥丸，王宜中一直沒有吞下。

高萬成接過藥物瞧了一陣，道：「這個，我也瞧不出來。」

王宜中接道：「那婦人說王神醫太無能，所以無法解去我身上之毒，她卻有此能耐。」當下把經過之情，很仔細的說了一遍。

高萬成沉吟了一陣，道：「看起來，這藥物是不會假了。」

王宜中道：「我現在全無中毒的感覺，討厭的是腕上這條毒蛇，不知如何才能把牠除下？」

高萬成道：「如是咱們能夠確定這藥物可以療治好你身上奇毒，咱們再作離開此地的打算。」

王宜中道：「那是以後的事，目下最重要的一件事，先要設法對付一個時辰後的變化。」

高萬成望著王宜中手上的金線蛇，道：「不管如何，咱們應該想法子先解去你手腕上的

毒蛇。」

王宜中道：「如若不冒險，咱們決無法解去這手腕上的毒蛇。」

高萬成道：「要冒險，也得先想一個可行之策。」

王宜中道：「我已經想了很久，但卻沒有可行良策。」

高萬成雙目神凝，盯注在那金線蛇口中瞧了一陣，道：「這條蛇雖小，但口中的毒牙卻是很長，如若手中拿一件超過這毒牙長度之物，就不怕這條毒蛇了。」

王宜中道：「不錯啊！我想了這麼久，就沒有想出這個辦法。」

高萬成伸手撕下一塊袍角，纏在手上，道：「屬下代門主抓住蛇頭。」

王宜中搖搖頭，道：「不用了，我自己來。」

高萬成略一沉吟，道：「門主要多多小心。」

又撕下一塊袍角，纏在手上。

王宜中暗中運氣，突然伸手一把抓了過去。他出手速度極快，緊緊地扣住了蛇頭。但覺手腕上一緊，那金線蛇突然收緊蛇身，如一道鐵箍般，愈收愈緊。

王宜中一面運氣抗拒，一面緊握蛇頭。

高萬成道：「聽說金線蛇身，可避刀劍，門主要多多小心。」

王宜中道：「好厲害的蛇，我全力運氣抗拒，牠仍然愈收愈緊。」

高萬成探手入懷，取出一把鋒利的匕首，道：「屬下試試。」

金線蛇蛇尾的收縮，轉動，使得王宜中一直無法解下腕上毒蛇。

高萬成暗中運氣，貫注在匕首之上，刺在蛇身上。

那蛇鱗果然是堅牢無比，鋒利的匕首，竟然無法刺入蛇身。

金線蛇極度用力之下，全身的鱗甲片片倒立而起。

高萬成心中一動，收回匕首，拔開蛇鱗，刺入了蛇身之上。

話雖如此，仍花了足足一刻工夫，才把金線蛇割做兩斷。

王宜中左手一揮，把手中緊握的蛇頭，投擲出去。

金線蛇雖然被斬做兩斷，但仍未死去，王宜中投擲出手，蛇頭正落在一張木案之上。蛇口一張，咬在一角木案上，四顆長長的毒牙，深入了木案之中。

王宜中搖搖頭，道：「好厲害的毒蛇。」

語聲微微一頓，接道：「當務之急，就是咱們要設法離開此地，至少，咱們不能束手待斃。」

高萬成道：「屬下覺著如果咱們向外闖，還不如等待變化的好。」

王宜中沉吟了一陣，道：「先生可是別有打算嗎？」

高萬成微微一笑，道：「門主能夠想得這樣深切，足見已經更上一層樓了。」

王宜中微微一笑，道：「先生似是告訴過我一句話，處境愈是惡劣煩雜，愈是要鎮靜處理。」

高萬成道：「對！所以，門主要鎮靜下來。」

王宜中點點頭，閉上雙目，運氣調息。

廿三　神功卻敵

一個時辰後，室門口響起了一陣步履之聲。王宜中霍然睜開雙目，挺身而起，凝目望去，只見那綠衣少女，當先而入。

王宜中道：「貴主人沒有來嗎？」

綠衣少女道：「來了。」

王宜中道：「爲什麼不進來？」

綠衣少女道：「她在門外，等候門主的決定。」

王宜中揚揚手腕，道：「先讓姑娘瞧一件事。」

綠衣少女道：「你解下了腕上的金線蛇？」

王宜中道：「不錯。」

綠衣少女笑一笑，接道：「我還是不明白你的用心。」

王宜中高聲說道：「用心很簡單，你們已無法下令，使那條纏在我腕上的金線蛇取我之

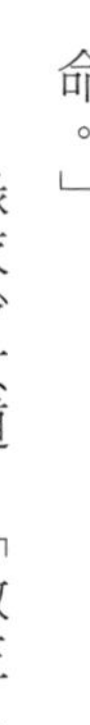

命。」

綠衣少女道：「敝主人的耳目，靈敏得很，閣下用不著這樣大的聲音。」

王宜中道：「姑娘想知道什麼？」

綠衣少女道：「適才小婢已經轉告了敝主人的令諭，不知門主作何決定？」

王宜中道：「你作不了主，在下要貴主人當面來談。」

綠衣少女道：「我說過敝主人在門外，她會聽到你說的每一句話，如若她應該答話時，她自會接口。」

王宜中緩緩道：「在下對貴主人的答覆是，在下不會束手就戮，也不會橫劍自絕，要使在下死亡，只有一個辦法。」

綠衣少女道：「什麼辦法？」

王宜中道：「貴主人動手殺死我。」

綠衣少女笑一笑，未立刻接口。

她似是等待主人答話，但良久之後，仍不聞有人接口，才緩緩說道：「殺你難道一定要敝上動手嗎？」

王宜中道：「貴上不出手，不知哪一個有膽子敢出手殺我。」

綠衣少女淡淡一笑，道：「我！不知王門主的感覺如何？」

王宜中道：「姑娘不妨出手試試。」

綠衣少女還未及答話，突見白芒一閃，飛入室中，綠衣少女揮手一抄，手中已多了一柄長劍。

王宜中笑一笑，舉步行了過來。

綠衣少女舉手一揮，閃起了一片寒芒，道：「你準備空手接我長劍？」

王宜中道：「姑娘只管出手。」

高萬成高聲說道：「門主，咱們處境險惡，不可太過大意。」

王宜中直逼到那綠衣少女身前，道：「你出手吧！」

綠衣少女輕輕歎息一聲，道：「我真的有些不明白，你是膽子大呢？還是太過自負？我手中有兵刃，應該讓你先機。」

王宜中道：「你如不出手，我不知該如何還手。」

綠衣少女道：「好吧！你小心了。」

突然一揚劍，刺了過去，明明是一把劍，就在她一揚手間，幻出了三道劍芒。

王宜中雙目圓睜，望著那刺來的劍勢，直待劍勢將要近身時，才突然一伸右手，五指聯彈而出。

五指並用，彈出了四縷指風。

綠衣少女只覺手中的長劍，被幾股強大的暗勁反逼回來，幾乎脫手而出，心中大爲震駭，疾快地向後退了三步，道：「你用的什麼武功？」

王宜中冷冷說道：「我說過，你不是我的敵手，你可以回去了。要你家主人過來會我。」

綠衣少女不得不相信王宜中的話了，眨動了一下圓圓的大眼睛，道：「剛才，你只要一出手，就可以取我之命。是麼？」

王宜中道：「不錯，但我手下留情。」

綠衣少女輕輕歎息一聲，道：「姑娘，小婢無能，難以擋人一招。」

只聽室外傳入一個清冷的女子聲音，道：「他用的『彈指神通』，而且能彈出四道指風，你自然不是他的敵手了。」

王宜中心中暗道：原來這出手一擊，名字叫「彈指神通」。

但聞那綠衣少女道：「小婢應該退出去嗎？」

室外人冷冷說道：「你既不是人家的敵手，還不退出來，站在那裡等死嗎？」

綠衣少女應了一聲，轉身出室。

王宜中回身行到高萬成的身前，道：「高先生，我揹著你趕路。」

高萬成微微一笑，道：「不用急，在這地方和她動手，應該是最好的地方。」

王宜中道：「好！我去向她挑戰。」

高萬成道：「門主，不要慌，咱們先計議一下。」

突然放低了聲音，接道：「如是那白衣姑娘現身，你能夠認出來嗎？」

王宜中道：「很難說，我沒有見過她的面目，不知是否能夠認出她來。」

高萬成道：「如若門主能夠生擒了她，咱們就可以和他們討價還價了。」

王宜中道：「我試試看吧！」

高萬成道：「門主適才施用的彈指神通，不知幾時學得？」

王宜中沉吟了一陣，道：「沒有人教過我。只是我覺著她那一劍，來勢太猛，而且劍花朵朵，叫人無法明白她刺向何處，就想起這個方法。」

高萬成啊了一聲，道：「那是說，這彈指神通，早已默記在門主的心中了。」

王宜中道：「好像是吧！我也不太清楚，心中一急，就用了出來。其實，我用以逼開她手中長劍時，還不知道這招叫什麼名字。」

高萬成啊了一聲，道：「像這樣的武功，門主的心中記的很多了。」

王宜中搖搖頭，道：「我不知道記有多少，也不知道能用出多少。但我如一個人靜靜地坐下想時，腦際中反而變成了一片空白，如若有一種必然的形勢逼迫著我，也許我能夠想出來對付的辦法。不過……」

高萬成點頭微笑，道：「不過什麼？」

王宜中道：「不過，自從隨同諸位學習過幾招武功之後，我似乎是有了一些感覺，開啟了一道閉塞的門。」

高萬成道：「那好極了，金劍門振興有望，朱門主的冤仇，也可以昭雪了。」

只聽一個女子聲音說道：「不見得吧！」

高萬成淡淡一笑，道：「聽姑娘的口音，看姑娘的身材，決不會超過二十歲，不知何以要打扮的這般老態龍鍾？」

王宜中轉頭看去，只見一個身著白衣，長髮披垂，滿臉皺紋的老嫗。她手中執著兩柄長劍，緩緩逼了近來。

王宜中道：「你是不是燕姑娘的主人？」

白衣女道：「是！你可是覺著很失望，是嗎？」

王宜中搖搖頭，道：「不是失望，而是覺著有些意外。」

白衣女道：「意外什麼？」

王宜中道：「你不應該這麼老，也不該這麼怪。」

白衣女道：「但我老了，也生的這麼怪。」

左手一揚，一把長劍，投擲了過來，道：「接住兵刃。」

王宜中並未伸手去接，卻一閃身避了開去。
高萬成伸手接住兵刃，緩緩交到王宜中的手中。
王宜中接過長劍，道：「多謝姑娘。」急急改口接道：「多謝老夫人賜劍。」
白衣女道：「我不是老夫人。」突然歎息一聲，道：「就算是老夫人吧！老夫人要告訴你一件事情。」
王宜中道：「什麼事？」
白衣女道：「給你一把劍，咱們在這裡一決生死。」
王宜中道：「你究竟是誰？」
白衣女道：「殺了我之後，你就可以見到我的真面目。」
王宜中搖搖頭，道：「我為什麼要殺了你？」
白衣女道：「因為，你不殺死我，我就要殺死你。」
王宜中道：「你的心中似是充滿著仇恨，是麼？」
白衣女長劍一震道：「你可以出手了。」
王宜中道：「咱們無仇無怨，難道一定要打個生死出來麼？」
白衣女笑道：「你如是不怕死，那你就讓我殺掉。」
一舉長劍，突然向王宜中刺了過去。她劍勢來得不快，但卻有一種凌厲逼人的氣勢，而

且劍勢籠罩了王宜中全身十幾處大穴。

王宜中還未瞧出什麼，但高萬成卻瞧得大吃一驚，高聲說道：「好惡毒的劍法，門主小心。」

王宜中並未爲高萬成的叫聲震動，神色間仍然是一片平靜，雙目圓睜，盯注在那白衣女的劍上。

那白衣女的長劍去勢很慢，而且愈接近王宜中愈慢。閃動的劍芒，距離王宜中前胸只餘下尺許左右。

但王宜中仍然靜靜地站著不動。

任何人在這等情勢之下，都會舉劍封架，但王宜中一直靜靜地不動，長劍平在胸前，不肯推出。

就構成了搏鬥中一次從未有過的奇觀。

白衣女冷冷說道：「你怎麼不出手封擋？」

王宜中道：「在下看不出你手中之劍，攻向何處？」

白衣女道：「你不出手封架我的劍勢，我如何能找出你的破綻？」

王宜中道：「咱們動手相搏，自然各憑本領了。」

兩人又相持了一陣，白衣女突然冷哼一聲，收了寶劍，轉身一躍，飛向室外。

王宜中也收了寶劍，搖搖頭，道：「這丫頭厲害得很。」

高萬成道：「屬下見過不下數百次的惡戰，但卻從未見過你們這等打法。」

王宜中接道：「她沒有出手，但如她一舉手，非有人傷在她劍下不可。」

高萬成道：「屬下不明白，門主怎會有此想法？」

王宜中道：「我看到她的劍勢，就有此感覺。」

高萬成道：「門主感覺到她的劍招很精奧了。」

王宜中沉吟了一陣，道：「她的劍招很奇怪，至少在氣勢上，她給人一種強烈的壓迫感，使人感覺到稍一疏忽，就可能被她取去了性命。」

高萬成道：「那她何以又不肯對門主下手呢？」

王宜中道：「這個我就不太明白了。」

高萬成道：「如若那位女子當時出了手，門主是否會感到要傷在她的劍下？」

王宜中道：「不會，在氣勢上，她的劍招雖如洪流狂濤，但我自信能夠拒擋住她的攻勢。」

高萬成道：「這就是那位女子突然自己退走的原因了。」

高萬成微微一笑，接道：「屬下瞧得很仔細，門主的劍勢，有如銅牆鐵壁，是以那位白衣女子在數度準備出手而又無法出手之下，只好放棄了攻擊，轉身而去。」

王宜中道：「我想得不如你透徹，大概是這個原因吧！」

高萬成笑道：「在強大的壓迫感下，門主的心智之門，已然開啓，潛藏於意識中的武功，正自源源而出，只可惜……」

王宜中接道：「可惜什麼？」

高萬成道：「可惜門主還未能掌握到主動，潛藏於意識中的深博武功，無法用於攻敵求勝。」

王宜中似懂非懂地啊了一聲，道：「我有些明白了，但又不全明白你言中之意。」

高萬成神情肅然地說道：「就屬下所見，你每經一次磨難，你深藏於意識中的武功，就沛然成長，助你解決危難。但必然在形勢逼迫之下，才能發揮，無法主動地施展出來，克敵制勝。」

王宜中點點頭，道：「不錯，先生一提，在下亦有同感。」

語聲一頓，接道：「此非善地，不能久留，咱們要早些離開才好。」

高萬成微微一笑，道：「屬下的看法，咱們留此很安全。」

王宜中接道：「怎麼，你不準備離開了？」

高萬成道：「自然要走，不過，在下覺著，這時間，還不是離開的時候。」

王宜中說道：「高先生，其他的事，我不擔心，我擔心那玩長蟲的女人。」

高萬成道：「怎麼樣？」

王宜中道：「她如使役很多的毒蛇進來，咱們要如何應付？那金線蛇纏在我手腕上，我

心中只是討厭，並不太害怕。但現在，我忽然對那些毒蛇生出了很大的畏懼。」

高萬成道：「你接觸的事物愈多，智能愈見增長，那就自然生出畏懼、悲傷、愛恨、憎恨的七情六慾。」

王宜中輕輕歎息一聲，道：「高先生，現在似乎不是談論這些事情的時候，至少我們應該試試看，能否闖得出去。」

高萬成道：「我們來此的用心，最重要的固然是治好你的毒傷，但還有一件重要事，那就是找出這一個神秘組織的一些內情，以便於追查他們的來路。」

王宜中道：「但如是咱們被人殺害而死，只怕是永遠也無法查出內情了。」

高萬成道：「如是我們一定要走，而且又有走的本領，她們必將全力對付咱們，對麼？」

王宜中沉吟了一陣，道：「不錯，咱們應該如何呢？」

高萬成道：「暫時留在這裡，至少咱們沒有衝離此地的企圖前，她們還不會立刻施下毒手。」

王宜中若有所悟地道：「先生似乎是早已經胸有成竹。」

高萬成笑道：「我已經留下了暗記，我相信他們會很快找到此地。」

王宜中道：「裡應外合。」

高萬成道：「恭喜門主已具有領導金劍門的才慧。」

突聞一陣沉雷般的怒吼，傳了過來。

高萬成道：「赤鬚龍嚴照堂。」

王宜中道：「咱們衝出去迎接他們。」

高萬成搖搖頭，道：「屬下不能行動，但事不宜遲，門主請去迎接他們。」

王宜中道：「可是……我去了，哪一個保護先生呢？」

高萬成道：「屬下的雙腿雖然已不能行動，但我武功還未全失，我如能撈他們一個就夠本了，門主快去吧。如若那白衣女子的武功，果如門主所言，四大護法，只怕也無法和她抗拒。」

王宜中略一沉吟，道：「先生保重，我會很快地回來。」

王宜中快步奔了出去，他匆匆急行之間，提氣奔行，竟然不覺間飛了起來，越過一重屋脊，頓見火把高燒，光焰照耀之下，四大護法並肩而立，正和那白衣女執劍對峙。

那是一座很寬敞的院落，周圍躺著十餘具屍體。王宜中一眼之下，已瞧出那些屍體不是金劍門中人。顯然，那些人都是被四大護法所殺。

但場中形勢，卻是對四大護法極爲不利。那白衣女執劍而立時，劍尖指著四大護法的停身之處。

四大護法有兩個人亮出了兵刃，但四個人卻緊緊地守在一起。只見四人的緊張神色，已可瞧出了四個人心中都有著很深的畏懼。

突然間嚴照堂大喝一聲，劈出了兩掌，兩股強厲的掌風直撞過去。

那白衣女長劍擺了一擺，陣陣劍氣，由劍芒上湧了出來。

嚴照堂那強厲的掌風，竟被那湧出的劍氣迫失於無形之中。

嚴照堂劈出了兩掌之後，疾快地退後了五步。

白衣女緩緩向前逼進了兩步，手中的長劍左右搖擺，但卻一直未出手攻向四人。

但龍、虎、獅、豹四大護法，卻已個個臉色大變，頂門上滾落下滴滴汗珠。

原來，白衣女的劍勢，使得四大護法，都有著一種很奇怪的感覺，但覺那白衣女的劍勢，只要一出手，就可以很容易地刺中自己。

詭異的劍勢，構成了一種強大無比的壓力，使得四大護法鬥志漸消，氣勢漸弱。

王宜中已瞧出情形不對，再要讓雙方對峙下去，四大護法很可能要傷在那白衣女的劍下。心中念轉，大喝一聲，道：「你們閃開。」縱身一躍，飛落場中。

嚴照堂急聲喝道：「門主小心。」

王宜中擋在了四人前面，道：「不用擔心。」

白衣女突然又向前行進兩步，劍勢如風擺柳絮，搖擺不定。

王宜中左、右雙手齊齊彈出，指風破空，分襲那白衣女身上八處大穴。

他指風攻襲的方位，分佈得很散，逼得那白衣女倒退三步。

王宜中逼退了白衣女，伸手拔出了長劍，冷冷說道：「姑娘，咱們應該一決生死了。」

火光下，只見那白衣女一雙白玉般的手掌，和臉上交錯的皺紋，形成了兩個極端的不同。

王宜中冷冷說道：「姑娘是否敢和在下決戰，希望能說一聲。」

白衣女冷笑一聲，道：「我早該要那條金線蛇把你咬死。」

王宜中道：「可惜的是，現在太晚了。」

白衣女道：「好吧！你一定想和我分個生死，咱們今夜就做個了斷，你先行出手吧！」

王宜中道：「姑娘先請。」

白衣女長劍伸出，搖擺不定的劍身，緩緩向王宜中刺了過去。

這等緩慢的劍勢，別說想刺中一個武功高強的人，就是一個全然不會武功的人，也不會被劍勢刺中。

但在那久歷江湖，身經百戰的四大護法的眼中，卻是震駭莫名。四人都已算武林中第一流的高手，但卻從未見過那等劍勢。

四個人都有著同一個感覺，覺著那白衣女刺出的劍勢，籠罩著十幾個方位，劍勢刺來，必中無疑。

四個人全神貫注在那白衣女的劍尖之上，腦際間卻泛起劍尖刺入王宜中前胸的景象，鮮

血流出的慘狀。

就在四人心頭震駭莫名的當兒，突見一道寒芒繞身而起。劍光如幕，王宜中全身都陷入一片白芒之中。

一陣金鐵交鳴之聲，傳入耳際。雙劍接觸，白衣女突然間向後退了五步。

嚴照堂等四大護法，同時發出一聲驚呼，四人先入爲主之念，覺著王宜中非要傷在那白衣女的劍下不可。

但定神再看，王宜中橫劍而立，威風凜凜。嚴照堂等的驚叫頓然間改變成歡呼之聲。

白衣女緩緩垂下長劍，道：「王宜中，該你動手了。」

王宜中搖搖頭，道：「咱們無怨無仇，何必一定要打個死活出來。我只想要你明白，你的劍術，並非是無人可破，只要你把在下母親交出來，金劍門並無一定要與貴派爲敵之心。」

白衣女嗯了一聲，道：「很大的度量。但此事並非我一個人能作得主。」

王宜中微微一怔，道：「怎麼，姑娘也不是首腦人物？」

白衣女淡淡一笑，突然改過話題，道：「你不是很想見見我的真面目嗎？」

王宜中道：「不錯。」

白衣女道：「我以真面目和你相見，談談咱們合作的事。」

王宜中道：「合作什麼？」

白衣女道：「既然稱爲合作，自然是對雙方都有好處。」

王宜中道：「好吧！姑娘請說。」

白衣女道：「這兒不是談話的地方，你帶著門下護法，去救了貴門中的軍師，然後咱們再談。」

王宜中道：「在哪裡談？」

白衣女道：「到時間，我自然會告訴你。」舉手一揮，道：「燕兒，咱們走吧。」走出出口，人蹤頓杳。

那叫燕兒的綠衣少女，卻緩步行了過來，道：「王門主，我家主人已經說得很清楚。」

王宜中接道：「但我仍然不太明白。」

綠衣少女微微一笑，道：「貴門中的高萬成，智謀出眾，才慧過人，王門主怎不去和他商議一下？」

王宜中點點頭，道：「說的不錯。」

再轉頭時，燕兒已經帶著人走得不知去向。

直到此刻，嚴照堂等才如夢初醒一般，齊齊行了過去，道：「拜見門主。」

王宜中微微一笑，道：「諸位不要多禮，咱們看高先生去。」舉步帶路而行。

幾人行入了廳中，只見高萬成仍然端坐在原地，臉上帶有微微的笑意。

王宜中大步行了過去，道：「高先生。」

高萬成緩緩站起身子，道：「門主有什麼吩咐？」

王宜中面上泛現出驚疑之色，道：「高先生好了嗎？」

高萬成微微一笑，道：「事情變化得越來越奇怪了，她們自動解開了我的穴道。」

王宜中道：「什麼人？」

高萬成道：「那位穿白衣的姑娘。」

王宜中道：「她告訴你些什麼？」

高萬成道：「她不要和我談，她說她已經告訴了門主。」

王宜中道：「她告訴我了。」

高萬成道：「告訴你些什麼事？」

王宜中道：「她告訴我，要和我們談談合作的事。」

高萬成道：「合作些什麼事？」

王宜中道：「合作些什麼事，在下也不明白。不過，她要我先和先生商量一下，然後，再和她們談。」

高萬成點了點頭，道：「事情變化得越來越奇怪了。」

王宜中道：「看起來，她們又不太像我們的敵人。」

高萬成神情肅然的說道：「目下情勢的變化十分微妙，連我也有些糊塗了，先和那位白衣姑娘談談再說。」

王宜中道：「她要我們全部參加，似乎要商量一件很重要的事。」

這時，突聞一陣步履之聲，四個身著青衣的少女，在那綠衣姑娘燕兒帶領之下，緩步而入。每人手中都捧著一個木盤。

綠衣少女加快腳步，行到王宜中身前，道：「敝主人特命屬下奉上食用之物，希望諸位先行進餐，然後，敝主人再行奉邀諸位商談大事。」

王宜中還未來得及講話，高萬成立刻接口說道：「放下吧！」

綠衣少女淡淡一笑，道：「敝上吩咐，如若諸位對我們送來的食物，不能放心食用，小婢就每一樣食用一口給你們看看。」

王宜中回顧了高萬成一眼，高萬成微微一笑，默不作聲。

綠衣少女下令四個女婢，放下手中的木盤，手中拿著一雙木筷，每樣食用了一口。四個女婢，放下了食用之物而去。

綠衣少女微微一笑，道：「諸位可以放心食用了。」

高萬成望了那些食用之物一眼，只覺色色精美，都是很可口美肴。當下說道：「如是諸位腹中饑餓，可以吃點東西了。」

王宜中、四大護法，連高萬成在內，都有些饑餓，立刻大吃起來。幾人腹中既餓，菜肴又極精美，片刻之間吃個點滴不剩。

幾人不過剛剛吃完，四個青衣少女，魚貫行了進來，每人手中，都捧著一杯香茗。

高萬成微微一笑，道：「咱們都是粗人，用不著享受這一杯香茗了。」

四個青衣少女也不答話，微微一笑，放下茶杯而去。

高萬成端起茶杯，凝目望去，只見杯中水色碧綠，一股淡淡的清香，撲入鼻中。

王宜中低聲說道：「先生，可以喝嗎？」

高萬成道：「看上去不似有毒，但還是不喝的好。」

王宜中啊了一聲，道：「我想了很多事。」

高萬成道：「想的什麼？」

王宜中道：「我想來想去，想不出她要和咱們談些什麼。」

高萬成接道：「等一會兒咱們就可以明白了。」

王宜中道：「高先生，我想他們可能有些什麼事求咱們，所以，才忽然間對咱們這樣好。」

高萬成道：「不論他們談什麼，門主最好不要立刻答應。」

王宜中道：「等先生決定。」

高萬成道：「決定還是要門主決定，屬下只是提供意見。」

王宜中還未來得及答話，綠衣少女已快步行了進來，道：「敝主人請諸位內廳議事。」

王宜中已逐漸地適應了酬應對答，一揮手，道：「有勞姑娘帶路。」

綠衣少女望了那白玉杯一眼，道：「可惜了我家主人這些千年松子汁，諸位竟然都未享用。」隨手取過一杯，一飲而盡。

王宜中一皺眉頭，道：「千年松子汁很珍貴嗎？」

綠衣少女笑道：「對一個中毒之人而言，有著很強除毒之效。」

王宜中暗道：「可惜！可惜！」

綠衣少女帶幾人到了一座敞廳門外，停下腳步，道：「這地方，小婢不能進去，諸位請吧！」

王宜中啊了一聲，正待舉步而入，突聞高萬成低聲喝道：「慢著，害人之心不可有，防人之心不可無，屬下先進。」

一側身，越過了王宜中，推門而入。

廳中燭光輝耀，端坐著一個美豔絕倫的白衣少女。

那是人間從未見過的絕色，高萬成不喜女色，亦不禁看得一呆。

白衣女輕啓櫻唇，發出一聲清脆的嬌笑，道：「高先生請坐啊！」

那嫣然一笑，有如春風沐體，有著使人迷失的力量。

高萬成怔了一怔，忘記了門外的王宜中和四大護法，連聲應道：「坐、坐、坐。」自行在一座錦墩上坐下。

白衣女輕聲說道：「高先生，瞧瞧那邊。」

高萬成啊了一聲，轉目望去。只見一張大方桌上，放著一堆珍珠，寶光泛動，不下百顆之多。

顆顆珍珠，都算得稀世之寶，以高萬成的見識之多，也不禁看得心頭一動，道：「好大的明珠！」

白衣女笑一笑，道：「如若一顆明珠，能值一萬兩銀子，擁有這百顆明珠，可算得富可敵國了。」

高萬成笑道：「不錯，不錯。」

只聽廳外傳入王宜中的聲音，道：「高先生，我們可進來嗎？」

高萬成急急起身應道：「門主請進。」

王宜中帶著四大護法，魚貫而入。

王宜中閱人不多，只感覺到那白衣少女好看得很，悅目賞心，很想多看她幾眼。

四大護法，卻是看得個個心頭怦然。

白衣少女嬌聲說道：「重賞之下，必有勇夫，千萬兩銀子的價格，不算輕吧！」

王宜中道：「在下等不懂姑娘言中之意，姑娘可否說得清楚一些？」

白衣女道：「事情很明顯，只要諸位答應賤妾一件事情，這百顆明珠，都爲諸位所有了。」

王宜中道：「這就叫合作嗎？」

白衣女笑一笑，道：「王門主，貴門真的願意和我們合作嗎？」

高萬成經過這一陣緩衝之後，逐漸地鎭靜下來，冷冷接道：「姑娘說說看吧！」

白衣女道：「如若貴門真肯和我們合作，咱們就聯合雙方的力量，對付他們，如是不願和我們合作，我們願送諸位百顆明珠，請諸位爲我們辦一件事。」

高萬成道：「什麼事？」

白衣女道：「殺一個人！」

高萬成道：「殺一個人，能收千萬兩銀子，算得是貴重之命，但不知那一個人是否該殺？」

白衣女道：「金劍門中的智多星，果然是言之有物，如若那是世人都覺著該殺的人，我們也用不著花上千萬兩的銀子，請人殺他了。」

高萬成雙目下垂，不敢逼視白衣女，口中卻緩緩說道：「這麼說來，那人是不該殺的了。」

白衣女道：「這要看是什麼人的看法。」

王宜中道：「最重要的是，姑娘先請說出那人是誰。」

白衣女道：「諸位要答應了，我才能說。」

高萬成道：「百顆明珠的價值，誠然很高。不過，它不能買到好人的命。再說，姑娘的武功已經很高了，如若姑娘無法殺死的人，就算是再加上百顆明珠，也是無人能夠辦到。」

白衣女道：「我？你怎麼知道我的武功很高呢？」

高萬成道：「適才姑娘在廳外和敝門主動手，在下已經見識過了。」

白衣女搖搖頭，道：「那不是我。」

高萬成抬頭看了那白衣少女一眼，急急垂下頭去，道：「因爲那時間，姑娘臉上戴了一張人皮面具。」

白衣女歎息一聲，道：「我知道你們說的是誰。」

王宜中道：「那人是誰？」

白衣女道：「是我姐姐。」

王宜中一皺眉頭，道：「那人真的不是你？」

白衣女道：「真的不是我。」

高萬成道：「我們可以認錯，但貴門中的燕姑娘，大概不會認錯吧。」

白衣女笑道：「你們該知道，她爲什麼不能進來。」

高萬成道：「因爲她認識姑娘。」

白衣女笑一笑，道：「不認識，敝門中有一個規戒。」

高萬成接道：「不許屬下見到你的真正面目。」

白衣女道：「雖不中亦不遠矣。」

目光轉到王宜中的臉上，接道：「你是一門之主，不管高萬成才慧如何高絕，事情總要你來決定。我已經說得很明白了，不知王門主的意下如何？」

王宜中道：「現在只要姑娘說明一件事情，本門就立刻可以決定。」

白衣女道：「說明什麼？」

王宜中道：「那人是誰？」

白衣女輕輕歎息一聲，道：「一定要說清楚嗎？」

王宜中道：「不錯。一定要說清楚那人是誰。」

白衣女道：「看起來，我非要加注不可了。」

王宜中道：「姑娘要準備加些什麼？」

白衣女道：「我！夠不夠？」

王宜中茫然說道：「你？」

白衣少女道：「對啦！加我一個人，只要你肯答應，我就以身布捨，做你的妾婢。」

王宜中的臉上，仍是一片茫然，緩緩說道：「做我的妾婢？」

白衣女接道：「我長得不夠好看嗎？」

王宜中道：「你長得很好看，不過，我不能因爲你好看，就要幫你殺人。」

白衣女臉色一變，目光緩緩在高萬成和四大護法的臉上掃過，道：「你們呢？哪一個肯答應。」

高萬成道：「答應了怎麼樣，不答應又怎麼樣？」

白衣女道：「哪一個答應了，就人財兩得。」

高萬成不敢和她目光相對，垂下頭去，道：「有一件事，不知道姑娘想到了沒有？」

白衣女道：「什麼事？」

高萬成道：「姑娘令姐的劍招，已到了至上之境，如若是令姐無能殺死的人，唯一能夠勝他的人，只有敝門主一個，如果他不答應，我們答應了也是無用。」

白衣女道：「還有一件事，賤妾也想先行說明。」

王宜中道：「我們洗耳恭聽。」

白衣女道：「答應了人、財兩得，不答應，諸位只怕都很難離開此地。」

王宜中笑一笑，道：「姑娘威脅我們嗎？」

白衣女道：「不知道王門主是否相信賤妾的話？」

王宜中回顧了高萬成一眼，道：「先生，這位姑娘的話，是真是假？」

高萬成道：「是真的。不過，屬下相信門主有應付之能。」

王宜中若有所悟地哈哈一笑，突然站起身子，道：「姑娘，咱們的談判，應該結束了，抱歉的是，我們未能使你姑娘如願。」

白衣少女霍然站起身子，還未來得及有所行動，寒光一閃，王宜中已然長劍出鞘，森森寒芒，逼到那白衣少女的前胸之上。

王宜中淡淡一笑，道：「姑娘，最好別動，在下很可能失手殺死你。」

白衣女嬌美的臉上，泛現出一片黯然之色，道：「你殺了我吧！我寧願死了，也不願意失敗。」

王宜中道：「姑娘沒有敗，我們也沒有勝，咱們不分勝敗。」

白衣女道：「我敗了，而且敗得很慘。」

王宜中笑一笑，道：「姑娘覺著自己敗了，實叫人想不明白。」

白衣女道：「他們騙了我。」

她笑起來，有如百花盛放，動人心弦，但此刻幽幽言來，又別有一番風情，緊鎖的黛眉，滿臉的淒傷，能使鐵石之人，亦爲之怦然心動。

高萬成和四大護法，都生出不忍之心，幾乎要出言相勸王宜中放下手中長劍。

正是哭笑兩皆媚，各極動人處。

王宜中似有無比的定力，並未收回長劍，輕輕歎息一聲，道：「他們是誰，騙了你什麼？」

白衣女聲聲如訴地說道：「她們說這世上的男人，都會爲我效力，都會爲我拚命，但你卻一點也不憐惜。」

王宜中搖搖頭，道：「我也不會殺你。」

語聲一頓，接道：「高先生，咱們走吧！」

高萬成和四大護法，緩緩站起了身子，舉步向外行去。

幾人的步法，都十分沉重，似乎是每一個人都有著很重的心事。

王宜中目睹幾人出了大廳，淡淡一笑，道：「姑娘保重了。」

白衣女突然哇的一聲，撲向王宜中的劍上。

王宜中迅快如電地還劍人鞘，大步行出廳門。

白衣女伏案大哭，聲傳廳外。

只見高萬成和四大護法，呆呆地站在廳外，臉上是一片哀痛之色，一種泫然欲泣的神情。

王宜中皺皺眉頭，道：「你們哭什麼？」

出山虎林宗本是粗豪之人，此刻卻突然憐香惜玉起來，輕輕歎息一聲，道：「那位姑娘很可憐。」言罷，熱淚奪眶而出。

他這一哭，獅王常順和金錢豹劉坤，連同高萬成，似是受到了強烈的感染一般，個個涕淚橫流。

只有赤鬚龍嚴照堂，還能忍著未哭出聲，也還能控制著較清醒的神志，當下伸手抓住了林宗、常順，放腿向外奔去。

王宜中左、右雙手伸出，抓住了高萬成和劉坤，緊追身後而行。

六個人一口氣跑出了十幾里，在一片荒野中停了下來。這時，已是日出時分，晨風拂面，頓使人神智一清。

林宗、常順、劉坤等長長吁一口氣，想到適才涕淚橫流之事，大感羞愧。

林宗一掌拍在身旁一株棗樹之上，大聲喝道：「剛才是怎麼回事？」

他號稱出山虎，練有金砂掌功，那一掌竟然深印樹身之內半寸多深，留下一個完好的掌痕。

高萬成輕輕咳了一聲，道：「林兄不用爲適才的事情羞慚，那是一種魔功。」

劉坤急急接道：「什麼魔功？」

高萬成道：「那白衣女的一顰一笑，一舉一動，無一不是魔功。」

劉坤道：「啊！原來那是一種魔功，無怪咱們都被她迷惑了，玩弄於哭笑之中。」

高萬成道：「門主身具一元神功，可以抗拒，所以未受迷亂，嚴兄的內功，較咱們深厚一些，所以尚能自制。」

長長吁一口氣，接道：「咱們雖然受了蠱惑，但還未完全迷失本性。」

常順拍拍頭皮，道：「大丈夫，男子漢，被她弄得又是鼻涕又是淚，還不算完全迷失本性，要是完全迷失了還要鬧出什麼樣的醜態？想到這件事，就使人覺著窩囊，要是被傳到江湖上去，真不知還有何顏見人？」

高萬成神情肅然地道：「咱們沒有完全迷失本性，只不過出一次醜，如是完全迷失了，那就不是現在的局面了。」

劉坤接道：「那是說還要嚴重了。」

高萬成道：「不錯。還要嚴重數十、百倍。」

嚴照堂道：「說說看，那是一個什麼樣的局面？」

高萬成道：「咱們會在白衣女魔功誘惑之下，完全迷失，她再居間一挑撥，咱們很可能就合力出手，圍攻門主，諸位想想看，那是一個什麼樣的局面？門主縱然有手下留情之心，咱們卻是神智迷失，難以自禁，個個都全力施爲。以四位的功力，如是聯手迫攻，不是門主爲我們所傷，就是傷在門主手下。」

嚴照堂長長吁一口氣，道：「在下相信高兄的話，那是一種魔功，我自信這份定力，足可以履刀山、走劍林，不爲所動，但竟然無法忍受她那一笑。」

王宜中道：「這中間確然有些古怪。」

林宗道：「高兄，兄弟在江湖上走了數十年，當年和朱門主南征北戰，經歷了無數的風

浪，也會過不少奇人，從未聽說過哭、笑魔功，這中間的古怪何在呢？」

高萬成道：「這個在下也無法說個明白，但朱門主在世之日，曾對兄弟說過一事，也是他平日的憂鬱之一。」

嚴照堂接道：「說些什麼？」

高萬成道：「他說，有一種魔功，能把一個美女的媚力，完全的發揮出來，一旦這種媚功在武林之中出現了，武林之中，必然要形成大亂之局。」

嚴照堂啊了一聲，道：「有這等事。在下怎未聽先門主談過此事？」

高萬成道：「那日，四位都有要事他往，只有兄弟一人守在門主的身側，他提起此事，兄弟亦曾追問，但先門主又告訴兄弟說，此事不太可能，所以，兄弟亦未放在心上，今日想起，竟然不幸被先門主言中了。」

嚴照堂道：「高兄，先門主對此事有何解說？」

高萬成道：「先門主說，那魔功修成很難，更難的是，要有那麼一個十全美女。那魔功近似一種迷魂大法，不同的是，它只是散發本身的媚力，使人不覺之間，爲其美色陶醉，進入了迷失之境。兄弟記得，先門主解說中，還有樂器配合之說，媚功和音樂配合在一起，能使這等魔功發出最大的神效。但朱門主覺著世間不可能有那樣一個能使人人傾心的美女，魔功可以修練，但絕色美女卻無法用魔功練成。」

嚴照堂喃喃自語，道：「古人有一笑傾城，再笑傾國之說，昨夜中已讓我們見到，如若那真是一種魔功，的確是不易抗拒。」

語聲一頓，接道：「先門主既然提到這等魔功，自然，也曾說過抗拒這等魔功之法了。」

高萬成道：「因爲先門主還不太相信這等魔功會在世間出現，故而未說出抗拒之法。」

劉坤突然一拍大腿，道：「劉老四倒想起了一個對付的法子。」

高萬成道：「願聞高見。」

劉坤道：「咱們閉上眼睛不瞧她，也就是了。」

常順道：「如是瞧過一眼，只怕你已無閉上眼睛之能。」

劉坤道：「用帶子把眼睛蒙起來。」

常順道：「這個、這個，也許會有點效用。」

久未開口的王宜中，突然插口說道：「只怕是一樣無效。」

劉坤微微一怔，道：「怎會無效，她笑的好看，哭的動人，咱們如是瞧不到她，自然沒有事了。」

王宜中道：「但只要你們能聽到她的聲音，只怕仍要爲她所迷亂。」

劉坤道：「如若她的聲音也能使咱們的神志迷亂，那就把耳朵堵起來。」

王宜中道：「如是把眼睛包起來，耳朵堵起來，看不到，聽不見，那如何和人動手？」

神州豪俠傳

劉坤道：「這個，這個，看來咱們得遮住眼睛，堵起耳朵練武功了。」
高萬成道：「先門主提到這種武功時，神色非常嚴肅，顯然這武功十分難以克制了。」
嚴照堂接道：「這麼說來，咱們就等著讓人宰割了。」
高萬成沉吟了一陣，道：「有一件事，不知諸位能否確定？」
嚴照堂道：「什麼事？」
高萬成道：「那位練成魔功的白衣美女，是否就是和諸位動手的人？」
嚴照堂、林宗等四大護法，面面相覷，答不上一句話來。
高萬成目光轉到王宜中的臉上，道：「門主的看法呢？」
王宜中沉吟了一陣，道：「聲音有一點像。」
高萬成道：「那位和諸位動手的白衣姑娘，劍術十分高強，但她仍然無法勝過門主。」
王宜中道：「你是說……」
高萬成接道：「不論她是姐、妹兩人，還是一個人改扮而成，或是兩個漠不相關的人，但有一點我們可以確定，那就是她們都不是門主的敵手。」
王宜中道：「但我也未必能夠勝過她們。」
高萬成道：「你能！你已開啓了靈智之門，目前唯一缺乏的是搶攻之能，但這不要緊，只要稍微習練一下，就可以勝任了。」

王宜中道：「我還是不太瞭解先生的用心。」

高萬成道：「簡單的很，咱們安排下一個陣勢，由門主出手，把他們兩個人殺了。」

王宜中道：「殺了？」

高萬成道：「是的，這是唯一的辦法，斬草除根，永不復發。」

王宜中神色凝重，道：「高先生，我母親還在她們手中。」

高萬成道：「我知道。咱們要分頭並進，一面救王夫人，一面出手對付他們。」

嚴照堂道：「可惜的是，咱們目前還沒有摸清楚他們的來路。」

高萬成道：「這個麼，兄弟倒探聽到一些。」

嚴照堂道：「高兄果然是比我們高明多了。」

高萬成道：「先不用誇讚我，在下探得的也有限得很。這中間，還得咱們多多用心分析。」

王宜中道：「他們是什麼人物？真正的用心何在？」

高萬成道：「最先的用心，是希望利用擄去門主令堂的手段，迫使咱們退縮。」

王宜中接道：「這一點，他們也對我說過。」

高萬成道：「但以後，他們又改變了主意。」

王宜中道：「又有了什麼花招？」

高萬成道：「他們發覺門主的武功高強，又改變了策略，想利用門主和金劍門的力量，

爲他們先打頭陣。」

王宜中道：「他們要利用咱們去對付什麼人？」

高萬成道：「對付什麼人，屬下還未曾探知。」

嚴照堂道：「他們又是些什麼來路呢？」

高萬成道：「一個新興的武林組織，除了幾個首腦人物之外，來不及收羅門下弟子。所以，只好就地取材，利用江湖上現有的人物。因爲他們需才迫切，所以，不分門派，不分正邪，只要武功到了一定的限度，那就羅致門下。他們用的方法更是極盡惡毒，先用毒物傷害那人，然後再送上解藥，以便迫使對方聽從令諭。」

嚴照堂道：「那是說這些人中，都是善於役用種種毒物的人。」

高萬成道：「咱們只能說他們之中，有一個善於役使毒物的人。」

劉坤突然說道：「高兄，那位白衣姑娘，是不是他們之中的首腦人物？」

高萬成道：「聽她的口氣，應該是首腦中的人物之一，至少，也是個極主要的人物，但還不是決定大計的人。」

語聲微微一頓，接道：「由那位白衣姑娘習練的武功，牽涉入一件很大的命案之中，那就是新科狀元之死。」

嚴照堂聽得一怔，道：「怎麼會牽涉入官府中去？」

高萬成道：「目下我還不敢斷言他們的身分，但他們確然借著京畿中公侯大員的府第，作他們的掩護，所以，沒有人能夠知曉他們的巢穴何在。」

嚴照堂輕輕歎息一聲，道：「那就難怪江湖上雖有甚多高手被他們所用，卻又無人知曉是怎麼回事，只要他們有一個開山立窰的地方，就不可能做的這等隱密。」

王宜中道：「這些消息，你是從何處聽得？」

高萬成道：「屬下從他們零星的交談之中，聽出一個大概，然後再行綜合歸納，思索出一個輪廓來，門主聽到的，就是屬下思索出的一個結論。」

王宜中道：「現在，咱們應該如何？」

高萬成道：「不論這個神秘組織如何發展，但第一個要對付的是咱們金劍門，拖延時間，對他們更是有利。」

王宜中道：「高先生的意思呢？」

高萬成道：「屬下只能出主意，但大計還要門主決定。」

王宜中道：「我？」

高萬成道：「是的，門主是否決定要殺掉她？」

王宜中道：「那位白衣姑娘嗎？」

高萬成笑一笑，道：「不錯，如是能殺了她，第一可引出他們的全部首腦，第二，可以

減去咱們一個勁敵。」

常順道：「對！那小妖女能把人整得忽哭忽笑，留著她，實是一大禍害。」

王宜中道：「高先生，你們都不能和她照面，要如何才能殺她？」

高萬成道：「如是門主有此決心，屬下自然有所安排。」

王宜中目光轉動，緩緩由高萬成等臉上掃過，道：「諸位覺著如何？」

嚴照堂道：「屬下覺著，如是將來非和咱們為敵不可，那就不如先行下手了。」

王宜中笑一笑，目注高萬成道：「你可以說出辦法了。」

高萬成道：「屬下設法把她誘到一處絕地，門主下手除她。」

王宜中點點頭，道：「先生有把握誘她出來嗎？」

高萬成道：「屬下有把握誘她出來，但屬下擔心的是門主下不了手。」

王宜中道：「第一，我是否有殺她之能，目下還不知道；第二，是否一定得殺死她，如若只傷了她，可不可以？」

高萬成道：「斬草不除根，春風吹又生。要麼不下手，如若下手，就要取她之命，而且門主已具有殺死她的能力。」

王宜中道：「如若我殺死了那白衣姑娘，他們會如何對待我的母親？」

高萬成道：「這個，自然要先把夫人救出來。」

語聲微微一頓，接道：「目下咱們既已找到了敵人，自然要全力施爲。屬下已代門主傳諭，召來了四大劍士，各率二十劍手，今日不到，明日定然可以趕到了。」

王宜中道：「他們在什麼地方和咱們會合？」

高萬成道：「距此地不遠的劉家莊，那裡也是咱們一處隱秘的藏身之地。」

王宜中啊了一聲，道：「高先生，咱們要到哪裡會合？」

高萬成道：「回到劉家莊去。屬下已經要瞎仙穆元通知一帆順風萬大海，如若時間趕的巧，他也可能在今天趕到。」

王宜中道：「那萬大海不是咱們金劍門中人吧？」

高萬成道：「不是，其人號稱一帆順風，耳目之靈，天下再無人能夠及得。」

王宜中道：「找他做什麼？」

高萬成道：「問問那白衣姑娘的底細，屬下雖然已隱約推斷出一些內情，還是不太清楚。」

王宜中擔心母親的安危，沉吟了一陣，道：「救我母親的事，先生準備幾時行動？」

高萬成道：「等四大劍士趕到，見過萬大海後，立刻行動。」

王宜中道：「爲什麼要見到萬大海之後，才能行動呢？」

高萬成道：「因爲目下咱們還不知道令堂現在何處。」

王宜中道：「萬大海知道嗎？」

高萬成道：「那萬大海是數百年來，江湖上從未有過的一位奇怪人物，不知他用什麼方法，收集到江湖上各大門派的內幕詳情，只要咱們出的價錢合適，能從萬大海那裡買到任何想知道的消息。」

王宜中道：「有這等事？」

高萬成道：「是的。那萬大海實有著通天的手眼，凡他賣出的消息，事後證明，從沒有一次錯過。」

嚴照堂突然接道：「那萬大海的本領，固然使人敬服。但有一點，不知高兄是否想到，我們可以買到別人的內情，別人只要肯出價錢，一樣能買到我們金劍門的消息。」

高萬成道：「不錯，若干年前，兄弟也有此想。覺著其人以出賣江湖各門派的內情為業，應該是一位大奸巨惡之徒，留他在世，實在無益。」

嚴照堂接道：「高兄和何人談過這件事？」

高萬成道：「和先門主。」

嚴照堂道：「先門主怎麼說？」

高萬成道：「先門主說，那萬大海是一位深藏不露的人，他表面上嘻嘻哈哈，其實，是一位身負絕技的人，而且，他出賣各種內情，表面上不分正邪，有錢就行。其實，他內心之中有一道很嚴厲的界線，如是綠林梟雄出價購買什麼內情，他不是藉故刁難，就是出賣一些不為大害的內情，其中還加上他編造的謊言，隱隱含勸阻之意。」

嚴照堂道：「這麼說來，倒是兄弟誤會他的爲人了。」

高萬成笑一笑，道：「誤會他的爲人，又何止你嚴兄一個，江湖上甚多大門派，都誤會他的爲人，但這數十年間，又有什麼人能奈何他？」

嚴照堂道：「他號稱一帆順風，自然不是專靠運氣了。」

高萬成道：「萬大海神出鬼沒，也許他早已經到了劉家莊，兄弟帶路。」當即向前行去。

廿四　巧破毒計

數十里的行程，在幾人的腳程下，極是快速，不到中午，已進了劉家莊。

這一處金劍門經營的暗舵，表面上看去，毫無起眼之處，只是一處普普通通的農舍，但進入大門內，才發覺出有別於一般農舍。

它連綿數十丈，直到進了二門，才看到花圃遍地，一條紅磚鋪成的小道直通大廳。

一個身著土布長衫的老者，早已恭候在二門之內。

高萬成閃身一側，目注王宜中道：「這就是本門中新任門主。」

布衣老者一膝著地，雙手抱拳，道：「屬下莊田，叩見門主。」

王宜中一揮手，道：「你快起來。」

莊田站起身，哈著腰退了兩步，才直起身子，道：「門主請入廳中侍茶。」

王宜中已慢慢習慣了自己的身分，點點頭，舉步向前行去。

只見兩個身著青衣、頭梳雙辮的女婢垂手站在門側。

王宜中剛剛落座，兩個女婢已手捧木盤而至。

第一個女婢木盤上放著濕過水的面巾、清茶，第二個女婢木盤上，卻放著切好的水果。

兩個女婢放下清茶、水果，轉身而去。

王宜中目光一掠高萬成和四大護法、莊田等，微微一笑，道：「你們坐啊！」

高萬成、四大護法、莊田，依序入座，兩個女婢又分別獻上面巾、香茗。

莊田擦擦臉，笑道：「屬下奉命潛隱於此，經營這一片田莊，一切都遵照令諭行事，未和武林中往來，現有明細帳目，請門主過目。」

王宜中一揮手，道：「不用看帳了。」

高萬成道：「你經營有成，門主日後自有獎賞，金劍門新門主領導，已決心重出江湖，但一有行動，就難免有人作梗。目下你經營的這片莊院，可能已在人監視之下，因此你不用再顧慮暴露身分了。」

莊田一欠身，道：「屬下都記下了。」

高萬成道：「替我們準備幾間靜室，我們要休息一下。」

莊田道：「早已備好。」

他帶幾人行入了一所幽靜的跨院之中。

群豪個別行入房中坐息。

天到掌燈時分，群豪都從坐息中清醒過來。莊田早已在內廳中擺好了酒席，恭候門主。
高萬成、四大護法，護擁著王宜中行入內廳時，莊田早已恭候廳內。
王宜中大步行入上位，坐了下來。
高萬成輕輕咳了一聲，道：「莊田，有否發現可疑之處？」
語聲甫落，一個莊丁急急奔入內廳，道：「稟莊主，有人求見高爺。」
莊田微微一怔，道：「人在何處？」
那莊丁應道：「莊院門外。」
莊田道：「來人什麼樣子？」
莊丁應道：「黑色土布褲褂，一個種田的莊稼人。」
高萬成微微一笑，道：「快些請他進來，一定是萬大海到了。」
只聽一陣哈哈大笑，道：「不用請，兄弟已經進來了。」
隨著笑聲，一個身著土布褲褂的大漢，快步行入廳中。
高萬成站起身子，迎了上去。
那莊丁只瞧得怔了一怔，道：「你怎麼進來的？」
萬大海微微一笑，道：「走進來的。」
那莊丁滿臉迷惘之色，莊田冷哼一聲，道：「沒有人攔阻你嗎？」

萬大海微微一笑，道：「你們的人，都對我很客氣，所以沒有攔阻我。」

高萬成急急說道：「這位萬兄是受我之邀而來。」

莊田呆了一呆，退到一側。

高萬成一抱拳，道：「萬兄請坐。」

萬大海哈哈一笑，道：「兄弟被人攔了一下，所以晚到了半個時辰。唉！如是再晚一會兒，連晚飯也趕不上了。」一面說話，一面自行坐了客位。

王宜中已從高萬成的口中，知曉了這萬大海之能，當下站起身子，抱拳一禮，道：「萬兄！」

萬大海急急還了一禮，接道：「不敢當，不敢當。」

伸手取下臉上的人皮面具，笑道：「為了路上方便，兄弟不得不改扮一下，門主不要見笑。」

王宜中微微一笑，道：「江湖中事，虛虛實實，無可厚非。萬兄請坐吧！」

萬大海道：「在下謝坐。」

嚴照堂等四大護法，齊齊抱拳一禮，道：「萬兄一路辛苦。」

萬大海欠身還禮，道：「咱們坐下談吧。」

目光一顧高萬成，接道：「高兄急驚風般地把兄弟找來此地，不知有何見教？」

高萬成道：「想和萬兄談票生意。」

萬大海道：「好事，高兄請說，什麼生意？」

高萬成道：「酒、菜快涼了，咱們吃過再談。」

幾人舉杯互敬一杯，接著就吃喝起來。幾人心中都有事，一頓飯匆匆用畢。

女婢獻上香茗後，高萬成招來莊田吩咐道：「要他們都退下去，未聞呼喚，不准入廳。」

莊田一欠身，道：「屬下遵命。」

喝退廳中女婢，低聲問道：「屬下想不通，他怎麼會走了進來？」

高萬成笑道：「你們如是能攔阻他，他也不會被人稱做一帆順風了。」

莊田啊了一聲，道：「原來是他，那就難怪了。」悄然退出敞廳。

萬大海哈哈一笑，道：「高兄，怎麼樣，現在可以談談生意吧？」

高萬成道：「本門中想買一件消息，萬兄可願接下這票生意？」

萬大海道：「有道是靠山吃山、靠水吃水，生意麼兄弟自然要做，但這要看看兄弟能否接得下？」

高萬成道：「萬兄，怎的學的謙虛起來了。」

萬大海道：「做生意講究賠賺，兄弟不能不打下算盤。」

高萬成道：「這麼說來，在下就直說出來了。」

輕輕咳了一聲，道：「有一位白衣姑娘，率領著一股很神秘的力量，處處和敝門作對，兄弟想摸摸那些人的底子。」

萬大海道：「他們出身隱秘，現在爲止，江湖上知曉他們的人還不很多。不過……」

高萬成笑一笑，接道：「不過，你萬兄知道，是嗎？」

萬大海大笑道：「兄弟這一帆順風的綽號，豈是讓人白叫的嗎？」

高萬成道：「好！萬兄開個價吧。」

萬大海淡淡一笑，道：「很難啓齒，兄弟和貴門中先門主交情不錯，談到銀子，未免有些俗氣了。」

高萬成道：「這是萬兄的規矩，敝門主和我等都會理解。」

萬大海道：「好吧！朋友歸朋友，生意歸生意，兄弟少收幾個就是。」

說完話，伸出一個指頭。

高萬成微微一笑，雙目盯在萬大海的臉上，瞧了良久，道：「一萬兩黃金？」

萬大海淡淡一笑，道：「好吧！就是萬兩黃金，老實說，這一票生意，兄弟還要賠幾個。」

嚴照堂冷哼一聲，心中暗道：「一萬兩黃金，他還說賠錢，這人也真夠狠了。」

只聽萬大海哈哈一笑，道：「嚴兄，你哼什麼？可覺著這一萬兩黃金，花的太冤枉麼？」

嚴照堂冷冷說道：「可惜的很，兄弟不能作主，不便插言。」

萬大海道：「如是你嚴兄能夠作主呢？」

高萬成不停地暗中示意，阻止嚴照堂，但嚴照堂卻故作不知，冷冷說道：「如是兄弟能夠作主，咱們很難做成這筆生意。」

萬大海突然仰天大笑，良久不絕。

王宜中心中暗道：「糟了！嚴照堂這幾句話，只怕要激怒於他，看來，這票生意，只怕是做不成了，但一萬兩黃金，數字不小，不知金劍門中是否能付出這麼多黃金。」

心念轉動之間，萬大海突然停下了大笑之聲，道：「好吧，衝著你嚴護法，兄弟多賠幾個，減一半如何？」

這變化大出場中人的意料之外，聽得王宜中為之一呆。

林宗哈哈一笑，道：「萬兄，你這價錢，好大的虛頭。」

萬大海笑一笑，道：「林兄有什麼高見？」

林宗道：「沒有什麼，兄弟只是覺著你能減一半，大約是還可以再減了。」

萬大海道：「可以，林兄說說看，你的意思如何？」

林宗道：「咱們金劍門，行俠仗義，從不聚斂財富。」

萬大海笑一笑，道：「君子愛財，取之有道，有錢也不算壞事情啊！」

林宗道：「兄弟的意思很簡單，咱們金劍門窮得很，五千兩黃金，一樣付不出來。」

嚴照堂歎息一聲，道：「咱們金劍門，不能打家劫舍。昔年在江湖走動時，還可以取一點貪官污吏的銀子用用，十七年未在江湖走動，全靠門下經營的農場、果園，維持門中開銷，五千兩黃金，在你萬兄的眼中，也許不值什麼，但在我們金劍門中，卻是一筆很大的數字。」

萬大海哈哈一笑，道：「這麼說來，在下做你們金劍門這筆生意，貼錢是貼定了。」

高萬成道：「多謝萬兄。」

萬大海微微一怔，繼而大笑道：「好吧！兄弟好人做到底，不但不要錢，再送貴門一萬兩銀子，成麼？」

王宜中道：「這個，不好意思吧！」

萬大海說送就送，探手從懷中摸出了一把銀票，笑道：「王門主，你就不用客氣了，收下這些銀票，萬某人還有話說。」

王宜中滿臉尷尬之色，道：「這個……」

高萬成道：「門主請收下吧！如是門主不收，只怕萬兄心中不悅。」

王宜中只好伸手接過，道：「這筆錢，算我們金劍門中暫借閣下的，日後，金劍門有錢

了，再行奉還。」

萬大海臉色一正，道：「王門主、高兄，錢的事，咱們暫時不談。你們目前的敵人，是一個極度不好對付的集團。」

高萬成道：「如是好對付，我們也不會請你萬兄指點了。」

萬大海哈哈一笑，道：「說得也是。」

他語聲一頓，接道：「他們首腦人物不多，亦未開門立派，但他們卻能把武林任何門派中的高手，收爲己用。」

高萬成道：「江湖上有很多忌諱，不論正、邪兩道中人，都得遵守，但那白衣女一行，卻似是不顧及這些事。」

萬大海道：「那是因爲他們不是原有的門派，和江湖上任何門派無關，所以，行起事來，心中沒有任何的顧慮。」

高萬成道：「那白衣女的武功很高。」

萬大海道：「應該如此，她們學習的，都是各大門派中精粹之學，所以，一出手，就很有分量。」

高萬成道：「萬兄果然是高明得很。」

萬大海接道：「聽你高兄一句恭維的話，比給兄弟五萬兩銀子，還要名貴。」

王宜中道：「萬先生，他們的武功，源起何處？」

萬大海道：「他們在王公大臣的府中，營建了巢穴，所以江湖上很少能有人知曉他們的來路，至於他們的武功，除了採集了各大門派中的長處之外，似乎是根據一本奇書而來。」

高萬成道：「不錯，那是一本天竺的書，被他們迫人譯成了中國文字。」

萬大海雙目眨動了一陣，道：「高兄，你好像比兄弟還清楚嘛？」

高萬成笑道：「我是程咬金的斧頭，全在頭三招上。」

萬大海道：「但你說的都對，他們的首腦人物，似乎是在五至七人之間，可能是三女、四男，或是三女、二男。」

嚴照堂道：「那是說，三個女的一定是首腦人物了。」

萬大海點點頭，道：「近日之中，他們的勢力，似乎是要移出京師，但目下還無法確定他們的落腳之處。」

高萬成道：「他們爲什麼一出手就和我們金劍門對上了？」

萬大海道：「他們要擴展實力，你們金劍門卻也要重振昔日的雄風，在時間上，你們有了衝突，再者，他們急需人手，金劍門自然是最好的對象，如是能一舉征服了貴門，他們就用不著再四出羅致屬下了。」

高萬成道：「我們雖只交手數陣，但金劍門並沒有落敗。」

萬大海道：「不錯，就目下形勢而言，你們在第一回合中，未分勝敗。」

王宜中道：「那些施用藥物，改人形貌，逼人效命的，可是他們？」

萬大海道：「不錯，正是他們。但老朽發覺了一件事，他們的手段，有時極惡毒，有時卻又溫和一些。」

王宜中道：「他們在江湖上活動的用心何在？就在下一些觀察所得，他們的行事方法，也無一定的準則。」

萬大海道：「他們是何用心還不很顯著，在下也無法預言。但他們五或七人的首腦，似乎還未能全協調一致，有入主張採用激烈手段，有人主張用溫和之法，這就是他們忽而手段惡毒，忽而又極爲寬大的原因。」

王宜中點點頭，道：「對！他們所作所爲，有時候全不似出於一個組織令諭下的手段。」

萬大海道：「所以，他們內部之中，有著很大的矛盾。」

高萬成道：「萬兄，對此事有何高見？」

萬大海哈哈一笑，道：「高兄，忘記了兄弟立下的規矩嗎？」

王宜中道：「什麼規矩？」

萬大海道：「在下雖然出賣收集來的隱秘，但卻從不參與其事，幫人出主意、定謀略。」

王宜中啊了一聲，笑道：「世間百行百業，都有規戒，咱們自是不能相強。」

萬大海笑一笑，道：「那麼，在下告辭了。」

王宜中微微一怔，道：「怎麼就要走嗎？」

萬大海道：「萬某人知道的，都已經說完了，應該如何對付他們，那是你王門主的事了，恕在下不便多言。」

霍然站起身子，接道：「我不能留這裡了。」

萬大海哈哈一笑，道：「諸位，咱們後會有期。」話落口，人已走得蹤影不見。

王宜中道：「高先生，眼下咱們應該如何？」

高萬成道：「知己知彼，百戰百勝，咱們已經瞭然敵情，不難籌畫出對付敵人之策。」

王宜中道：「計將安出？」

高萬成道：「安排一個陷阱，再和那白姑娘談判一次。」

王宜中道：「和她談什麼？」

高萬成道：「他們數人之中，用心不同，咱們最好能挑撥起他們的火併。」

王宜中道：「你找他們……」

高萬成頓了頓，又道：「除了那白衣女外，還有很多人在暗中偷覷咱們，也許他們已開

始調集人手，安排陷阱。等他們佈置好了，隨時就會向我們施襲。那些人的手段，只怕會比白衣女那夥人更激烈，也更惡毒。而且，他們也不會用什麼光明磊落的方法。」

王宜中道：「那些人，可是殺害先門主的仇人嗎？」

高萬成道：「應該是他們。」

王宜中道：「我們該怎麼辦？」

高萬成道：「目下最重要的一件事，就是門主要多多保重。咱們金劍門二十年未在江湖走動，但門主一出面領導，金劍門就立刻有所舉動，這在外面人看來，金劍門遲遲不動，就是在等待門主，這就使他們對門主有了很大的成見，千方百計要算計門主了。」

王宜中道：「倒也有理。」

高萬成目光一掠四大護法，道：「從此刻起，你們要加倍小心，以維護門主的安全。」

四大護法齊齊欠身應是。

林宗皺皺眉頭，道：「高兄，門主武功，高過我等甚多，照在下的看法，金劍門中人都需要門主的照顧了。」

高萬成笑道：「這是相輔相成的事。」

臉色突然間轉變得十分嚴肅，接道：「如是我推想的不錯，他們必將傾盡所有的惡毒手段，對付門主。你們四大護法，從現在開始，全力保護門主的安全，門主的武功雖高，但他全無江湖歷練，亦未到百毒不侵之境。」

王宜中笑一笑，道：「他們會竭盡惡毒的手段對付我嗎？那是些什麼手段？」

高萬成道：「什麼手段，很難一一列舉，但說明一、二，以門主之才，就不難舉一反三了。」

他語聲一頓，道：「用毒，武林中有幾位用毒高手，不但在食用之物中下的毒無色無味，使人無法分辨，而且能隔物傳毒，預行布毒。」

王宜中點點頭，道：「還有些什麼？」

高萬成道：「此外可以利用毒物施襲，還有苗疆蠻荒的蠱術，總之，江湖宵小的手段防不勝防。」

嚴照堂道：「這方面高兄但請放心，憑我們數十年的江湖閱歷，再處處留心一些，大致不會再出事了。」

高萬成道：「調集的劍手，大約就要趕到了，咱們分頭辦事，我們替門主安排一下。」

突然一個長衫中年漢子大步直衝了進來。

莊田識得那是自己的得力助手，莊中的總管，急急喝道：「王總管，休得無禮。」

那中年漢子，恍如不聞，仍然向大廳中衝來。

高萬成急急喝道：「攔住他。」

嚴照堂右手一抬，抓住那人的後背衣領，生生提了起來。

莊田滿腔怒火，一躍而至，右手一抬，迎胸拍出一掌，喝道：「渾小子，你吃了豹子膽。」

嚴照堂輕輕撥開莊田的掌勢，道：「莊兄，要聽候門主發落。」

莊田向後退了一步，道：「就算是門主饒了他，我也要把他按門中的戒律治罪。」

王宜中突然接口說道：「嚴護法，帶他進來瞧瞧。」

嚴照堂應了一聲，提著王總管大步行了過來。

這時，嚴照堂已點了他兩處穴道，放開兩手，那位王總管雙腿一軟，向地上摔去。

高萬成疾伸右手，抓住了王總管，先在他身上搜了一遍，笑道：「嚴兄，解開他的穴道。」

嚴照堂依言解開王總管身上穴道。廳中所有人的目光，都投注在那位王總管的身上。只見他雙目圓睜，神情木然。

莊田氣得全身發抖，回頭對王宜中抱拳一禮，道：「門主，看渾小子活的不耐煩了，求門主下令交給屬下發落。」

王宜中道：「不能怪他，更不能怪你，你看他形同中邪一般，必是受了極厲害的暗算，我們要慢慢地找出原因。」

高萬成行近王總管，仔細地瞧了兩眼，道：「他好像中了什麼毒功暗算。」

嚴照堂突然一伸手，拍在那人的背心之上，那人突一張口，吐出一物。

莊田伸手去撿，卻被高萬成伸手攔住，道：「別動它。」

王宜中凝目望去，只見那一物大如胡桃，通體如漆，落地滾動，竟然瞧不出是什麼東西。

出山虎林宗抓起一個玉盤，用案頭竹筆把它撥入盤中，道：「此物很柔軟，只是瞧不出它是什麼東西。」

只聽那王總管長長吁一氣，道：「屬下被他們點了雙臂上的穴道，又把此物堵在喉間，拍了我背後一掌，屬下就不能自主地跑了進來。」

王宜中道：「嚴護法，解開雙臂穴道。」

嚴照堂應了一聲，拍活了那王廣雙臂上的穴道。

王廣活動一下雙臂，望望王宜中，突然拜了下去，道：「屬下叩見門主。」

王宜中一揮手，道：「快起來，我要問你的話。」

王廣應了一聲，站起身子。

王宜中微微一笑，道：「你不用慌，慢慢地想清楚，再回我的話。」

王廣輕輕歎息一聲，道：「只怕屬下說不出什麼。」

莊田怒道：「你就算沒有還手的能耐，總該瞧出那人模樣吧！」

王廣苦笑一下，道：「屬下沒有看見他們。」

莊田聽得一怔，怒道：「你是死人嗎？」

高萬成道：「王廣，來人武功高你很多，失手不能怪你，把你記憶中事盡量說出來！」

王廣道：「屬下巡視時，在一處暗影中，突然被人伸手抓住了雙臂，屬下還未來得及回頭，後腦也被人按住，當時情景，屬下只有呼叫一途，哪知剛剛一張嘴巴，就被人在口中塞下一物，然後，又在屬下背上拍了一掌，屬下就不由自主地跑了進來。」

高萬成臉色一變，道：「莊田，快叫人準備一盆火，火盆要越大越好，火盆上放一大鍋油。快去！快！快！」

莊田心中雖然疑竇重重，但在高萬成急聲催促之下，只得急急趕著去辦。

高萬成目光轉到林宗的身上，道：「林兄，那黑球是軟的嗎？」

林宗道：「是軟的。」

高萬成道：「快些用碗把它蓋在玉盤之中。」

林宗取過一個茶碗，把那形如胡桃之物，蓋入玉盤之中。

一個高大的火盆，抬入廳中，火盆架上，放著一個油鍋。

高萬成道：「室中多點火燭，要照的毫髮畢現。」

莊田下令，燃起了十幾支粗逾兒臂的火燭。一剎那間，廳中光如白晝，照的一片通明。

高萬成輕聲說道：「林兄，把那玉盤，連同茶碗一齊放入油鍋。」

林宗依言放入。

王宜中奇道：「先生，你說那軟球之內，藏的什麼？」

高萬成道：「如是屬下料斷不錯，那軟球之內，藏的是一種奇毒之物，咱們已經在不知不覺之中，逃過了一次危機。」

王宜中想到毒蟻咬身之苦，不禁臉色一變，道：「那裡面藏著毒蟻？」

高萬成道：「如是那人能夠役施毒蟻，就可能役施毒蜂、毒蚊，屬下只能想到它裡面藏的是一種毒物，但我卻無法知曉它藏的什麼。」

嚴照堂道：「好惡毒的方法。」

高萬成道：「是的。咱們在救人之時，大家都不會戒備，如是那黑球突然爆開，毒物陡然衝出，只怕要有很多人受到傷害。在那原來構想設計人想像之中，咱們會先解開這位王總管雙臂上的穴道，他伸手取出口中之物，很可能弄破軟球，數十隻毒物，衝了出來，咱們縱然不會全部受傷，至少有大半人傷在這毒物之下了。」

一陣嘭嘭輕響，油鍋中冒起了一陣青煙。

凝目望去，只見滾油面上，浮起一層炸枯的巨大毒蚊，不下四、五十隻之多。

王宜中劍眉聳動，俊目放光，肅然說道：「蓄養這毒蚊、毒蟻的不知是何許人物，萬萬留他不得。」

他身受毒蟻之害，吃盡苦頭，心中對這些毒物，仍有著極大的怨恨和畏懼，內心中泛生有生以來第一次殺機。

圍在四周瞧看的四大護法，臉上也都泛出激憤之色。他們身經百戰，歷盡凶險，但這等事，也是初次遇到。

高萬成目光轉到莊田身上，道：「傳諭下去，撤除在外的防守。」

莊田聽得一怔，接道：「強敵來襲，咱們應該加強防守才對，怎麼能撤除四面防守。」

高萬成道：「我要將計就計，誘他們入莊。」

莊田啊了一聲，立時傳下令諭。

高萬成命人抬下火盆、油鍋，熄去廳中大部分火燭，說道：「派人出去，搜購幾口棺材，我們要裝出受傷、死亡，但也要嚴禁洩漏有人受傷、死亡的事。」

嚴照堂接道：「高兄，既然咱們要僞裝出死亡、受傷的事，自然要讓他們盡快的知道，爲什麼又要嚴禁屬下洩漏出去呢？」

高萬成道：「咱們不能低估對方，如是咱們很快把傷亡傳出去，很可能使人動疑。到目前爲止，咱們還沒有一個人被毒蚊咬過，也無法判斷出被咬傷後有些什麼反應，只能想像這毒

神州豪俠傳

蚊是極為惡毒之物罷了。」

王宜中突然說道：「高先生，咱們金劍門的劍士，已奉諭趕來此地，先生要如何處置？」

高萬成笑道：「這座莊院很大，把他們安頓下來，暫時駐足於此。」

王宜中道：「要如何告訴他們？」

高萬成道：「告訴他們，門主受傷，暫停活動。」

王宜中道：「好吧！一切都照先生的安排。」

莊田遣出了大批精明屬下，分頭購買了八口棺材，而且，方圓數十里的藥舖，亦有人買去所有的解毒藥物，幾個著名的大夫，也都被請入了劉莊。

金劍門中兩位黃領劍士，各率了十名劍手，如期趕到了劉家莊。

除了領隊的兩個黃領劍士之外，二十名劍手，都不明內情，只聽到門主和高萬成受了毒傷，正在療治、養息，要在此等候。而且嚴禁洩漏出消息。

莊宅內院，門禁森嚴，四個劍士把守，不許人隨便出入。

內廳中並列著八口棺材，但卻沒有佈置靈堂，廳門口處，站著兩個抱刀大漢，大廳內點著一支火燭，顯得有些陰森。

兩個領隊的黃領劍士，奉到嚴厲約束屬下的令諭，二十名劍士，合住在一所跨院中，任

何人不得擅自離開跨院一步，就算那跨院外，正展開激烈的惡鬥，在未得令諭之前，亦不許行出跨院參戰。

金劍門雖然十七年未在江湖上出現過，但他們對第二代劍士的培養，並未稍停。除了成就特殊的劍士之外，金劍門下劍士，有著完善制度，他們有一定數量，分作八隊，每隊十人，由一個黃領劍士統率。八位領隊劍士，也就是金劍門中的八大劍士。

除了正選八十名劍手之外，別有八十名預備劍士，準備遞補正式劍士的傷亡。

金劍門中的劍士另一特色是，只負搏殺強敵的任務，從不參與江湖上鬥智、用謀之爭，以便他們能專心於劍術上的深造，也從不單獨行動。所以，他們精於合搏和禦眾的搏鬥。是故金劍門的劍士人數，並不太多，但他們在江湖上卻獲有極高的評價，昔年幾場正、邪大決鬥，他們表現了無與倫比的威力，使少林、武當都為之黯然失色。

整個金劍門中，除了八大劍士統率的劍手之外，就是納賢的組織。剛好和劍士的組織相反，是個無所不包，專以羅致奇才異能之士的組織，這些人出身不同，但卻各有成就，沒有很明顯的主從之分，都納入門主的管轄之下，他們行走江湖，查訪宵小，和各地的分舵暗作呼應。

表面上看去，納賢堂似極渙散，其實，它亦有著極為嚴格的紀律。只因這些人的活動帶有一些機密性，所以往來之間，亦都不著痕跡。

王宜中雖然接了金劍門的門主之位，但他對門中事務涉入不深，幸得朱崙死前已有了很妥善的安排，由高萬成和門中二老以及瞎仙穆元等分掌門主之權，也使得金劍門雖然息隱了十七年，但卻一直能保持著沒有解體。

且說劉家莊中佈置得充滿哀痛，但並未有出喪的舉動。

雙方都有著很大耐性，兩天沒有舉動。

第三天晚上，二更時分，列棺內廳前面的院落中，突然像飛鳥一般，落下兩個人。

他們直接由空中落下，使得莊院四周佈置的暗卡防衛，全都失去了效用。但不論輕功如何高強的人，也不會飛，世間沒有會飛的人，但那落下的兩個人，卻明明是越度過重重莊院、護衛，飛落在內廳前面。

兩個守在廳門口的抱刀大漢，眼看兩個人由空中飛落，不禁為之一呆。就在兩人一呆之間，已經被人點中穴道。

大廳內棺木並列，火燭透射出微弱的燈光。

燈光下只見兩個穿著黑色勁裝的人，後背上一左一右帶著兩個隆起之物，緩緩行入廳中。兩人的年紀都在三十左右。個子不高，但身體削瘦，正是練習輕功的上佳體型。

兩個人前腳跟後腳，進入了內廳。

敞大的內廳中，除了八口棺材之外，只燃著一支火燭。

夜色幽深，八棺並列，慘悽陰風，震慄人心。

兩個黑衣人回顧了一眼，亦不禁有著頭皮發炸的感覺。

左首的黑衣人輕輕咳了一聲，壯壯膽子，道：「老二，我瞧這決不會是詭計了，他們援手都已趕到，遲遲不動，顯然是因爲發生了巨大的變故。看看這八口棺材並列廳中，死去之人，自然不會是一般莊丁等無名之人了。」

右首黑衣人道：「金劍門中人，小氣的很，這麼大的一個廳堂，只點著一支火燭。」

左首黑衣人道：「照常情而言，那毒蚊飛出之後，死傷的決不止這幾個人，死後能放入棺木，停於此廳中，自然都是稍有身分的人，如是金劍門新門主也死了，屍體定然在這八口棺木之中。先掀開一口棺木瞧瞧。」

右手伸出搭在一口棺木蓋上。

但聞一聲冷笑，自身後傳了過來。

那聲冷笑，有著使人毛髮豎立，寒氣透心的感覺。

兩個黑衣人同時打了一個冷顫，回頭看去。

只見一個身著長衫，赤鬚垂胸的大漢，當門而立。

右邊黑衣人道：「閣下是什麼人？」

長衫大漢冷肅地說道：「赤鬚龍嚴照堂。」

也不問兩人姓名，舉步行入廳門。

赤鬚龍嚴照堂具有一種威嚴的氣度，使人在一見之下，會生出敬畏之心。

嚴照堂逼近兩人身前三尺處，停下了腳步，冷然說道：「兩位夜闖宅院，而且要啓人棺木，難道不怕棺中厲鬼，生擒爾等嗎？」

兩個黑衣人，各自向後退了兩步，右手一探，各自拔出了一把寬面短刀。

就在兩人拔刀之時，靠近兩人的棺蓋，突然啓開。

嚴照堂大喝一聲，掌力揮出，案上的火燭一閃而熄。

一切都配合的十分佳妙，大喝聲掩去了棺蓋開啓的聲音。燭光突然熄去，使兩個黑衣人不得不運足目力注視嚴照堂的舉動。

就這樣，緊旁兩人，棺蓋啓動中，伸出了兩隻手，悄無聲息地點中了兩個黑衣人的穴道。

一道火摺子，突然亮起，逐走了黑暗。

棺蓋啓動中，躍出了劉坤、林宗。

林宗舉起了火摺子，燃起火燭，望望兩個黑衣人，笑道：「高兄這法子，還真是有用，不費吹灰之力，就生擒了兩人。」

劉坤道：「只是這舉動有欠光明，也沒有動手搏殺過癮。」

嚴照堂道：「這兩人練的輕功很特殊，我隱在暗處，看到他們由夜空中直落而下。」

內廳一角，高萬成緩步行了出來，接道：「不足爲奇，技巧在他們後臂兩個包裹上。」

林宗道：「倒要見識見識，他們怎麼一個飛法。」

伸手撥動黑衣人背後的包裹，撥動良久，仍無反應。

高萬成伏下身子，很仔細地瞧了一陣，伸手在黑衣人背後突起包裹一按。一陣輕響，彈出一個巨大羽翼來。

那是用巨鳥的羽毛編織成的一個形如鳥翼之物，用彈簧扣在兩腋下面。

嚴照堂歎息一聲，道：「虧他們想得出來，如是一個人的輕功，練到了某一種程度，用兩臂張合之力，搧動這巨翼，在空中飛行一段距離，並非難事。」

高萬成沉吟了一陣，動手解下兩人背後的四扇羽翼，道：「我要仔細研究一下這四扇羽翼。」

林宗怔了一怔，道：「高兄，可是想學此技？」

高萬成笑一笑，道：「不是我，是門主。我見過他輕功的成就，就算先門主也難及得。如若這羽翼能用在他的身上，或能真的成爲一個越空百丈的飛人。」

林宗道：「爲什麼不逼問這兩個人？」

高萬成微微一笑，道：「別把對手估計太低，你們四大護法之名，江湖上有誰不知，我想他們早已想到了遭擒的後果。」

舉手一揮，道：「林兄，還請躲入棺木中去，如是在下推斷的不錯，今夜中還應該有人來此。」

挾起兩個黑衣人步出大廳。

片刻時光，內廳中又恢復陰森氣氛，一燈如螢，八棺並列。

被兩個黑衣人點倒的抱刀守護之人，已被推活了穴道，但兩人卻仍然倚臥門口，裝出穴道未解之狀。

廳中白燭，隨風輕搖，已然燃去了大半。

廿五　盡入掌握

突然間，一條人影，疾如流星般，飛躍而至。

那是一個白髯白髮的老者，一襲青衫，臉若童顏。

只見他瞧了兩個倒臥在門口的抱刀大漢，冷笑一聲，舉手一招，一把單刀自地上飛起，落入手中。

兩個裝作暈倒之人，竟也沉著得很，那老人隔空取刀入手，兩人仍然靜臥未動。

青衫老人單刀一揮，冷森森的寒芒，掠著右面大漢的臉上掃過，刀風劃面生寒。

傷臥在右側的大漢早已得到了高萬成的囑咐，要忍受一切驚恐，那老人舉手一招，刀自入手，武功已到隔空取物的能耐，就算是和人動手，也不是一招之敵，只好硬著頭皮裝下去。

那老人鋼刀掠面而過，卻未傷人，但使他相信，兩個人都還被制著穴道，舉步跨入了室中。

並列的棺木，在一支白燭的光焰下，顯得有些陰暗，內廳四周暗影幢幢。

白髯老人似是自視甚高，冷笑一聲，舉手向中間一座棺木上拍去。

就在掌勢揚起之際，暗影中突然響起了人聲，道：「那棺中都是石塊、瓦片，這一掌下去，會浪費你不少功力。」

白髯老人急忙回目望去，只見赤鬚龍嚴照堂，肅然立在兩丈開外。

但聞兩側棺木輕響，出山虎林宗、獅王常順、金錢豹劉坤，齊齊由棺木中飛身而出。

白髯老人目光轉動，四顧了一眼，淡淡一笑，道：「只有你們四個？」

嚴照堂緩步行了過來，道：「閣下覺著不夠嗎？」

白髯老人道：「貴門主不在嗎？」

嚴照堂道：「閣下如若能對付得了我們四個，敝門主自會現身。」

白髯老人道：「你們是……」

嚴照堂接道：「金劍門四大護法。閣下是何許人？」

白髯老人道：「你們如能留下老夫，再問姓名不遲。」

林宗怒道：「好狂妄的口氣。」

右手一抬，呼的一掌，劈了出去。

那白髯老人冷笑一聲，左掌一拂，橫裡擊去，看似不成章法，其實巧妙無比，林宗掌勢剛剛可以擊中老人時，老人的掌緣同時切到了林宗肘間關節。林宗急急挫腕收掌，疾退兩步。

劉坤冷哼一聲，五指半屈半伸，抓向老人的肩頭。

白髯老人右手一揚，單刀直出，後發先至，刺向劉坤前胸。刀如閃電，迫得劉坤疾快地向後閃退五尺。

行家一伸手，便知有沒有。林宗、劉坤出手兩招，已知遇了勁敵，嚴照堂與獅王常順，也瞧出了這白髯老人的厲害，以林宗和劉坤之能，一出手就被人逼退，實是從未遇到過的事情。

四個護法，迅速地布成了合圍之勢。

嚴照堂道：「閣下高明得很，決非江湖上無名之人。」

白髯老人道：「如是你們無能留下老夫，老夫縱然說出姓名，於事何補。」

白髯老人單刀突然一揮，嚴照堂等四個人都感覺到刀光向自己刺來，有如四把刀同時刺出一般。

嚴照堂大喝一聲，右手一拂，硬向刀上迎去。林宗、劉坤，同時揮出兵刃，兩道寒芒，捲了出去。常順卻疾退了兩步，突然又欺身而上，揚手發出一片烏光，迎頭撒下。

金劍門中四大護法，各具有特殊武功，或是硬接攻勢，或是全力搶攻，或是攻守兼俱。

四個人，採取了四種不同的方法。

白髯老人長嘯一聲，單刀疾收，幻起了一片繞身刀光。

但聞一陣兵刃相觸之聲，攻來的兵刃被刀光震退，攻入的拳掌都被刀光迫開。

白髯老人防守中不忘攻敵，刀握右手，左手攻出一掌。這一掌在刀光掩護下攻了出來，有著突如其來之妙。掌勢直逼向嚴照堂的前胸。

原來，他和四大護法交手一招之中，已感覺到四人之中，嚴照堂的功力最爲深厚，是以，先對付嚴照堂。

嚴照堂剛剛收回攻出的一招，白髯老人的掌勢已到前胸，當下運氣出掌，硬接下一擊。雙掌接實，響起了一聲大震。

嚴照堂只覺那掌力重逾千鈞，在他記憶之中，從未接受過如此沉重的掌力，胸前氣血浮動，身不由己地向後退了三步。

但這一掌的瞬間，林宗、常順、劉坤，已從三方位攻了過去。配合的佳妙，有如水銀泄地，無孔不入。

白髯老人單刀盤頂，湧出一片刀花，逼開了三人攻勢，口中大聲喝道：「嚴照堂，再接老夫一掌試試。」

欺身跨步，又是一掌，劈向嚴照堂的前胸。

一樣的掌法，一樣的攻勢，但卻逼的嚴照堂非要硬接不可。

情勢逼人，無暇多思，嚴照堂只好又舉右掌接下一掌。

嚴照堂雖然又接下了一掌，但人又被震退三步。

他本以掌力見長成名江湖，但這白髯老人兩記掌力，卻逼的嚴照照堂氣血翻動，搖搖欲倒。

白髯老人回刀疾劈數招，又把林宗等三人逼開，第三掌又高高地舉了起來。

但聽暗影中一人喝道：「住手！」

白髯老人留勁不發，道：「什麼人？」

那人應道：「金劍門主。」

白髯老人回頭望去，只見王宜中手中握著一柄長劍，緩緩行來。王宜中的身旁，緊隨著高萬成。

王宜中打量了那老人一眼，忽然想了起來，道：「是你，那趕車的人。」

白髯老人淡淡一笑，接道：「正是老夫。」

打量了內廳中的棺木一眼，冷然道：「哪個人想出這等裝死的辦法，全然沒有丈夫氣概。」

高萬成道：「把毒蚊藏於軟球之中的辦法，實也有欠光明。」

白髯老人冷哼一聲，道：「可是你們搜購了這多棺木，但仍未能騙過老夫。」

高萬成道：「但閣下竟然來了。」

白髯老人道：「老夫到此，只是爲了和貴門主做最後一次談判。」

高萬成道：「可以。但咱們先要知道你閣下的身分。」

白髯老人道：「老夫如是不能作得主，也不會來了。」

高萬成道：「說得太簡單了，就憑你閣下這幾句空口白話，就讓我們答允合作嗎？」

白髯老人緩緩說道：「老夫等手握智珠，如操勝劵，今夜之來，只不過再做一番商量，如是貴門仍然不肯答允，明日午時開始，對貴門即將大展屠殺。」

王宜中突然哈哈一笑，接道：「閣下是威脅本門了。」

白髯老人道：「並非威嚇，過了明日午時，令堂是首先遭殃之人。」

這幾句話，有如千斤巨錘，擊打在王宜中的前胸之上，頓覺一股寒意，直透背脊。

連番凶險的歷練，使得王宜中學會了控制自己，定定神，道：「這手段很卑下，家母全然不會武功，諸位竟然以她生死做爲對在下的要脅。」

白髯老人冷冷說道：「王門主如若覺著老夫是恐嚇之言，咱們就不用再談了，老夫告辭。」轉身向外行去。

嚴照堂一招手，四個護法突集於一處，攔住去路。

白髯老人道：「好！這既是貴門中的待客之道，那就別怪老夫手下毒辣了。」

嚴照堂沉聲說道：「他內功雄厚，掌力萬鈞，不可和他硬拚。」

他連接了那白髯老人兩掌，幾乎當場重傷，嚴照堂心裡明白，以那白髯老入的掌力，林宗、常順、劉坤等三人，任何人也無法接下他一掌之力。

王宜中冷然喝道：「閣下來見我王某人，既然見到了，也該留下些什麼才是。」

白髯老人霍然回過身子，道：「好大的口氣。」

王宜中緩緩行近那白髯老人，道：「在下希望你留下來，等過明日中午。」

白髯老人道：「老夫如若要走，你如何能把老夫留下？」

王宜中揚了揚手中的長劍，道：「憑這個，成嗎？」

長劍一擺，突然指向那白髯老人。就在他長劍探出的同時，眉宇間也突然泛現出一片濃重的殺機。

一道森寒的劍氣，直逼過去。

嚴照堂等不知那白髯老人的感受如何，但他自己卻覺著那閃動的劍芒，似乎籠罩了整個丈餘方圓，不禁心頭一震，暗道：「我一生經過了不少的惡鬥，會過不少高人，但從未見過這等奇幻的劍勢。」

那白髯老者進入這擺滿棺木的內廳之後，雖然有時聲色俱厲，他的神情一直保持著適當的輕鬆。但王宜中長劍一出，頓然使那白髯老人神色一變。只見他臉上的肌肉顫動，顎下白髯，似乎是根根都豎了起來。全身的衣服，也開始膨脹起來，雙目圓睜，盯在王宜中的長劍之上。

顯然，王宜中伸出的一劍，使得那白髯老人，也爲之震駭不已。

高萬成疾快地退開，嚴照堂也招呼那林宗、劉坤等退出了內廳。

王宜中緩緩向前逼近了兩步，突然一收劍勢，道：「閣下可以亮出兵刃了。」

白髯老人左手疾快地探入懷中，摸出了一把深綠色劍鞘的短劍。右手一按機簧，短劍出鞘。一道寒芒、燈光下閃閃生輝。

王宜中冷冷說道：「你的兵刃太短，可要換一把長劍？」

白髯老人道：「你先勝了老夫手中的短劍再說。」

王宜中長劍一收，平胸而立，劍尖卻斜斜地向外指出。

這是改用守勢的劍式，但卻把門戶封閉的嚴密無比。

白髯老人短劍揮動，似要攻擊，但卻無法從王宜中擺的劍式中看出空隙。

需知不論如何的防守劍招，都不能天衣無縫，使人無機可乘。如是看不出對方守劍式的空隙，那就證明了對方比你高明。

白髯老人觀察了一盞熱茶工夫之久，突然一收短劍，道：「老夫讓你先攻。」

原來，那白髯老人在數番轉折之後，找不出可攻之處，不論攻向哪個方位，對方都有著嚴密的防守，簡直是無隙可乘，只好放棄了搶佔先機的用心。

他放棄先攻，反使得王宜中為之一呆。

原來，王宜中潛藏於意識中的武功，還未到運用隨心之境，如若有敵人的攻勢啓發，自能隨勢應變。這一來，要他先攻，反有不知所措的感覺。

但王宜中數番戰陣的歷練，已得到靜字一訣，緩緩向前行了兩步，手中長劍並未立刻攻向那老人。

雙方仍然保持了一個相對之勢。

王宜中兩道銳厲目光，不停地在那白髯老人身上打量，手中長劍亦隨著那轉動的目光，不停地左右擺動。忽然間，王宜中手中的長劍，停了下來，指在那白髯老人右面胸、肋之間。

陡然間，嚴照堂等發覺了王宜中有著一種莫可言喻的氣勢，那是一種劍道大家的氣勢，隱隱間有著凌人之威。

那白髯老人頭上出現了汗水，目光盯注在王宜中手中的長劍之上，神態間流露出畏懼之色。

顯然在氣勢上，那白髯老人已經輸了一籌。

只聽王宜中輕聲喝道：「小心了！」長劍突然刺了出去。

這一劍看似平淡無奇，但卻如急瀑飛泉般地帶起了一股巨大的勁氣。

白髯老人手中的短劍疾快而起，並未去防阻那股衝擊而來的劍勢，卻在旁側舞起了一片劍花。

忽然間，那白髯老人身軀移動，隱入了一片劍光之中。

王宜中長劍由側面刺來，碰在那泛起的劍花之上。只聽一陣兵刃交鳴之聲，兩人霍然分開。

王宜中站在原地不動，那白髯老人卻身不由己地向旁退到一側。

凝目望去，只見那白髯老人臉上滿是汗水，雙目中微現驚恐。

王宜中卻是神情嚴肅，又緩緩舉起右手長劍。

白髯老人突然大聲喝道：「住手！」

王宜中長劍已然斜斜指出，指向那白髯老人的前胸，冷冷說道：「除非你答允留在這裡。」

白髯老人道：「老夫想請教閣下一件事。」

王宜中道：「先答覆了在下之言，你再問不遲。」

白髯老人臉上一陣青、一陣白，顯然內心中有著極大的痛苦。

王宜中冷冷說道：「你如是不肯答允留此，那就休怪在下出劍無情了。」

白髯老人輕輕咳了一聲，道：「好吧！老夫留在這裡，不過，你也要答覆老夫心中幾點疑問。」

高萬成已聽出最後幾句話，用心在自找臺階，當下輕輕咳了一聲，道：「他說得很合情理，門主應該答允。」

王宜中點點頭，道：「好吧！我知道的就答覆你。」

白髯老人收了匕首，藏入懷中。

王宜中緩緩收了長劍，道：「你問吧！」

白髯老人道：「閣下的劍招，不似承繼劍神朱崙的衣缽。」

王宜中道：「我義父武功、劍術，都已達登峰造極之頂，自然不能及他。」

白髯老人道：「不！你的劍路和朱崙不同，是你更強過朱崙甚多，如是你承繼了朱崙的衣缽，那就是青出於藍。」

他語聲頓了一頓，道：「但那不可能，朱崙劍路和閣下不同。」

王宜中道：「你究竟是要問什麼？」

白髯老人道：「閣下的師承。」

王宜中搖搖頭，道：「我沒有師父。」

白髯老人怔了一怔，歎道：「不錯，你在天牢中住了一十七年，自然是沒有師父了。」

王宜中道：「你早知道了，何必再問。」

白髯老人道：「這也是老夫不解之處，放眼當世，連那故世朱崙也算在內，沒有人能在二十年中調教出像你這樣的人物。何況中原武學，要循序漸進，時間限制了你，你不可能有這樣一身成就。」

王宜中笑一笑，道：「但我卻有了這一身武功。」

白髯老人道：「這是大悖武學常軌的事，使老夫百思不解。」

高萬成突然接口說道：「老前輩認得先門主嗎？」

白髯老人道：「你叫高萬成，對嗎？」

高萬成道：「不錯。」

白髯老人道：「朱崙在世之日，稱老夫是他生平所遇的敵手之一。」

抬頭望著屋頂，似是在回想以前往事。

良久之後，才緩緩歎一口氣，道：「自然，那是他高抬老夫。我們在華山之頂，論武一日夜，第五百二十八招，老夫中了他一劍。」

高萬成啊了一聲，道：「二十五年前和先門主華山論劍，就是閣下。」

白髯老人道：「正是區區。」

王宜中道：「閣下是……」

白髯老人接道：「老夫流雲劍客白雲峰。」

高萬成道：「原來是白老前輩，在下等失敬了。」

白雲峰目光凝注在王宜中的臉上，道：「昔年老夫和劍神朱崙在華山論劍一日夜，老夫敗在朱崙的手中，老夫心中十分不服，所以，我就千方百計地想法子去追求一種武功，希望能勝過朱崙。」

高萬成道：「所以，老前輩就別走蹊徑，設法追覓到天竺武功。」

白雲峰笑道：「當年朱崙曾經和老夫談過，說你高萬成十分聰慧多智，想不到二十幾年後證實了他這句話。」

嚴照堂緩緩說道：「敝門先門主，才智過人，他說的話，自然是言無不中了。」

白雲峰回顧了嚴照堂等一眼，緩緩說道：「朱崙是一位極端聰明的人，才智上，老夫自知不如他甚多，但武功上，老夫勝不過他，實在有些不服。」

王宜中道：「但你一直沒有勝他，是嗎？」

白雲峰道：「可惜他死了，他如若還活在世上，老夫自信在武功上可以勝他。」

王宜中道：「你連我都勝不過，如何能夠勝得過我的義父。」

白雲峰臉色一變，道：「你完全不是朱崙的劍路，老實說，你比朱崙高明多了。」

語聲微微一頓，接道：「老夫適才和你動手，雖然爲你劍招所制，但老夫未用出天竺武功和你動手。」

高萬成道：「這麼說來，白老前輩對適才落於下風一事，心中有些不服了。」

白雲峰道：「不錯，如若一開始用出別的武功，不被他的劍勢罩住，老夫未必就落於下風。」

王宜中道：「閣下的意思是希望再試一次了？」

白雲峰道：「如若你王門主有此用心，老夫也極希望再試一次。」

王宜中道：「好！那麼請出手吧！」

白雲峰道：「咱們如再動手，那就不能在這廳中動手。」

王宜中道：「爲什麼？」

白雲峰道：「這地方，對老夫極不適合。」

王宜中道：「閣下之意，要在哪裡動手？」

白雲峰道：「找一片寬闊的地方動手，老夫讓你見識一下天竺武功。」

王宜中皺皺眉頭，道：「高先生，咱們應該如何？」

這一戰，關係著能否留下白雲峰做爲人質，心中猶疑，不敢決定。

高萬成也怔住了，他對王宜中劍上的造詣，充滿著信心，但他瞭然了目下這白髯老人的身分之後，不禁猶豫起來。

白雲峰當年和朱崙齊名江湖，華山論劍之後，白雲峰突然在江湖上消失不見，有如沉海沙石，再無消息。想不到二十餘年後他突然又在江湖上出現。

雖然，王宜中練成了世間從無人練習過的一元神功，但如白雲峰用出全力相搏，這一戰的勝負，高萬成亦無把握。何況，白雲峰說明了，要以學來對付朱崙的天竺武功，對付王宜中。能對付朱崙武功，那自然是世間最好的武功。

高萬成一生謹慎，謹慎的人，不可冒險，當下輕輕咳了一聲，道：「屬下的看法是，既然彼此相互爲敵，那就用不著授敵以可乘之機。」

白雲峰冷哼一聲，道：「高萬成，你這個奸詐的小人。」

高萬成淡淡一笑，抱拳說道：「白老前輩，有道是兵不厭詐，愈詐愈好。彼此既成敵對，那就談不上什麼奸詐小人了。」

白雲峰道：「當年朱崙在世之日，也不敢對老夫如此無禮。」

高萬成道：「不錯，先門主和你白老前輩有交情，自然不同，但目下的王門主，卻和你白老前輩素昧平生。」

高萬成話已說得很明顯，王宜中哪還有不明白的道理。

長劍一探，指向白雲峰道：「如若你不肯束手就縛，那就別怪我劍下無情。」

白雲峰想到自己縱橫江湖數十年，除了敗在朱崙手下一招之外，一生中再未栽過觔斗。想不到二十餘年後，再出江湖，竟然栽倒在一個後生晚輩的手中。

但最窩囊的是，這內廳中八具棺木，限制了他，無法用出天竺武功，空懷奇技，受制於人的劍下。

原來，白雲峰心中明白，以王宜中那等犀利的劍招，自己只要稍有阻礙，必然傷在對方的劍下，因此，他雖有移開棺木之能，卻不知那王宜中肯否給他時間。

千古艱難唯一死，何況白雲峰感覺到這樣死了未免太冤。他臉上滿是激憤之色，但卻緩緩背上了雙手。那表示願意束手就縛。

嚴照堂走過去，點了他雙臂、雙腿上的穴道。

白雲峰冷冷地回顧了王宜中和高萬成一眼，道：「你們要如何對付老夫？」

高萬成道：「希望老前輩能傳出令諭，制止貴屬下，別傷了王夫人，需知敝門主生性至孝，貴屬如若傷了他的母親，在下也無法保護老前輩的安全了。」

白雲峰氣得冷笑一聲，閉上雙目。

高萬成言下之意，充滿著恐嚇的意味，那是說，如若王宜中的母親，遭到了什麼傷害，同樣的報復行動，就要加諸在白雲峰的身上。

王宜中還劍入鞘，冷冷說道：「白老前輩，要委屈你一下了。」

白雲峰冷哼一聲，欲言又止。

王宜中回顧了嚴照堂一眼，道：「好好的照顧這位白老前輩。」

嚴照堂應了一聲，抱拳說道：「老前輩請吧！」

王宜中目睹白雲峰由四大護法押解下去，低聲對高萬成道：「高先生，咱們應該如何對付那位白雲峰？」

高萬成道：「屬下的看法，白雲峰似是他們幾位首腦之一，照那萬大海的說法，他們這一個神秘集團，因爲一本天竺奇書，結合在一起，他們也許沒有義氣、情感，但白雲峰來而未回，將使他們大爲震驚。在他們沒有瞭然內情之前，不會先對令堂下手。」

王宜中神色黯然地說道：「高先生，我母親完全不會武功，受先父之累，過了十幾年牢獄生活，想不到一出天牢，又被我這兒子拖入了江湖凶殺的是非之中，如是金劍門無能救出我的母親，我甘願放棄門主之位。」

高萬成道：「門主已然擔負起了金劍門興亡重任，而且，我們目下遇上的阻力、敵手，更是強過先門主在世之日，門主如若撒手不管，只怕金劍門很難度過這次險難。再說，門主就算放棄了金劍門主之位，也未必就能使他們放了令堂。一旦他們發覺這辦法十分有效，必將以令堂迫使門主爲他們效命。」

心中念轉，故意輕輕歎息一聲，道：「門主統率了江湖上百位以上第一流的劍手，都無法救得令堂，一旦拋去了金劍門主之位，但憑門主一人之力，他們更不會放在眼中了。」

王宜中沉吟了一陣，道：「先生，我還有別的選擇嗎？」

高萬成道：「用兵難免行險，世間絕無十全十美之策，目下咱們的安排，那是險中至善

的設計了，已別無選擇。」

王宜中痛苦地流下淚來，緩緩地說道：「好！就照你的安排辦吧！」

高萬成暗中吁了一口氣，道：「屬下還有一事，請求門主答允。」

王宜中道：「什麼事？」

高萬成道：「屬下請求門主鎮靜下來，不要使人瞧出門主為此事愁苦不安。」

王宜中道：「高先生，你的請求太多了。母子連心，何況，我們母子相依為命，她老人家為了撫養我長大成人，含辛茹苦，在天牢中度過了十幾年的歲月，我寸恩未報，反累她為我受苦，你叫我如何不憂苦難安，如何能鎮靜得下來？」

高萬成輕輕歎息一聲，道：「先門主為了培養門主，也費盡了千辛萬苦，然後把金劍門託付於你。門主練成了絕世武功，但你卻並不知道自己學了武功，這是何等勞心傷神的安排，金劍門中數百位仁俠之士，為了等候門主，隱息林泉，忍氣吞聲，又是何等的卓絕艱苦，四大護法和屬下等，扮作販夫走卒，暗中和侍衛營高手鬥智角力，以保護門主母子的安全，心情又是何等的沉重？」

王宜中呆了一呆，道：「你們費了這樣大的心力！」

高萬成苦笑一下，道：「門主，事無倖成。難道門主認為這些事情，都由於巧合而來嗎？」

王宜中道：「想不到，爲我一個人，竟然累了這麼多人爲我受苦。」

高萬成道：「金劍門能否再發揚光大，武林中能否保存正義，先門主身遭暗算的仇恨，能否得報，都要靠門主的領導了。」

王宜中呆了一呆，道：「都要靠我？」

高萬成道：「金劍門這一次重出江湖，不但要替先門主身受的暗算報仇，而且還要把武林中是非分個清楚，完成先門主未竟之志。」

王宜中臉上泛現痛苦之色，沉吟不語。顯然，他開始在用心思索高萬成的話。

高萬成靜靜地站在一側一語不發，以便給予那王宜中充分的思索時間。

良久之後，王宜中才長長吁一口氣，道：「對於白雲峰他們這一夥人，咱們應該如何？」

高萬成道：「白雲峰身陷此處，定然出了他們的意料之外，如若白雲峰五更之前，還不回去，他們定然會不顧一切地派人來查個明白。」

王宜中道：「你是說他們在大白天中，也會硬闖進來？」

高萬成道：「不錯。白雲峰能爲門主的劍勢所制，不但他們想不到，就是屬下也想不到。所以他們沒有時間準備了。」

王宜中道：「原來如此。」

高萬成笑一笑，道：「就算白雲峰天亮後仍未回去，但他們仍然不會相信那白雲峰已被咱們生擒活捉，在半信半疑之下，只好冒險查看一番了。」

王宜中道：「先生如此肯定，那是說他們一定會來了。」

高萬成道：「屬下相信，他們來此的機會，應有十之八、九。」語聲一頓，接道：「門主最好能找個機會調息一番，也許仍需門主親自出馬，對付來人。不過，這一次屬下要稍作佈置，試試他們的武功。」

王宜中道：「如若他們來的都是絕頂高手，豈不要鬧出傷亡？」

高萬成道：「屬下會交代下去，發現不敵來人時，立刻讓路。」

王宜中道：「那是放他們進來了。」

高萬成道：「門主和四大護法，再選一些資深劍士，在後院中設陣以待，如是門主能以劍術制服來人，一舉盡擒對方的首腦人物，逼他們爲我們所用，那是上上之策。」

王宜中接道：「高先生，別忘了我母親還在他們手中。」

高萬成道：「至少我們也可以用他們交換令堂。」

王宜中雙目神光一閃，道：「這法子算不錯。」

高萬成道：「如能多擒他們幾個，份量自是重些，不難逼他們就範。」

王宜中似是突然間想起了什麼大事，四顧了一眼，低聲說道：「高先生，咱們金劍門的

實力，在江湖上比起別的門派如何？」

高萬成道：「整體而論，咱們是第一等的強大。論人數咱們多不過少林、丐幫，但咱們比他們精銳。」

王宜中道：「四大護法的武功如何？」

高萬成道：「可以和少林、丐幫中長老對抗。」

王宜中皺皺眉頭，欲言又止。

高萬成似是已看穿了王宜中的心意，微微一笑，道：「不能以白雲峰作準，衡量四大護法的武功，更不能以門主武功看天下武學。」

王宜中接道：「為什麼？」

高萬成道：「白雲峰是武林中絕無僅有的高手，四大護法敗在他的手下，自屬應該。再說門主，是世間唯一練成一元神功的人，呼吸舉手之間，就可克敵致勝，屬下不敢說後無來者，但至少是前無古人。所以，不能以二位作準。」

王宜中道：「學無止境，我不信世間就沒有強過我的人，至少，咱們目下遇上的敵手，就是武功極強的高手。」

高萬成道：「門主差一些歷練，不論這世間是否有你的敵手，但門主有一個特點，那是不會錯了。」

王宜中道：「什麼特點？」

高萬成道：「每經過一次動手，門主的武功就會增強一次。」

王宜中道：「唉！我忽然想到義父對我的重大期望，覺著肩負的重大，只怕辜負了他老人家一番苦心。」

高萬成道：「相反的是，屬下對門主，卻是信心愈來愈強。」

王宜中道：「但願先生能算無遺策，報了我義父之仇，完成他未竟遺志。」

高萬成笑一笑，道：「當年先門主創立金劍門，所經歷的艱苦、凶險，更強過今日數十、百倍，但堅持正義，力主公道，終於感動無數仁俠望風來歸，組成了這一個維護江湖正義的金劍門。」

王宜中道：「先生，我和義父有些不同，我義父是大風大浪中鍛鍊出來的人物，我卻是剛剛步入江湖。」

高萬成道：「屬下希望能盡力協助門主，仗憑先門主的餘蔭，克服險阻難關。」

王宜中望望天色，道：「先生也該去佈置一下了，我要坐息一陣……」

高萬成開始了精密的佈置，宅院中上下人等，都換了趕來的劍手，婦女和不諳武功的僕從，全都悄然送了出去。

一座普通的宅院，不大工夫，布成了一座殺機重重的戰場。

高萬成把事務全部安排妥善，才在前廳中坐下休息。

趕到劉家莊的兩隊劍士，是金劍門中三、四兩隊的劍手，第三隊的領隊是七星劍張領剛，第四隊領隊的是八步趕蟬魏鳳鳴。

高萬成帶著兩個劍士坐在前廳，長長吁一口氣，道：「兩位都記著我的話了。」

張領剛道：「記下了。」

高萬成道：「那很好。咱們這次遇到的敵人，都是武功極爲高強的人，如若抵擋不住時，千萬不可勉強阻擋。」

魏鳳鳴臉上泛現出不屑之色，但口中卻未駁高萬成的話。

高萬成一直暗中留神著兩人的反應，淡淡一笑，道：「魏兄，兄弟適才的安排，是遵照門主的吩咐，希望兩位能夠遵命行事。」

魏鳳鳴一欠身，道：「高兄放心，這如是門主的令諭，自然是沒有人敢於違抗。」

高萬成笑一笑道：「兩位多費心了。」站起身子，向外行去。

七星劍張領剛急行一步，攔住了高萬成道：「高兄到哪裡去？」

高萬成笑道：「他們也該來了，我要到外面瞧瞧去。」

張領剛道：「高兄目下是門主左右的謀士，不可輕易涉險，什麼事吩咐一聲，由我們代辦就是。」

高萬成道：「他們志在門主，不會把心機放在我高某的身上。」

魏鳳鳴突然低聲說道：「聽說門主的武功，已到了超凡入聖之境，不知是真是假？」

高萬成道：「超凡入聖，很難作準確的論斷。但先門主培養的繼承人，實有青出於藍之概。」

張領剛道：「那是說，武功一道，現門主尤強過先門主了。」

高萬成道：「同是一代人傑，很難在一起比，不過，先門主未練成的一元神功，王門主練成了。」

張領剛道：「希望高兄能給我們安排一個機會，讓我們見識一下門主的武功。」

高萬成道：「這個容易，在下定然會替兩位安排一個見識門主武功的場合。」

魏鳳鳴道：「那麼，咱們謝謝高兄了。」

高萬成道：「兩位請記著我的話，如是來人的武功高強時，千萬不可強行攔，別要鬧出傷亡。」

張領剛、魏鳳鳴齊齊欠身一禮，道：「高兄請放心，我們一定遵命行事。」

高萬成看完了宅院中的佈置，又交代了兩人幾句話，才回入內院。

事情的發展，似乎是全在高萬成的意料之內，天色大亮之後，宅院外面，果然來了三個

人。一個四十左右的中年大漢，一個身穿白衣的姑娘，一個穿著黑衣的姑娘。

那大漢濃眉環目，看起來，十分威武，黑衣、白衣兩位姑娘，臉上都蒙著面紗，每人肩上揹著一柄長劍。那大漢穿著一件灰色的長衫，赤著雙手，未帶兵刃。

兩個青衣劍手，迅快地由門後閃出來，攔住了去路。

著黑衣、白衣兩位姑娘，見有人阻路，立刻停了下來，那灰衣大漢，大步行向前面，一拱手，道：「我們要見貴門的王門主，勞請通報一聲。」

兩個青衣劍手，唰的一聲，拔出長劍，道：「敝門主在內廳候駕，諸位請闖進去吧！」

這都是高萬成預先想好的安排，對方如是堂堂正正的求見，如何應付，對方如是一語不發的硬闖，又如何應付。這安排用心在測驗來人的武功，也讓這些久未在江湖上走動的劍手們，知曉一下武林中高手很多，不可自滿劍術上的造詣。

那灰衣大漢冷冷說道：「兩位小心了。」身子一側，向門裡衝去。

兩個青衣劍手，同時一揮長劍，兩道寒芒，閃電而出，交叉成了一片光網，攔住了去路。

灰衣人冷哼一聲，左、右雙臂，同時揮動，噹噹兩聲，震開了兩柄長劍。

兩個青衣劍手，想不到他竟會用手臂硬擋長劍，不禁一怔。就在兩人一怔神間，那灰衣大漢，已然闖進了門。

兩個青衣劍手心中雖然有些不服，但早已得了指示，不敢意氣用事，雙雙還劍入鞘，向後退了一步。

灰衣大漢點點頭，道：「兩位姑娘請進吧！」

那身著白、黑衣服的兩個女子，一前一後，行入大門。灰衣大漢大步開道，行到了二門前面。

二門大開著，但卻並肩站著四個人。

每個人背上斜揹著一柄長劍，右手按在劍柄之上。

灰衣大漢淡淡一笑，回頭說道：「這些人都是金劍門中的劍手。」

站在左首的白衣女子道：「衝了進去，能不傷人最好。」言下之意，那是說非要傷人不可時，就只好傷人了。

灰衣大漢應了聲，袍袖一揮，一團灰影，直向二門衝去。

四個劍士同時抬腕抽劍，四柄劍化作了一道劍網。灰衣人雙臂揮動，響起了一陣金鐵交鳴之聲。

如若這四個劍手，看到了那灰衣人衝過了第一道門戶，四個劍士決不會重蹈覆轍，但可惜那四個劍士沒有看到這灰衣人衝過的方法。四個劍士愣住了，再看那灰衣人手中未見兵刃。

灰衣人一揮手，道：「四位，可以退開了。」

四個劍士相互望了一眼，滿臉激憤之色，還劍入鞘，退到一側。

右首那黑衣女人輕輕歎息一聲，道：「看來金劍門實是一個訓練有素的門戶，拚命難，忍氣更難。」

穿白衣的姑娘沒有答話，人卻大步向門內行去。

四個劍士未再攔阻，但臉上卻是一片憤怒之色。顯然，人人似心中都不服氣，但卻強自忍下了心中之氣。

進了二門，就是大廳，大廳臺階前，坐著一個五旬左右的青衫劍士，那人正是八步趕蟬魏鳳鳴。

魏鳳鳴神情冷肅地攔住去路，目注那灰衣大漢。

灰衣大漢一抱拳，道：「咱們求見門主。」

魏鳳鳴道：「可有名帖？」

灰衣大漢搖搖頭，道：「沒有。」

魏鳳鳴道：「照江湖規矩而言，諸位沒有名帖，那就要亮一手出來瞧瞧了。」

灰衣人道：「得罪了。」側身向前衝去。

魏鳳鳴右手一抬，一道寒芒，疾閃而出，封住了那灰衣人的去路。

金劍門中人，似乎都嚴格地遵守著一個劍士的規定，第一劍只是逐敵，決不傷人。

灰衣人右手一揮，噹的一聲，震開了利劍。

魏鳳鳴吃了一驚，暗道：一個人的武功，不論如何精深，也無法把一條肉臂練得像精鋼一樣。他究竟是久走江湖的人物，心念一轉，已然明白，這灰衣人的手臂之上，定然帶有精鋼護臂。

就這一剎那的延誤，灰衣人已迅雷不及掩耳的衝過數尺。

魏鳳鳴忽然間一個倒竄，倒退出八、九尺遠，仍攔在那灰衣人的前面。他號稱八步趕蟬，輕功造詣在八大劍士中，名列第一。

灰衣人對魏鳳鳴後發先至的快速身法，大大地為之震驚。忖道：金劍門中果然是藏龍臥虎，人才濟濟。

魏鳳鳴長劍揮動，疾攻過來。這第二劍不再客氣，閃閃寒芒，籠罩了灰衣人身上四處大穴。灰衣人只覺四處穴道，都有被攻擊的可能，不知如何防護，只好倒退五步，避開劍勢。

魏鳳鳴長劍斜指，停下腳步，道：「閣下亮兵刃吧！單憑你臂上兩塊精鋼護臂勝不了區區。」

灰衣人也已經感覺到這中年劍士，功力、劍法，不可和先前所遇的劍士相提並論。

右手一抬，由腰間取出一對鋼環，道：「閣下的劍術高明，定然是大有名氣的人了。」

魏鳳鳴看兩個鋼環之上，各套有一個較小鋼環，認得是武林中極有名氣的一種外門兵

刃，名爲子母奪魂圈。除了可以套鎖兵刃之外，還可以發出暗器傷人，是一種極爲歹毒的奇門兵刃。不禁一皺眉頭，冷冷地說道：「子母奪魂圈，在下失敬了。」

八大劍士，不但在劍術上造詣甚高，而且每個人都有著強烈的正義感，嫉惡如仇，所謂練劍先練心，八大劍士的性格上雖然有急緩之分，但人人都有著義俠之心。是故，魏鳳鳴看到那歹毒的兵刃之後，登時怒氣泛臉，答非所問。

灰衣人道：「不錯，閣下能認出子母奪魂圈，足見高明了。」

魏鳳鳴道：「你出手吧。」

灰衣人雙圈響起了一陣叮咯叮咯之聲，合擊過去。

魏鳳鳴長劍一探，野火燒天，單劍破雙圈。

灰衣人雙腕一挫，收回了子母奪魂圈。

魏鳳鳴已不容他再有攻出的機會，劍招綿綿而出。連環劍招，布成排浪一般的劍勢，雖非招招追魂，劍劍奪命，但綿密不絕，逼的那灰衣人一直沒有還手的機會。

原來魏鳳鳴知曉他子母奪魂圈的厲害，如被對方搶了上風，圈中藏的暗器，極難對付，所以，一出手，就不容他有還手的機會。

但灰衣人子母圈的招術，亦頗奧妙，魏鳳鳴雖然占了上風，但急切間也無法取勝。

搏鬥之間，突聞一聲：「住手。」寒芒一閃，分開了兩人的兵刃。

凝目望去，只見那身著黑衣的女子，長劍高舉，居中而立。

魏鳳鳴道：「兩位要聯手？」

黑衣女子道：「用不著。」

回顧了那灰衣大漢一眼，道：「你退開，像這樣的打法，要打到哪一天，咱們才能夠進去。」

灰衣人一欠身，收了兵刃而退。

黑衣女兩道冷電一般的目光，透過面紗，道：「你小心了！」

長劍突然一振，唰唰唰就是三劍。這三劍有如一劍那般快法，魏鳳鳴劍還未舉起來，就被逼到了一側。

黑衣女攻了三劍之後，還劍入鞘，道：「你很不錯，可以接我十劍。但你逃不過十一劍，相信嗎？」

魏鳳鳴口中喃喃自語了一陣，長劍入鞘，道：「姑娘請過去吧！不過，我能接下你十一劍。」

黑衣女冷冷說道：「你如不服，咱們以後再找機會比一次。」

魏鳳鳴道：「但願有此一日。」

黑衣女淡淡說道：「你能算出來接我幾劍，不論是錯是對，已足見高明了。」舉步向前

行去。

魏鳳鳴肅立一側，放過三人。

黑衣女當先開道。

又穿過一重庭院，到了內廳。

只見素幃白帳，並列著八口棺材。內廳中出奇的安靜，既無守門之人，也無人出來應接。

黑衣女低聲說道：「金眼鷹，問問看有沒有人？」

灰衣大漢應了一聲，道：「靈堂裡請走出一個活人說話。」

一陣輕微的步履之聲，王宜中緩步而出。

王宜中身後五尺左右處，緊隨著高萬成。

金眼鷹冷冷說道：「請貴門王門主。」

王宜中淡淡一笑，道：「區區便是。」

金眼鷹啊了一聲，回頭說道：「回二姑娘，這位就是……」

黑衣女冷冷說道：「瞎眼的奴才，滾一邊去。」

金眼鷹愣了一愣，退到了一側。

王宜中穿著一襲青綢子長袍，左手提著一把帶鞘的長劍。

神態很瀟灑，沉著。

黑衣女目光透過面紗，打量著廳中的棺木一眼，道：「還不撤去這些障眼法嗎？」

王宜中笑道：「這大概是諸位計畫中的希望，可惜，諸位卻失望了。」

黑衣女道：「你可是覺著贏定了嗎？」

王宜中答非問地道：「姑娘用不著再故弄玄虛了，取下你蒙面黑紗。」

黑衣女道：「如是我不取下來呢？」

王宜中道：「在下不願和戴面具、面紗的人交談，姑娘如不肯取下面紗，那就請便吧！」

黑衣女道：「我們既然來了！豈能被你閣下一句話就趕走了。」

王宜中冷笑一聲，道：「至少，我不和你們談，兩位如果相信你們能在這裡鬧出一點什麼，那就盡管施展。」轉身向室內行去。

白衣女子大聲喝道：「站住。」當先取下面紗。

黑衣女為勢所迫，也取下蒙面黑紗。

王宜中嗯了一聲，道：「咱們見過了。」

只見那白衣女姿容絕世，正是哭笑皆惑人的白衣姑娘。

那黑衣女容貌也極娟秀，但缺少那白衣女具有的嬌媚之氣。

高萬成急急側過臉去，不敢看那白衣少女。

黑衣女道：「我領教過你的劍術，舍妹也領教了你深厚的內功定力。」

王宜中想到那白衣女哭笑之間，造成的震動往事，心中亦是有些擔憂，舉手一揮，道：「你們蒙上面紗吧！」

白衣女道：「為什麼，又要我們戴上面紗了？」

王宜中道：「姑娘這等容色，耀眼生花，很容易造成驚世駭俗的轟動，所以，你還是戴上的好。」

白衣女幽幽說道：「可是，對你卻是沒有一點影響、作用。」

王宜中道：「如若姑娘的哭、笑、媚態，也是一種武功，那就該有高下正邪之分。」

白衣女接道：「你比我高明，也是正大的武功，我武功不如你，而且學的也是邪門左道武功，是麼？」

王宜中道：「不錯。如是你強過我，我也無法勝你了。」

白衣女道：「那又如何能證明我的武功是邪門武功呢？」

王宜中道：「一個人憑藉著哭笑克制敵人，那還不算邪門武功麼？」

白衣女嫣然一笑，道：「但總比刀劍相搏，鮮血淋漓的場面，來得文明一點，是麼？」

王宜中雖然有著很深厚的定力，但也不禁為之心頭怦然。立時一皺眉頭，道：「戴上面紗說話。」一面說話，一面拔出長劍，大有立時動手之意。

白衣女輕輕歎息一聲，戴上了面紗，道：「我們姐妹來此，並無和你動手之意。」

王宜中道：「那麼兩位來此的用心呢？」

白衣女道：「我們只是想和你談判一件事。」

王宜中道：「在下洗耳恭聽。」

白衣女道：「賤妾的師父，是否爲你所擒？」

王宜中道：「他叫什麼名字？」

白衣女道：「白雲峰。」

王宜中道：「不錯，我們生擒了一個白雲峰。」

白衣女道：「我們放了令堂，你們放了我師父，不知王門主的意下如何？」

王宜中道：「如是兩位來此，確是一片誠意，在下自願答允。」

白衣女道：「你的意思呢？」

王宜中道：「我的意思是，你們先放回我的母親，在下再放回令師。」

白衣女道：「這豈不是太不公平嗎？」

王宜中道：「事情一開始就不公平，我母親不會武功，她只是一個平常的人，你們爲什麼要擄去她？」

白衣女道：「好吧！咱們可約定一個地方，一起放人。」

王宜中道：「我說過了，你們先放我母親回來。然後我們再放人。」

白衣女道：「王門主，你一點就不顧及令堂嗎？」

王宜中道：「正因爲我顧及家母的安全，所以，不得不如此，姑娘應該明白，家母不會武功，任何加諸她身上的迫害，都是大大不該的事情。」

白衣女道：「王門主是否要再想想看？」

王宜中接道：「在下決定的事情，決不更改，姑娘不用多費唇舌了。」

白衣女良久沒有講話，但她已戴上了面紗，別人無法瞧出她臉上的神色。

大約過了有一盞熱茶工夫之久，那白衣女才緩緩地說道：「王門主，你如是激怒我們採取了最後手段，對雙方都沒有什麼好處。」

王宜中心頭震動，生恐她們在逼迫之下，生出了寧爲玉碎之心，殺死了王夫人。但高萬成告誡之言，卻在心頭泛起，這是唯一能救回王夫人的機會。

於是，王宜中神色嚴肅地說道：「姑娘，金劍門能在江湖上受人敬重，原因是有所不爲。咱們不知道貴派中做過了多少惡事，至少，你們的惡跡還未昭諸江湖，在下既然進了金劍門，就不能破壞金劍門中的規矩，爲一己之私，破壞了本門中的規矩。但如你們傷害了我的母親，情勢就大大的不同了，那時，在下將盡起金劍門中高手，追殺貴派中人，斬草除根，一口不留。親仇不共戴天，沒有人會指我王某人小題大作，在下在等待、忍耐，而且也預作了部屬。」

白衣女道：「你威脅我？」

王宜中道：「在下說的句句實言，信不信是姑娘的事了。」

白衣女道：「我不信你甘願令堂被殺。」

王宜中道：「不甘願，如若我只是金劍門中一個劍士，我會被你威脅住，我會甘願受縛，任憑你們發落，只要能救出我的母親，生死事，決不放在心上。但我是金劍門中的門主，姑娘的算盤打錯了。」

白衣女沉吟了一陣，道：「好吧！明日午時之前，我們放回令堂。」

王宜中心中一陣狂喜，但卻強自忍住，不讓形諸於色，道：「那很好，只要姑娘能守信約，在下也將放了白雲峰。」

白衣女道：「咱們一言爲定，明日午時，我帶令堂到此。」

王宜中一抱拳，道：「恕在下不送了。」

白衣女微微一欠身，道：「不敢當。」

帶著黑衣女和金眼鷹轉身而去。

王宜中目睹三人去遠，長長吁一口氣，流下淚來。

高萬成急步行了過來，道：「門主的鎮靜功夫，大出屬下意料之外。」

王宜中舉手拭下腮邊淚水，道：「先生，他們真的不會傷害家母嗎？」

高萬成道：「不會，屬下願以生命作保，太夫人如受到傷害，屬下願自絕謝罪。」似是突然間，想起了什麼重大事情，急急改口道：「不過……」

王宜中道：「不過什麼？」

高萬成道：「看目下情勢，和咱們接觸的，似已非白雲峰們一夥人了。」

王宜中道：「你是說，還有別的人？」

高萬成道：「屬下只是這麼想，門主的武功愈高，令堂的價值愈大。」突然住口，沉思片刻，道：「四大護法！」

嚴照堂應了一聲，帶著林宗、常順、劉坤，急步由廳中行出。

高萬成神情肅然地說道：「白雲峰爲人雖然偏激一些，但他還不失英雄氣概，和他相處的人，縱非好人，也不會太壞。但另一夥人，就很難說了。」

嚴照堂接道：「另一夥什麼人？」

高萬成道：「我說不出來。我只是有此感覺，和白雲峰一班人鬥力鬥智，分了咱們的心，使咱們忽略了別的事。」

林宗道：「高兄，你就明白點說吧！」

高萬成道：「如是可明明白白地說出來，那就不足爲害了。」

語聲一頓，接道：「現在，咱們最重要的一件事，就是接回門主的太夫人。你們立時易裝跟蹤，暗中跟著那位白衣姑娘，記著是保護她，不是暗算她。」

劉坤接道：「保護一個敵人？」

高萬成道：「目下局勢，已逐漸進入紊亂的局面，咱們有兩夥敵人，他們雙方，到目下爲止，似乎也還是互相爲敵。目前咱們的策略，如不能把白雲峰這夥人收過來，就要設法挑起他們雙方的衝突。」

劉坤道：「高兄謀略，在下等是明白了。但高兄所說咱們有兩夥敵人，還有一方面是什麼人？」

高萬成沉吟了一陣，道：「目下咱們無法知道他們是誰，但卻不難推想出來，那些人，就是殺害先門主的人。仔細地分析起來，咱們這兩夥敵人，目的也不相同，白雲峰那夥人，志在江湖，但另一夥人，卻是全心全意對付咱們金劍門，其手段必也是極盡惡毒。」

劉坤道：「高兄之意，是說他們雙方並無勾結了。」

高萬成道：「我的看法，目前還是如此，自然最可怕的，還是專門對付咱們的那夥人，他們老奸巨猾，不擇手段，而且，又完全隱藏在暗中行事。」

王宜中道：「幸好，先生的神機妙算，把白雲峰等這夥人，逼得現出身來，如是這兩方

的人都隱在暗中，那就更難搞了。」

高萬成道：「屬下一直擔心著這件事，總算幸未辱命。」

林宗突然接道：「適才穿白衣的姑娘，可是咱們見過的那位白衣女？」

王宜中道：「不錯，正是她。」

林宗道：「縱然她的武功高強，我們四人合力，還可對付一陣，但她哭、笑惑人之術，實叫人無法抗拒。」

高萬成略一沉吟，道：「那是第一次遇上，心中全無準備，所以一時間手足無措。此刻，諸位心中都已經有了準備，早作防備，也許會好一些。」

劉坤道：「那兩個丫頭的劍招，實在超越我們甚多，如是她們兩個不敵的人，我們又如何會是敵手？」

高萬成道：「單以武功而論，那兩位姑娘，確然是第一等身手，但兩位別忘了，她們是全無江湖閱歷的人，在江湖之上行走，有時武功再高強也難自保。」

嚴照堂道：「高兄說得不錯，江湖上武功之外，還要鬥智。我們告辭了。」

四個人對王宜中行了一禮，轉身而去。

王宜中目睹四人的背影離去之後，突然歎息一聲，道：「這件事很難辦。」

高萬成道：「什麼事？」

王宜中道：「我想起那白衣女武功，可能是一種迷心術，近乎是一種邪法。」

高萬成喜道：「門主既知內情，定可想出破解之法。」

王宜中道：「我只能用禪宗心法，不受他們的影響，卻無破解之法。」

高萬成道：「那是一種很高的魔功了。」

王宜中沉吟了一陣，道：「招之即來，揮之不去，如影之隨形，如心之附身，是什麼意思？」

高萬成皺皺眉頭，道：「似是一種口訣，屬下不太明白，但如專從字面上解說，屬下倒可以解釋。」

王宜中神情凝重，繼續說道：「若有若無，若斷若繼，有我變無我，無我變有我，是謂心魔。」

高萬成臉色一變，道：「這是什麼？」

王宜中道：「迷心術訣，一元神功中，提過這些，從開始到結果。」

高萬成道：「果真如此，那就太可怕了。」

王宜中道：「先生，我母親雖然是一位讀書甚多的才女，在天牢之中，亦曾用金釵作筆，刻字於地，教我讀書、識字。但她記憶所及，不夠完全，而且有很多事，不是親自所見，也無法體會到精要之境。我在江湖上走動不久，得先生指點，獲益不淺，很多默記心中無法理解的事，也常常在觸景生情之下，能豁然貫通。」

高萬成道：「門主就是一位才慧絕世的人，門主如不具此才智，先門主也不會選門主爲繼承之人了。」

王宜中道：「那位姑娘的迷心魔功，還未到至高的境界。」

高萬成道：「屬下不能瞭然那幾句魔訣的精要，但如全從字面上想，那已是一樁駭人聽聞的事。有我變無我，分明是把一個人變成了沒有自我意識，無我變有我，那又是可把敵人做爲可用之人，這實在太可怕了。」

王宜中道：「估算那位白衣姑娘的武功，大約還停在有我變無我的境界。」

高萬成道：「如是她一旦進步到無我變有我時，那就無法再制服她了。」

王宜中道：「是的，真到了爐火純青之境，她能變敵爲友，爲己所用。再想殺她，自非易事了。」

高萬成道：「如果找不出破解之法，只有一條路走了。」

王宜中接道：「殺了她，是麼？」

高萬成點點頭，道：「不錯，殺了她，以絕後患。」

王宜中道：「只要咱們能找出她所練心法的法子，咱們就可以破除她的魔法。」

高萬成道：「她練的是天竺武功。」

王宜中道：「不錯，只有天竺武功，才會這等古古怪怪，不循正路。」

高萬成道：「那天竺奇書，已變成了武林劫運的關鍵，必得毀去才成。」

王宜中道：「我母親回來之後，我要試試白雲峰的天竺武功和中原武學，有什麼不同之處。」

廿六　討價還價

一宵無話，次日中午時分，王宜中換了一件新長衫，準備迎接母親，但足足等了一個時辰，仍然未見母親歸來。

四大護法和那兩位姑娘也沒有消息。

王宜中沉不住氣了，回顧了高萬成一眼，道：「先生，會不會出了事情？」

高萬成心中亦是有些忐忑不安，口中卻說道：「門主請再等候片刻，也許他們遇上了些麻煩，不過屬下相信，有那位白姑娘保護，再加上四大護法隨行，就算遇上了什麼事，也不會有什麼危險。」

王宜中道：「唉！如是有麻煩，他們也應該回來給我說一聲。」

高萬成道：「再等上一、兩個時辰，定然會有消息。」

王宜中長長吁一口氣，道：「但願先生的料斷不錯。」

高萬成道：「屬下相信不會出錯。」

息。

王宜中苦笑一下，不再多言。

他心中焦慮，但又不能不裝作鎮靜，在廳中一張太師椅上坐了下來，閉上雙目，運氣調

過了半個時辰，睜開眼來，道：「高先生！」

高萬成苦笑一下，道：「屬下已經派人出去查看，快有回報了。」

王宜中正待接言，突聞一陣急促的步履之聲，傳入廳中。

劉坤跑得滿身是汗，喘一口大氣，道：「老夫人沒有損傷。」

王宜中心中一鬆，吁口氣，道：「我母親現在何處？」

劉坤道：「老夫人被困在五十里外一處絕地之中，雙方正在對峙不下。」

高萬成接道：「那穿白衣的姑娘在嗎？」

劉坤道：「在，還有那位穿黑衣的姑娘，和那個金眼鷹，仍然是昨天的三個人。」

高萬成道：「你先喘口氣，慢慢地說，怎麼回事？」

劉坤道：「兩位姑娘和那個金眼鷹連同王太夫人，分乘了兩輛篷車，兼程趕路，屬下們易裝之後，遠遠追隨，距此約五十里處，遇上了埋伏。」

高萬成接口道：「那兩位姑娘，沒有出手嗎？」

劉坤道：「她們不能出手。」

高萬成道：「那是怎麼回事？」

劉坤道：「老夫人他們被困之處，四周都布下了火藥，只要一動手，別人燃起藥引，人、車都將爆成碎粉。」

王宜中道：「好惡毒的辦法，什麼人安排下的陷阱？」

劉坤搖搖頭道：「不知道。但屬下們已分堵住兩面的出路，如是他們燃起火藥，諒他們也無法生離那座山谷。」

高萬成一面吩咐備馬，一面對劉坤道：「你能記清楚那地方的形勢嗎？」

劉坤道：「那是兩面夾峙的一道山谷，東、西兩個出口，中間一片平原，兩側都是野草、矮林。篷車行在谷中，突聞兩聲大震，前後爆炸聲起，炸毀了兩面的通路，草叢中飛閃出八個身著草色勁裝的大漢，攔住了去路，說明篷車已陷入十丈埋伏火藥的險地，要他們交出王太夫人。」

王宜中道：「他們交出了沒有？」

劉坤道：「沒有。金眼鷹和那兩位姑娘不肯交人，傷了對方兩個人，但那些人又引發兩處埋在地下的火藥，爆響震天，山石橫飛，駭住了兩位姑娘不敢出手，形成了僵持之局。」

王宜中道：「太大意了，你們怎麼不早些進入谷中瞧瞧呢？」

劉坤道：「屬下一直追隨在那篷車後面，但我們不能逼得太近，而且他們也夠小心了，

進入峽谷之前，先派人登上山去查看，那該是最爲險要的地方，但卻未料到敵人把埋伏設在峽谷之中，而且，又在地下埋了火藥，使人完全沒有了抗拒的能力。」

王宜中神色悽惶，道：「先生，決定了辦法沒有，家母處境險惡，咱們不能再拖延時間了。」

高萬成道：「咱們立刻行動。」

一面招來張領剛、魏鳳鳴兩大劍士，要他們各率屬下，隨後趕去，一面和門主王宜中、劉坤步出莊外。

門口處早已備好了三匹馬，三人踏上馬背，劉坤立時一騎飛馳，縱馬帶路。

三匹長程健馬，兼程疾趕，奔行如飛。

五十里行程，一氣趕到，三匹馬已然是全身汗水，滴落如雨。

劉坤躍下馬背，道：「順路上崗，就可以瞧到那峽谷中的篷車了。」

王宜中一面奔行，一面打量眼前的山嶺形勢。這確是一處形勢險要的所在，山不太高，但很陡峭，兩面山壁對峙中，有一道峽谷，也就是東、西通行車、馬的大道。

劉坤奔上嶺脊，只見林宗、常順，並立在大道口處。

原來，進入峽谷兩側的出入口，是兩個突起高嶺，那一條東、西大道，就從兩面的嶺脊

上通過。

登在嶺脊上面向下看，那一道山谷平原，變成了一片盆地。兩輛篷車，停在那片山谷中間的盆地上。嶺脊甚高，距離過遠，看上去那兩輛篷車很小。

王宜中回顧了高萬成一眼，道：「先生，我下去瞧瞧。」

高萬成搖搖頭，道：「不可以，他們困住太夫人，志在門主，你如涉身險地，他們很可能引爆火藥。」

王宜中道：「難道你要我坐視不管，袖手看母親被困在峽谷之中？」

高萬成道：「愈是處境險惡，愈是要鎮靜應付，門主如若身涉險地，不但無補於大局，反而會促成了太夫人的危險。」

語聲微微一頓，接道：「門主，先讓屬下去看看形勢，回來再作道理如何？」

王宜中一皺眉頭，欲言又止。

高萬成淡淡一笑，舉步向峽谷行去。

劉坤道：「高兄，我跟你去。」

林宗輕輕咳了一聲，道：「老四，你跑了半天啦，我跟高兄去。」

縱身而下，追上了高萬成。

高萬成步履很快，幾乎是向前奔走。林宗緊追在高萬成身後，高萬成一面走，一面暗中盤算著應付的辦法。這是一生中遇上的最難的問題。
就算不惜任何的犧牲，也無法解決這件難題。
林宗緊追兩步，追在高萬成的身側，道：「高兄，這個結很難解開。我和常老三商量了半天，才想到一個辦法。」
高萬成一面大步而行，一面說道：「什麼辦法？」
林宗道：「這該叫移花接木之計。」
高萬成道：「如何一個移法？如何一個接法？」
林宗道：「找一個很像門主的人，把他扮成門主，交給他們，要他們放了太夫人，然後，咱們一擁而上。」
高萬成接道：「那些人能計算的如此精密，豈易上當。」
林宗道：「除此之外，兄弟再也想不出什麼辦法了。」
高萬成道：「咱們去見見他們的首腦人物，摸清楚他們的來路再說。只有他們出頭、現身，咱們才能找出他的身分。」
林宗暗中運氣戒備，忖道：「如是談判不成，非要動手不可，好歹也得先宰他們幾個，賺他們幾條命才成。」心中念轉，人卻逐漸地加快了腳步。
這段行程不近，兩個人足足走了有兩盞熱茶的工夫才到。

距離那篷車還有十丈左右，右側草叢中，已傳過來一個冷冷的聲音，道：「站住，你已經進入了火雷陣內了。」

高萬成停下腳步，道：「在下金劍門中高萬成，哪一位負責此地事務的，請現身答話。」

草叢中緩緩站起一個身材瘦長的黑衣漢子，道：「什麼事？」

高萬成轉眼看去，只見他用絹帕蒙住了大半個臉。

當下微微一笑，道：「朋友，如是咱們相識，你蒙住一半臉，我仍然能認得出來，如是咱們不認識，你又何苦蒙住一半面孔。」

黑衣人道：「聽說你很會說話，但我不想和你浪費唇舌。」

高萬成道：「打開天窗說亮話，咱們直來直往地談談也好。」

黑衣人道：「好！我先說吧！」

高萬成一揮手，道：「請便。」

黑衣人道：「以那馬車做中心，前後各十五丈內，都埋了地雷火炮，只要我下令用火點燃藥引，三十丈內所有之物，都將被炸成碎粉。」

高萬成道：「嗯！很厲害的安排。不過，在下請問左、右兩側，有多少距離，才能脫出火炮的範圍？」

黑衣人微微一怔，道：「左、右沒有十丈，也有八丈上下。」

高萬成道：「這麼說來，你朋友和我一樣，也在火雷陣內了。」

黑衣人道：「咱們本就有了玉碎的打算。」

高萬成心頭一震，但表面上卻是不動聲色，淡淡一笑，道：「閣下可是在故作驚人之言。」

黑衣人冷冷地說道：「你可是想試試？」

高萬成目光轉動，四顧了一眼，道：「你們只有六、七個時辰的時間，不可能在這等短短時間，埋下這樣大一片地雷火炮。」

黑衣人冷笑一聲，道：「金劍門中屬你最爲奸猾，看起來果然不錯。但你卻低估我們了。五日之前，我們已暗作佈置，分段埋好了火藥，又把地理形勢恢復原狀，夜間趕工，一連四晚，埋下了這大片火雷，單是火藥就用了五十餘斤，四十餘塊燃藥引子，十個人分守十處，只要一個有機會燃著藥引，這方圓百丈左右，立刻間爆成一片火海，石碎山崩，蟲鳥不存。」

高萬成道：「什麼客人什麼菜，這一點我高某人明白，但你們這番設計，是衝著我們金劍門而來，大概是不會錯了。」

黑衣人道：「不錯，衝著貴門來的，我們費了這麼多事，只是要對付一個人。」

高萬成明知故問地說道：「不知道對付敝門中哪一位？」

黑衣人道：「你高萬成明知道，又何必故問，但既然問了，在下就只好再說一遍，要對付的是貴門新任門主王宜中。」

高萬成道：「好！咱們談敝門主的事，你們準備如何對付他？」

黑衣人道：「你知道他練成了一元神功，我們也知道他練成了一元神功。他不該太露鋒芒的，所以，咱們要毀去他的武功，要他變成一個普通的人，奉母林泉，頤養天年。」

高萬成道：「很寬大，也夠仁慈，只是你們的手段太卑下了，用一個全然不會武功的老婦人，威迫人束手就擒，實是丟盡了男子漢的面子。」

黑衣人道：「面子，面子多少錢一斤，咱們只要能除去勁敵，達到目的，不管它手段如何。」

突然人影一閃，篷車中躍飛出一個白衣少女，起落之間，已到四、五丈外。

黑衣人大聲喝道：「站住！姑娘再往前移動一步，在下就下令點燃藥信。」

白衣少女霍然停下腳步，臉上的面紗，在山風中飄動。

一縷清脆的聲音，由那拂動的面紗中飄傳出來，道：「我赤手空拳，未帶兵刃，只想和你談談。」

黑衣人冷笑一聲，道：「姑娘武功高，輕功更是佳妙，咱們並無意加害姑娘，在下也不願和姑娘多談，你還是回到篷車上吧！」

白衣少女輕輕歎息一聲，道：「我們和金劍門無關。」

黑衣人道：「我知道，但姑娘不該和王宜中的母親走在一起。」

白衣少女道：「現在，我們要離開這輛篷車，你們既無加害我們之意，似乎可以讓我們姊妹走了。」

黑衣人道：「可惜，在下不能答應。」

白衣少女歎息一聲，道：「我長得很好看，也很年輕，我不想這麼早死，你可要瞧瞧我。」

高萬成知道她想施展迷心術，急急偏過臉去，一面凝功戒備。

黑衣人突然舉起右手，冷冷說道：「姑娘，退回篷車中去，我知道你很美，但我此刻沒有時間欣賞，別要爲了姑娘，使這位高兄也遭了陪葬之禍。」

白衣少女究竟是年輕，沉不住氣，當下冷笑一聲，道：「你認爲你們佈置這些火雷，真能要了我的命嗎？」

黑衣人道：「但金劍門不會諒解你，王宜中死了母親之後，任何和這件事有關的人，都可能受到遷怒，姑娘就算逃過火雷，但卻逃不過王宜中的快劍。」

白衣女愣住了。大約這幾句話，發生了很大的威懾之力。

黑衣人揮揮手，又道：「退回去吧！姑娘，高萬成是還價的高手，我們正在講斤兩，姑

娘，不要打擾。」

白衣女很想取下面紗，用目光表達出她心中的意念。但見高萬成偏過臉去，似乎是很怕和自己的目光接觸，只好打消了取下面紗的用心，歎息一聲，退回篷車。她相信以高萬成的智慧，一定能領悟到自己示意的用心。

黑衣人笑一笑，道：「高兄，那位白衣姑娘的武功不錯。」

高萬成道：「不錯。怎麼樣？」

黑衣人道：「她已見識過火藥爆炸的威力，所以，她知道厲害，只好乖乖地退回篷車，高兄也應死了這條心。」

高萬成道：「此事重大，在下無法作得主意。」

黑衣人道：「高兄是準備回去向貴門主請示了？」

高萬成道：「是的，兄弟回稟敝門主，讓他拿個主意。」

黑衣人揮揮手，道：「那高兄請便吧！不過，兄弟要醜話說在前面，我沒有太多的時間等待你，所以，希望你們行動快些。」

高萬成道：「咱們說清楚，你能等好長時間？」

黑衣人沉吟了一陣，道：「一個時辰，夠了吧！」

高萬成道：「在下覺得時間如果能夠充裕一些，對雙方都有好處。」

黑衣人道：「高兄的意思是……」

高萬成道：「兩個時辰如何？」

黑衣人道：「好！就依高兄之意。不過，不能超過兩個時辰，我們帶的乾糧不多，大太陽下，兄弟們躲在草地裡，這個苦很難挨。」

高萬成笑一笑，道：「至多兩個時辰，也許在一頓飯工夫之內，我們就可以決定了，兄弟告辭了。」

黑衣人道：「高兄慢走，恕我不送。」

高萬成回過身子，低聲說道：「林兄，咱們走。」轉身向前行去。

林宗冷眼旁觀，發覺高萬成步履緩慢，如負千斤一般。只看他舉步維艱的模樣，已知他心中沉重無比。

王宜中正等得十分焦急，一看兩人歸來，大步迎了上去，道：「先生，見著我母親沒有？」

高萬成道：「沒有見到老夫人，但我見到了那位白衣姑娘，她告訴我，令堂十分安好。」

王宜中道：「先生，可有了救她老人家的辦法嗎？」

高萬成道：「我先稟告對方的條件，再說辦法。」

王宜中道：「先生快說。」

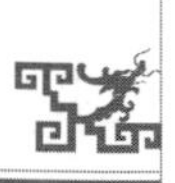

高萬成道：「他們擄去老夫人，志在門主，已然證明了屬下的推斷沒錯。」

王宜中道：「他們準備怎麼對付我？」

高萬成道：「先要設法毀去門主的武功，然後，再交出老夫人。」

王宜中沉吟一陣，道：「他們要用什麼辦法，毀去我的武功？」

高萬成道：「這個，沒有說明。但屬下相信，那必然是極爲徹底，又極爲殘酷的辦法。」

王宜中道：「就算如此，我也不能看到母親代我受罪，先生帶我去吧！」

高萬成道：「門主的孝行可嘉，不過，屬下覺著他們志不在此。」

王宜中道：「怎麼說？」

高萬成道：「他們是一群不講信義、不擇手段的人，屬下覺得，他們把門主引近篷車之後，可能燃起藥信，門主、老夫人和那位白衣姑娘，很可能同時葬身於那火藥爆炸之中。」

王宜中呆了一呆，道：「這法子，當真是惡毒得很。」

高萬成道：「屬下判斷他們計畫正是如此，所以，咱們不能上當。」

王宜中道：「但我也不能不救母親。」

高萬成道：「老夫人自然是要救，所以，咱們得用些手段才成。」

王宜中道：「只要能夠拯救我的母親，就算是手段有欠光明，也不要緊。」

高萬成道：「第一件事，咱們想找一個人代替門主。」

王宜中道：「代替我？」

高萬成道：「不錯。」

王宜中道：「他們難道不認識我？」

高萬成道：「就算認識，也認的不太清楚。」

王宜中道：「我呢？」

高萬成道：「照他們的說法，以篷車做中心，方圓二十丈內，都是埋了火藥。但照屬下的看法，他們不太可能埋下這麼一大片火藥，但茲事體大，咱們不能冒險。所以，屬下覺著，咱們就姑妄信之。阻止他們引發火藥，只有兩個辦法：一個是用水濕去藥信，一個是設法截斷藥信，用水一法，非人力能辦，因此截斷藥信，是唯一的辦法了。」

王宜中道：「能夠辦到麼？」

高萬成道：「屬下已然查過那場中形勢，他們把藥信埋在地下，燃火的地方，藏在草中，那篷車距離可以掩去一個人的草叢，大約有四丈多遠，不論那藥信燃燒的多麼快速，這中間也有一段時間，屬下對埋置火雷，稍有經驗，如想炸毀篷車，必須先要引爆主要的埋藥之處，如是先引爆副雷，可能使藥線震斷，因此，咱們大約有一段時間可用，那時間，雖然不長，但足夠一個人截斷藥信之用了。」

王宜中道：「他們有幾條藥線？」

高萬成道：「唯一的困難，也在此了。咱們不知道他們有多少根藥信，但屬下的看法是，最多有六根。要六個人同時行動，或可一舉截斷藥信。」

王宜中道：「要找六、七個人一齊動手嗎？」

高萬成道：「六、七個人還不太難，難的是要找出藥信子走的路線。」

王宜中道：「先生說了半天，也是紙上談兵，能說不能行了。」

高萬成道：「能行。不過，咱們先行計算一下，哪些人截線，哪些人應付敵人攻勢。」

王宜中道：「我呢？」

高萬成道：「你自然負責救助太夫人。」

他語聲一頓，道：「現在時間急迫，我帶來了一件東西，門主何不試試？」

王宜中道：「什麼東西？」

高萬成道：「飛行羽。」

王宜中道：「那是什麼東西？」

高萬成道：「一個輕功絕佳的人，應該十分有用，屬下已然瞭解使用訣竅，稍一解說，門主就會用了。」

王宜中道：「現在還有時間嗎？」

高萬成道：「有，而且用來救助令堂，必有奇效。」

王宜中道：「那行，快些給我瞧瞧。」

高萬成道：「咱們躲在嶺後面，也許他們在這附近還有埋伏。」

王宜中無可奈何，只好和高萬成行到嶺後面一處隱秘所在。

高萬成打開羽翅，很仔細地解說了使用之法。

王宜中點點頭，淡淡地說道：「很容易，不過，我還是想不通如何能解救出我的母親。」

高萬成道：「依門主的功力，如能運用此物，至少可以飛出一段很長的距離。」

王宜中精神一振，道：「先生的意思是……」

高萬成接道：「最簡單的辦法，如是情勢迫人，門主就以迅雷不及掩耳的身法，飛入篷車，設法救助太夫人，然後，飛躍而出，憑仗這雙翅之力，可以飛出十餘丈，當可脫出險地。」

王宜中歎息一聲，道：「好吧！如是別無良策，那就只有這樣試試了。」

高萬成道：「這辦法雖然有些冒險，但如是別無辦法時，只要計算精密，未嘗不能算一個可行之道。」

王宜中忽然動了興趣，開始把那羽翅戴在身上練習了一下。

高萬成笑一笑，道：「門主不用取下來，屬下還要爲門主稍作易容。」

王宜中道：「易容？」

高萬成道：「不錯。咱們不能讓別人瞧出你是門主。」

王宜中把羽翅壓在雙臂之下，緩緩說道：「先生請動手吧。」

高萬成道：「門主還要脫下這件長衫，你要穿著咱們劍士的衣服。」

王宜中道：「咱們的劍士呢？」

高萬成道：「就要來了。」

王宜中無可奈何，只好脫下長衫。

高萬成道：「這地方很隱秘，門主自己再練習一下，屬下去去就來。」言罷，轉身疾奔而去。

大約有一頓飯工夫，王宜中已把那羽翅運用自如。

高萬成也正好疾奔而來，手中挾著一套衣服，道：「門主，穿上這衣服看看。」

王宜中接過衣服穿上。立時間，變成了金劍門下劍士的裝束。那是一身青色的勁裝，背插長劍。

高萬成舉手互擊一掌，道：「你過來吧，讓門主瞧瞧。」

隨著高萬成的掌聲，一個穿長衫的年輕人，舉步行了過來。那是個年約二十三、四的年輕人，在高萬成的小心易容之下，看上去和王宜中相差不多。

王宜中點點頭，道：「看來倒有些像。」

那劍士一欠身，道：「屬下叫王超。」

王宜中道：「你也姓王，那很好。」

高萬成神肅然地說道：「門主練會了飛行之術嗎？」

王宜中道：「練會了。」

高萬成道：「好，在搶救令堂的行動時，門主要全力施爲，屬下高舉右手爲號。門主只管全力搶救令堂，林、常、劉三大護法和兩位大劍士，負責查看火藥燃燒的路線，設法截斷他們的藥線。」

王宜中輕歎一聲，道：「先生如是無法截斷藥線，或是時間晚了一些，那是什麼樣的結果？」

高萬成道：「三大護法、兩大劍士和區區，很可能都犧牲在火雷爆炸之下，至於門主能否救出令堂，那就要看門主的飛行距離和速度了。」

王宜中道：「先生，這做法不能失敗，萬一失敗了，咱們的犧牲豈不是太重了。」

高萬成道：「只要我們不站在火藥堆上，我們仍有生存的機會。」

王宜中道：「先生，能不能改個辦法，死裡求生之策，太過冒險了，我不願牽累到金劍門眾多精銳，犧牲在這一場全無把握的豪賭之中。」

高萬成道：「屬下苦苦思索，實在想不出別的辦法，這方法雖然有些冒險，但我們並非是全無勝算。」

王宜中沉吟了一陣，道：「咱們兩個人去如何？」

高萬成搖搖頭，道：「那將會引起他們的懷疑。」

語聲微微一頓，接道：「事已至此，非賭不可，門主不用多考慮。」

王宜中猶豫著，道：「先生能否再籌思周密一些？」

高萬成道：「門主一發動，我們就立刻衝入草叢之中，一面設法截斷藥線，一面向外奔逃，我相信他們說得有些誇張，逃出來的機很大。」

王宜中道：「好吧！先生既然覺著可以試，咱們試試吧！」

高萬成道：「門主，有一件事，屬下不當說，但又如鯁在喉，不吐不快。」

王宜中道：「先生請說。」

高萬成道：「如若情勢變得很意外，門主請多多照顧自己，爲金劍門千百人想想。」

話說得很含蓄，但言外之意，無異是說萬一情勢逼人，那你就先把自己救出來。

王宜中黯然沉吟，默不作聲。

他心中明白高萬成言中之意，也領會到那是爲大局著想的唯一辦法，但他也無法答覆。

默默無語，黯然神傷，正是他此刻的心情。

高萬成已點明，也就不再多問，改變話題，道：「門主，咱們可以走了。」

王宜中點頭，道：「好！咱們走。」

高萬成道：「屬下帶路。」舉步向前行去。

王宜中緊隨在高萬成的身後。這時，他勁裝佩劍，倒像是保護高萬成的劍手。假扮門主的王超，遠遠地隨在高萬成的身後。

林宗、常順、劉坤、七星劍張領剛、八步趕蟬魏鳳鳴，早已站在道旁等侯。似乎是高萬成早已對幾人安排好了，是以，連一句話也不講，轉身向前行去。

三大護法、兩位劍士，分別緊隨在高萬成的身後而行，把王超圍在中間。看上去，對門主保護得十分嚴密。

廿七　母子重聚

這段路雖不短，也不很長，不論走得如何慢，也不過頓飯工夫，就到達距篷車十丈左右的地方。

黑衣人突然由草叢中站了起來，笑一笑，道：「高兄很守信諾。」

高萬成冷冷地說道：「守信的不是我，而是敝門的門主。」

黑衣人道：「由諸位的步履之中，在下瞧出了諸位心情的沉重。」

語聲一頓，道：「哪一位是王門主，請向前行出一丈。」

王超緩緩由三大護法、兩位劍士的環護中，大步行了出來。

高萬成一抱拳，道：「門主且慢。」

轉眼望著那黑衣人，道：「朋友，我們可否看看王夫人，她是否仍然安全？」

黑衣人略一沉吟，道：「好！」

提高了聲音，接道：「王夫人請行出車外，令郎要見見你。」

他內功深厚，聲音十分宏亮，空谷中回音繞耳。

第二輛篷車簾子啓動，那白衣女扶著王夫人行出篷車。

王宜中眼看母親似是又增加了不少白髮，心中痛惜無比，幾乎無法控住熱淚奪眶而出，急急隱到高萬成的身後。

但聞那黑衣人高聲說道：「你們看到了嗎？」

高萬成道：「距離如此之遠，如何能夠看得清楚？」

黑衣人冷笑一聲，道：「高兄，你如是想用什麼心機，只怕是白費了。」

高萬成淡淡一笑，道：「閣下的意思是……」

黑衣人不理高萬成之言，卻高聲說道：「站住！如若再向前行進一步，我就要他們點燃藥信。」

原來那白衣少女，扶著王夫人已向前走了兩、三丈遠。聽得那黑衣人呼喝之言，白衣女只好停下來。

高萬成急急說道：「朋友，在下想問問王夫人是否安好，不知朋友意下如何？」

黑衣人道：「好！你問吧！」

高萬成提高了聲音，道：「王太夫人好嗎？」

他用內功把聲音送了過去，那王夫人聽得十分清楚。但王夫人的回聲，卻十分細小。王

宜中等耳目靈敏，聲音雖小都聽得清楚。

王宜中心中焦急，暗道：「此刻母親相距自己只有六、七丈的距離，不知高萬成怎的還不發行動的號令？」

高萬成一直在搶先說話，不讓那黑衣人有思考的機會。

他高聲說道：「王太夫人無恙，敝門主現在此地，閣下如何發落，可以說出來了。」

一件事接著一件事，黑衣人來不及多想，道：「要他向前行十步。」

王超依言向前行了十步。

黑衣人突然冷冷說道：「王門主帶有兵刃嗎？」

王超搖搖頭，道：「沒有。」

黑衣人道：「你可以向屬下借一把劍。」

王超怔了一怔，道：「借一把劍？」

黑衣人道：「是！借一把劍。」

高萬成也愣住了，不知那黑衣人的用心何在？

王超無可奈何，回頭說道：「你們借把劍給我。」

高萬成道：「你準備幹什麼？」

黑衣人道：「我要貴門主先行挑斷他雙手、雙腳上筋脈。」

高萬成一怔，道：「這不是太惡毒了嗎？」

黑衣人道：「除此之外，在下想不出還有什麼辦法，能夠徹底毀去貴門主的武功。」

高萬成道：「咱們先行談判之時似非如此。」

黑衣人道：「留下他的性命，毀去他的武功，原是早經決定，不過未說明細節罷了。一個人挑斷雙手、雙腳的筋脈，還不至於殞命，再說我們已替他安排了下半生的生活。」

高萬成似是有意和那黑衣人拖延時間，以便三大護法、兩位劍士能夠多一些時間瞭解場中形勢，和那些隱於草叢之中人的位置。

當下冷笑一聲，道：「看來你們很仁慈，不知有些什麼安排？」

黑衣人笑道：「萬兩白銀，足夠貴門主母子兩人廣置田莊、雇用僕從、過半世安閒生活。」

高萬成搖搖頭，歎息一聲，道：「敝門主是位孝子，他存心救母親，但你們的手段太過毒辣，背約失信的是你們。」

黑衣人道：「貴門主既在此地，只怕你高兄已經作不了主意，須得貴門主決定才成。」

高萬成道：「不錯，我得請示一下門主。」

目注王超，道：「門主意下如何？」

右手卻高舉一揮。

黑衣人的目光，凝注在王超的身上，卻未注意到高萬成高舉的右手。

幾乎是在同時，一瞬間，六條人影飛躍而起。王宜中撲向了兩輛篷車，三大護法、兩位劍士撲向了草叢。

聽到了衣袂飄風之聲，黑衣人才警覺有變。想待下令點燃藥信，八步趕蟬魏鳳鳴以絕世輕功，連人帶劍當頭罩下。

三大護法，撲入了草叢之中，張領剛、高萬成和王超，同時以長劍刺入地下，向四方劃去，希望能劃斷藥信。

王宜中盡全力一躍，起落之間，已然落到了那篷車旁邊，道：「姑娘，給我母親。」

白衣女長劍化出一道寒芒，道：「你是……」

王宜中道：「王宜中。」

雙手齊彈，八縷指風飛出，震開長劍。

白衣女似已從武功、口音中，認出他的身分，一放王夫人，道：「快帶老人家走。」

王宜中一把抱著母親，飛身而起，腳踏車篷，一加力，但聞砰的一聲，車篷塌了一片。

但王宜中卻借力，躍飛起四、五丈高。這時他每一個動作都用盡了能用之力。

王宜中身懸高空，一振雙臂，張開了雙翼，閉住一口真氣，用肩頭用力，鼓動兩隻羽翼，斜向南方飛去，看上去，有如一頭巨鳥。

除了那白衣少女之外，篷車中又躍出一位黑衣姑娘。連同趕車的金眼鷹，三個人也找出了兵刃，沿著篷車，劃了一圈。

且說王宜中提住一口真氣，借兩個羽翅震動之力，一口氣飛出了十七、八丈左右，才力盡降落實地。

就在他剛剛足著實地，耳際已響起了震耳的爆炸巨聲。塵土破天，砂石橫飛。回頭看去，已然不見那兩輛篷車。

這一陣爆起的塵土砂石，足足有十丈方圓大小，端的是聲勢驚人。

王宜中想到三大護法、兩位劍士，連同高萬成和劍士王超，都將傷亡於火藥爆炸之中，當真是心膽俱裂，呆呆地望著那蔽天的砂土出神，忘記懷中還抱著母親。

只聽王太夫人長長歎息一聲，道：「可惜啊，可惜！」

王宜中急急放下懷抱中的母親，道：「娘可惜什麼？」

王夫人道：「可惜那位姑娘，花般的人樣，水般的溫柔，唉，當今之世，只怕再難找出她那樣的人。」

王宜中道：「她死了並不足惜，可惜的是孩兒那位智略多端的高先生，和忠心耿耿、身負絕技的三大護法、兩大劍士，還有代替孩兒的劍士王超。」

王夫人道：「你的先生、護法？」

王宜中道：「不敢相瞞母親，孩兒已經當了金劍門主。」

王夫人點點頭，道：「我知道金劍門，他們常常提起這件事。」

王宜中道：「這些人，都是爲了救助母親而來。」

王夫人道：「爲了救我？」

王宜中道：「是的。他們如是犧牲了，我得替他們報仇。」

王夫人道：「報仇？」

王宜中道：「嗯，那些人，可能是謀害上一代金劍門主的人，也可能是謀害我父親的仇人。」

王夫人望望兒子的臉色，只覺他神色凝重，雙目中充滿著殺機，暗暗歎息一聲，欲言又止。她知道，這時刻不是談話的時刻。

王宜中呆呆地望著那飛起的塵土。漸漸地，塵土減少了，景物隱約可見。漸漸地，可看到了那停在路上的馬車，已不見那拉車的健馬，只餘下兩輛篷車，仍然停在那裡。

王宜中內心中充滿著激動，喃喃自語，道：「這是仇恨，也是責任，我要替他們報仇，正、邪是兩個極端，永遠無法並立於江湖。」

王夫人長長歎息一聲，道：「孩子，你說什麼？」

王宜中突然回過身來，跪在母親的身前，道：「媽！請恕孩兒不孝，只怕無法從母之命，做一個日出而作、日入而息的山野農人了。那些人，都是江湖上的好人，武林中的精英，他們滿懷壯志，一腔熱血，義之所在，死而無怨。媽，他們和母親素不相識，但爲了救母親，卻不惜赴湯蹈火，置身於火雷陣中，他們死了，如若孩兒不替他們報仇，那豈不是一個不仁不義的人嗎？」

王夫人歎息一聲，道：「孩子，這些日子，我想了很多事。」

王宜中接道：「媽！孩兒並無在江湖上揚名稱霸的用心，我只要替他們報了仇，立刻和母親歸隱深山。」

王夫人道：「不，孩子，我不是這個意思，這些日子裡，我想通了一件事。」

王宜中道：「孩兒恭聆母訓。」

王夫人道：「你是天生的龍種，他們告訴我才知道，你已練成了一身武功。孩子，江湖需要你出面去主持正義，武林中需要你保護弱小，我這做母親的，如若硬要把你留在身邊，未免太自私了。」

王宜中接道：「媽！孩兒……」

王夫人接道：「聽我話，不要以母親的安危爲念，我要你全心全意地去對付邪惡，不用再爲我擔心。」

伸出手去，撫著王宜中的頭頂，道：「孩子，快些起來，去瞧瞧他們，是否有受傷的人，如是有受傷的人，那就趕快施救。」

王宜中應了一聲，正待飛身而起，突然又停了下來。

王夫人怒道：「怎麼不去了？」

王宜中道：「孩兒如是去了，何人保護母親？」

只聽衣袂飄風之聲，一條人影，疾奔而至，來人正是四大護法之首，赤鬚龍嚴照堂。

嚴照堂雙目盡赤，滿臉怒容。他生像本就威嚴，這一發怒，更顯得威武鎮人。

王宜中黯然說道：「嚴護法，你瞧到了。」

嚴照堂雖然怒火攻心，熱血沸騰，但他仍然能保持著禮數不亂，一欠身，道：「屬下瞧到了。」

王宜中忍不住落下淚來，道：「他們，他們……」

嚴照堂道：「事已如此，門主也不用太過傷心。」

回首對王夫人一禮，道：「嚴照堂給太夫人見禮。」

王夫人打量了嚴照堂一眼，道：「你是……」

嚴照堂躬身接道：「在下也是門主身邊的護法之一，我們兄弟四人，同任護法之位，追隨門主身側，以保護門主的安全爲主。」

王夫人啊了一聲，道：「你們是親兄弟。」

嚴照堂道：「不是，我們是義結金蘭，但卻是情同骨肉。」

王夫人道：「很可惜，他們可能已葬身在那爆炸的火雷之中。」

嚴照堂強自忍下了椎心刺骨的痛苦，淡然一笑，道：「不要緊。他們是爲了保護門主而死，那是死得其所。」

王夫人歎息一聲，道：「爲了救我這一個不中用的老婆子，我該早死掉的。」

嚴照堂急急接道：「太夫人言重了，只要太夫人肯答允一件事情，他們就死的值得了。」

王夫人道：「什麼事？只要我能辦到，我就答應。」

嚴照堂道：「太夫人能答允讓門主繼續領導我們，主持武林正義，他們就死的心安理得了。」

王夫人輕輕歎息一聲，道：「我答應。經過這一次大變，使我長了不少的見識。孩子大了，我不能永遠把他留在身邊，只要他所作所爲，能夠對得起列祖列宗，仰不愧天，俯不怍地，我這做母親的，也就心安理得了。」

嚴照堂道：「太夫人的教訓，也正是我金劍門中的戒規。」

這時，王宜中突然接口說道：「嚴護法，保護我的母親，我要到那爆炸的場中瞧瞧。」

嚴照堂道：「屬下去，請門主保護太夫人。」

王宜中神情冷肅，緩緩說道：「我去，他們爲救我母親而死，我該去替他們報仇。」突然飛躍而起，直向場中奔去。

這時，場中的形勢，已然面目全非，石崩土翻。

王宜中滿懷積憤，緩步而行，步入草叢。眼看草叢中積塵落石，心中稍安，至少，這片深草中，並無火藥爆炸的痕跡。

細查草叢間，發覺了六具屍體。那屍體都是死於拳掌、兵刃之下，並非是火藥爆炸所傷。

王宜中翻動屍體查看，都非金劍門中的人物，不禁心中一動，暗道：「照著那高萬成的分配，三大護法和八步趕蟬魏鳳鳴，都是衝入草叢之中，搏殺敵人的埋伏。看這些屍體，倒像是埋伏的人死於他們的手中，但他們的人呢，死不見屍，生不見人，這是怎麼回事？」

忽然間一陣呻吟之聲，傳了過來。那聲音就在七、八尺外，王宜中大跨一步，已到了那人身側。只見他一身黑衣，左胸中鮮血淋漓，一塊大石砸在頭上，受傷甚重。

王宜中伏下身子，撥開大石，扶起那黑衣人，冷冷說道：「你傷勢很重。」

黑衣人望了王宜中一眼，語聲緩慢地說道：「你是金劍門中的劍士？」

原來，王宜中仍然穿著劍士的裝束，當下隨口應道：「不錯，告訴我如何救你？」

這黑衣人正是此地埋伏的首腦人物，本是極爲冷酷、凶悍之徒，此刻卻變得十分柔弱，緩緩說道：「我傷得很重，不用費心了。」

王宜中道：「咱們雖是敵對之人，但你傷勢極重，需人救護。」

黑衣人接道：「聽我說，我沒多少氣力說話了。」閉目靜息片刻，接道：「你的運氣不錯，大部分藥線受了潮氣，失去了作用。」

王宜中吃了一驚，暗道：「剛才那爆炸的聲勢，已夠驚人，原來還只是部分爆炸，如是全部爆炸，這方圓數十丈的土地，只怕全都被翻過來了。看來，他說的不是假話，這地方的確埋了很多的炸藥。」

只聽那黑衣人，若斷若續地接道：「可惜，你們的門主，被炸得屍骨無存。」

王宜中接道：「其他的人呢？」

黑衣人道：「似乎他們的運氣都很好，不過，那並無關重要，我們的用心，只要炸你們的門主。」

王宜中冷笑一聲，道：「只怕你們會很失望。」

黑衣人若有所悟的道：「你是……？」

王宜中接道：「我們的人到哪裡去了？」

黑衣人道：「你是……你才是金劍門主，那個會飛的人……」

話未說完，血由口中湧出，氣絕而逝。他似是死不瞑目，兩隻眼睛，睜得很大。

王宜中緩緩放下那黑衣人的屍體，心中卻大是懊悔，不該洩露身分，使他心生怒氣，血逆心脈而死。

突然頸間一涼，一把寒芒閃爍的長劍，已然壓在肩上，同時一隻手掌，也按在背後命門要穴之上。

耳際間響起了一個清冷的女子聲音，道：「王門主，你的武功很好，但我不希望你賭運氣。」

只聽聲音，王宜中已知她是誰。

劍架頸間，要穴受制，王宜中確然已無法反抗，長長吸一口氣，納入丹田，道：「我們的人呢？」

那女的似是很得意，格格笑道：「他們都很好，不過，有兩個受了傷。但你放心，他們傷得都不重，我已經替他們敷過藥，但也點了他們的穴道。」

王宜中雖然受制於劍、掌之下，仍感心頭一鬆，道：「姑娘已是占盡了優勢，說出你的條件吧！」

身後女子笑一笑，道：「你知道我是誰嗎？」

王宜中道：「知道。」

身後女子嗯了一聲，道：「說說看，我是誰？」

王宜中道：「你是那位穿白衣的姑娘，咱們見過多次了。」

但覺身上四、五處要穴，受到襲擊，被人點中。眼前一亮，那白衣少女已繞到身前。但她一身白衣，此刻已經變成了土色。

白衣女笑一笑，道：「你的記憶很好。」

伸手解下了包頭蒙臉的絹帕。衣上積塵，掩不住那國色天香，那絕世美豔，也不需借重那脂粉妝扮。

她理理鬢旁的散髮，彈一彈身上積塵，笑道：「王門主，可一不可再，我已經上過一次當，知道你有自行運氣衝穴之能，希望你這一次，別再妄用。」

王宜中道：「用了又能怎麼樣？」

白衣女道：「很難說。也許我殺了你，也許我斬斷你雙腕、雙腿的筋脈。」

王宜中道：「在下可以奉告姑娘，殺了我，才是唯一斷絕後患的辦法，在下隨時隨地可以運氣衝開穴道。」

白衣女微微一笑，道：「那要一段相當長的時間，我不會再給你這些時間了。」

王宜中冷冷說道：「這麼說來，整個事件，都是你姑娘設計的了？」

白衣女臉色一變，道：「你不要含血噴人，我們不會用這等卑下的手段。」

王宜中道：「用毒傷人，逼他們效力，這手段難道很光明嗎？」

白衣女臉上泛起怒容，冷笑一聲，道：「用毒手段，在武林極爲普遍，施用毒傷人，也不是由我們開始。」

王宜中道：「施用地雷、火藥的人，也不是始自今日，姑娘，用不著這樣激憤。」

白衣女心中大急，道：「你這人沒有良心。」

王宜中一怔，道：「爲什麼？」

白衣女道：「我救了你的母親，你一點也不感激。」

王宜中聽得心頭火起，怒道：「如不是你們把我母親擄去，她怎會受今日之驚。」

白衣女道：「如不是我們把令堂擄去，她落入別人之手，是一個什麼樣的後果，你大概心裡明白。」

王宜中道：「姑娘得手不久，我們就趕回寒舍，我自會遣人保護她。」

白衣女氣得連連冷笑，道：「告訴你，我們到你家時，另一夥人也趕到了。我們先有過一番衝突，然後才救了令堂，你媽原要你學一個山野村農，現在呢，她是否已改變了主意？」

王宜中道：「這又與你何關？」

白衣女道：「關係太大了，我如不勸說她，她怎會改變得這樣快法。」

王宜中道：「這麼說來，還要謝謝你姑娘了。」

白衣女道：「誰稀罕你謝了，但你也不能冤我，我做的我都敢承當，但我不願替人揹黑鍋。」

王宜中冷然一笑，道：「這些事，也不用再爭論了，咱們還是談談眼下的事情要緊。」

白衣女道：「你先去瞧瞧你那幾位屬下，咱們再談不遲。」

王宜中心中一動，暗道：「對！我該先去瞧瞧他們的傷勢情形，才能拿定主意。」略一沉吟，道：「那就有勞姑娘帶路。」

白衣女不再說話，轉身向前行去。王宜中雙腿上數處穴道受制，走起路來，十分辛苦，行至篷車的一段路並不遠，但走近篷車，王宜中已累得滿頭大汗。

只見篷車旁側，一排兒仰臥著幾個人。那些人是高萬成、林宗、常順、劉坤和兩大劍士等。

白衣女道：「看到了沒有？」

王宜中道：「看到了，但他們不言不語，叫人無法瞧出他們的傷勢如何。」

白衣女嫣然一笑，道：「那是我點了他們的穴道，只要拍活他們的穴道，他們立刻就可以清醒過來。」

王宜中暗中吁一口氣，道：「在下無法完全相信姑娘的話，除非……」突然住口不言。

白衣女道：「除非什麼？」

王宜中道：「姑娘能拍活他們的穴道，讓我問問他們。」

白衣女右手連揮，拍活了幾人受制穴道，右手卻連連沉落，又點了他們身上幾處穴道。解穴，點穴，心分二用，左、右雙手，同時做著兩件大不相同的事。

但聞幾聲長長呼吸，兩大劍士和三位護法全都醒了過來。五個人目睹王宜中，準備掙扎而起行禮，但雙腿要穴被點，只能直腰坐起，卻無法站起來。

王宜中搖搖頭，道：「你們坐著吧！不用多禮，我也被人點了多處要穴。」

林宗怔了一怔，道：「老大呢？」

王宜中道：「他在保護我的母親。」

常順道：「好！太夫人度過此劫，也不枉咱們吃這一點苦頭了。」

王宜中眼看人人都坐了起來，只有高萬成還躺著未動，不禁一皺眉頭，道：「高先生怎不坐起？」

白衣女道：「這個人詭計多端，讓他多躺一會兒吧！」

王宜中道：「姑娘，咱們說好的，你不解開他的穴道，在下怎能確定他還活著？」

白衣女嗯了一聲，道：「看來，你倒滿仁慈，自己的小命，懸在半空，還念念不忘別人的生死。」一掌拍活了高萬成的穴道。

高萬成清醒過來，坐起身子，目光轉動四下瞧了一眼，道：「門主，多虧了這位白衣姑娘！如非她及時招呼我們，此刻，屬下等恐早已粉身碎骨了。」

白衣女笑一笑，道：「你一向善說謊言，現在倒突然說起實話了。」

高萬成道：「在下雖然喜用謀略，但卻從未說過謊言。」

白衣女道：「既謂謀略，自然說不上堂堂正正的手段，那和謊言有何不同？」

王宜中輕輕咳了一聲，道：「雖然咱們是敵對之人，但你救了他們之命，在下仍然是十分感激。現在，你可以提出條件了。」

白衣女道：「條件很簡單，我要你立刻下令放了白雲峰。」

王宜中沉吟了一陣，道：「可以。咱們講好的，以我母親交換白雲峰。雖然你沒有把我母親平安的交付我手，但你救了我幾位屬下，那也算一件大事。咱們可扯平了。」

白衣女笑一笑，接道：「你想得滿好啊！」

王宜中道：「姑娘的意思是……」

白衣女道：「我們雖然沒有把令堂一路無阻地交付你手，但令堂總算是平安無事。爲了表示一點愧疚，你可以在我救你這六位屬下中，帶走一至二人，咱們這交易才算公平。」

王宜中望了高萬成等六人一眼，道：「除此之外，還有別的辦法嗎？」

白衣女道：「有。但不知你是否肯答應？」

王宜中道：「說說看。」

白衣女道：「不論是埋設地雷火藥的人，或是我們，都有一個最大的顧慮和相同的原因，那就是你的一身武功。」

王宜中接道：「姑娘的意思，可是要我毀去一身武功嗎？」

白衣女道：「這是最好的方法。不過，還有一個辦法，那就是讓你服下一種慢性的毒藥，我們不奢望你幫忙我們，但至少你不要和我們作對，每隔一段日子，我們送上解藥，解藥斷絕，你就毒發而死。」

王宜中道：「老辦法。一點也不新奇，但如別無選擇時，在下願走此途。」

林宗高聲說道：「門主千萬不能答應。」

王宜中笑道：「就目下處境而論，咱們已完全處於劣勢，能多保一條命，就多救一人。」

白衣女道：「對啊！王門主究竟是明白人，如是咱們談不好，我狠起心來，可能把你們全殺了。」

高萬成道：「殺了我們幾人，金劍門全門奮起，和你們決一死戰，衡量輕重，智者不取。」

白衣女笑一笑，道：「除了王門主外，我還未把別人放在眼中。」

王宜中高聲說道：「放了他們，拿毒藥給我。」

白衣女笑一笑，道：「你很急啊！」

王宜中道：「大丈夫言出如山，決定了就不用瞻前顧後，拿藥來吧。」

白衣女突然行入篷車。車門開啓處，王宜中發覺那黑衣女和金眼鷹都躺在篷車之中。白衣女片刻而出，手中捧著一個小木盒子，取出了一粒藥物。

但聞衣袂飄風之聲，嚴照堂揹著王夫人如飛而至。

嚴照堂剛剛停下腳步，還未來得及放下王夫人，王夫人已搶先說道：「瑤姑娘，你無恙嗎？」

白衣女放下手中的藥丸，神情間微現失措地笑道：「多謝夫人，我很好。」

王夫人回顧王宜中一眼，道：「孩子，你過來。」

王宜中依言行了過去，緩緩說道：「母親有什麼吩咐？」

王夫人道：「你過來，見見西門姑娘。」

王宜中雙臂上穴道被點，雙手不能抬動，只好頷首爲禮，道：「多謝姑娘！」

西門瑤淡淡一笑，道：「不敢當。」

王夫人輕輕歎息一聲，移動著一雙小腳，行到了西門瑤姑娘的身前，道：「瑤姑娘，多虧你一路上盡心盡力地看顧我。」

西門瑤無端的粉臉一紅，道：「這是晚輩應盡的心意，王伯母不用放在心上。」

王夫人道：「唉！瑤姑娘，咱們在路上談的事，你還記得嗎？」

西門瑤怔了一怔，垂下粉頰，道：「自然記得。」

王夫人道：「那很好，宜中一向孝順，我相信他會聽我的話。再說像你瑤姑娘這份才貌，打著燈籠到處找，只怕也難得找得出幾個。」

西門瑤淡淡一笑，道：「王夫人，晚輩和夫人車中閒話，難道就這樣認真嗎？」

王宜中聽出語氣不對，急急接道：「媽！你和她談些什麼？」

王夫人道：「人家瑤姑娘只是隨口應了一句，可沒有正面答應過我，這件事，你不用先知道，我還得和瑤姑娘商量一下。」

王宜中望了母親一眼，不敢再問。

王夫人望望西門瑤，道：「瑤姑娘，咱們到那邊談去，這裡的耳目太多了。」

西門瑤笑一笑，道：「不用了，伯母，我想我們談的話，也沒有見不得人的地方，在哪裡談，都是一樣。」

王夫人的臉上，泛現出一片訝異之色，道：「瑤姑娘，看樣子，你答應的事，似是有了變化。」

西門瑤怔一怔，道：「伯母，我沒有答應你什麼。真的，你再想想看，我們只是隨口交談了幾句，有些話，格於情面，很難斷然拒絕。」

王夫人失望了，她不僅為這位美麗姑娘的言而無信悲痛，而且為整個人間的虛偽感到悲傷。她茫然地站著，呆呆地望著西門瑤，臉上是一種訝異和傷感混合的黯然神色。

西門瑤忽然感到有種莫名的悵惘，不敢再看王夫人的眼光。她緩緩地別過頭去。

良久之後，王夫人才慨然地歎一口氣，道：「這不是真的吧！瑤姑娘，你像天使一般的美麗，像白雪一般的瑩潔，像你那樣的人，為什麼會欺騙人呢？你一定是記錯了，我不相信你會騙我。」

她似是在訴說著內心的委曲，也似乎是在發洩失望後的痛苦。

西門瑤臉上突然泛生起一片紅暈，舉動之間，微現不安。

她不敢和王夫人的目光相觸，卻轉向王宜中，冷冷地說道：「你決定了麼？」

王宜中道：「決定了。」

西門瑤回顧嚴照堂一眼，道：「你可以傳下令諭，要他去帶白雲峰來。」

嚴照堂經驗老道，一眼之下，已瞧出了高萬成等被點了穴道，再者，那黑衣女和金眼鷹，也似是受了很重的傷。

當下冷笑一聲，道：「姑娘，在下還可以和姑娘動手。」

西門瑤冷漠地一笑，道：「你看清楚了目下的局勢嗎？」

嚴照堂道：「看得很清楚，所以，在下覺著有談談的本錢。」

西門瑤道：「你不是我的敵手，其他的人，都已被點了穴道，你沒有和我談判的本錢。」

嚴照堂道：「在下只要能接下你五十回合，敝門主就能自行運氣衝開穴道。」

西門瑤道：「我上了一次當，不會再上第二次。我點了王宜中很多處穴道，至少他要兩個時辰以上的工夫，才能衝開穴道。那時，我已經殺光了你們所有的人。你充其量能和我打上五十個回合。」

語聲微微一頓，接道：「不知你是否想到了失敗的後果，那將是一幅慘不忍睹的畫面，這地方將是你們金劍門精銳的埋骨之所。」

嚴照堂橫跨一步，擋在王宜中的身前，道：「門主能否在五十招之內，運氣衝開穴道？」

王宜中輕輕歎息一聲，道：「不要冒險，我不能拿數條人命來做試驗。」

西門瑤笑一笑，道：「無怪他年輕輕地就當了門主，比起你嚴護法聰明多了。」

嚴照堂氣充胸膛，但卻又無可奈何，只好向旁側退開兩步。

王宜中道：「我可以下令，要他去帶白雲峰，不過，在下也有一個條件。」

西門瑤道：「此時此情，你已是一敗塗地之局，還有什麼提條件的本錢。」
王宜中道：「在下如是無法求得瓦全，那只有玉碎一途了。」
西門瑤道：「怎麼個玉碎法？」
王宜中道：「姑娘殺了我們六個人，我們殺了白雲峰，那是兩敗俱傷的結果，不過，便宜了在這山路中埋火藥的人了。」
西門瑤道：「你是說，他們……」
王宜中接道：「他們將是一支獨秀，姑娘和我們金劍門，都將大傷元氣。」
高萬成接道：「那時間，金劍門中人，必將全力為門主復仇，找你姑娘算帳，這夥人也不會放過你。但最重要的是，白雲峰死去後，你們少去一分很強大的力量。你姑娘固然是才華橫溢的人物，但你江湖上的閱歷還差，決非別人之敵。」
西門瑤顰蹙秀眉，道：「你在胡說些什麼？」
高萬成道：「在下是否胡說，姑娘心中應該明白。白雲峰的生死，對你們的關係太大了。」
西門瑤突然改變話題，目光轉到王宜中的身上，道：「說說你的條件吧！」
王宜中道：「很簡單，你放了金劍門中所有的人，留我做為人質，我們放了白雲峰之後，你放我不遲。」

西門瑤沉吟了一陣，道：「你如何生擒了那白雲峰？」

王宜中道：「在內廳之中，棺木並列，他雖然為我所擒，但心中卻是不服得很。」

高萬成道：「他和敝門主約定比武，要以天竺武功，制服中原武學。」

西門瑤接道：「我想貴門主一定不敢答應。」

王宜中道：「出你姑娘意料之外，在下已經答應了。」

西門瑤道：「你真的會答應麼？」

王宜中道：「大丈夫一言如山，豈肯言而無信，貽笑江湖。」

西門瑤沉吟了一陣，道：「好吧，我相信你一次，不過，我也不能太相信你，我要一點保證。」

王宜中道：「什麼保證？」

西門瑤道：「令堂。你如不守信諾，我就先殺了令堂。」

王宜中道：「這個不行，不能再傷害到我母親，她既非江湖中人，又不會一點武功。」

西門瑤道：「我已經很讓步了，你如是不肯答應，就證明你沒有誠信，不敢和白雲峰真刀實學地打一場。」

王宜中一時間為之語塞，不知如何回答。

這時，王夫人卻突然大步行了過來，道：「孩子！不用管我，我還要和這位瑤姑娘好好

的談談。」

西門瑤扶著王夫人，上了馬車，道：「王門主，你可以下令解開他們的穴道了，勞動他們找幾匹馬來拉車，令堂不能騎馬，我只好陪她坐車了。」

嚴照堂大步行了過去，解開了幾人穴道。七星劍張領剛、八步趕蟬魏鳳鳴，呆呆地望著王宜中，臉上是一片慚愧之色。

嚴照堂轉身行了過來，又解開了王宜中身上的穴道。

王宜中長長吁了一口氣，道：「去找幾匹馬來！」

嚴照堂應了一聲，轉身而去。

張領剛高聲說道：「山嶺後面，我們帶來了十二位劍士，他們都騎的有馬。」

嚴照堂高聲應道：「在下盡快趕來。」

片刻之後，嚴照堂牽著兩匹健馬行了過來。

金眼鷹和那黑衣少女，一直靜靜地躺在車中沒有動過。

西門瑤放下了垂簾，道：「王門主，你們可以趕路了。」

王宜中回顧了高萬成一眼，道：「套上馬，咱們回去吧！」當先舉步向前行去。

兩大劍士動手，套上健馬。

劉坤飛身一踏，落在轅前，拿起長鞭一揮，健馬放蹄向前奔去。轆轆輪聲，劃起了兩道

塵煙。

高萬成疾行兩步，追在王宜中的身側，道：「門主，屬下慚愧。」

王宜中搖搖頭，道：「不能怪你，能有這樣一個結局，應該是很好了。」

高萬成道：「但太夫人……」

王宜中接道：「這確然是我最大的苦惱，我不知該如何，目下我穴道已解，我相信在百招之內，可以搏殺西門瑤，但我母親……」

高萬成道：「看情形，西門瑤並無加害令堂之心，挾持令堂，不過是挾天子以令諸侯的用心罷了。」

王宜中道：「西門瑤詭計多端，又極善變，武功又高強得很，咱們金劍門中，除我之外，不知還有何人可以和她搏殺一陣？」

高萬成道：「四大護法聯手，可以擋她數百回合，此外門中二老可以和她媲美。如是咱們不按江湖規矩行事，每一位大劍士率領著劍手，都可以擋她一陣。」

王宜中道：「你是說，咱們八大劍士率領的劍士，都精通合搏之術？」

高萬成道：「金劍門在江湖上行走時，劍陣的威名，早就遠播江湖。經過這二十年的苦練，更有了很大的進境。」

王宜中四顧了一眼，低聲說道：「先生，八大劍士的武功，比起四大護法如何？」

高萬成沉吟了一陣，道：「單打獨鬥，四大護法似是要高上一籌，但如若大劍士帶一隊劍手同行，以劍陣拒擋四大護法，那又非四大護法能夠抗拒了。」

王宜中點點頭，道：「我決定了一件事，不知先生有何高見？」

高萬成道：「門主請說。」

王宜中道：「我想先對付西門瑤這夥人，再行全力對付這一次加害我們的人。」

高萬成道：「門主高見。」

王宜中略一沉吟，道：「不過，有一點顧慮，使我不敢放手施為。」

高萬成道：「可是太夫人的安危嗎？」

王宜中搖搖頭，道：「不是。我必須設法，先解了我母親之危，才會和他們動手。」

高萬成道：「那麼，門主還有什麼顧慮呢？」

王宜中道：「目下，咱們只知道一個白雲峰和西門瑤，而且也知道了他們善用毒物，但他們究竟有多少人，實力如何，還有些什麼毒物，咱們都不太瞭解，一旦把他們逼急了，怕他們全力一拚，鬧成了兩敗俱傷的局面。」

高萬成微微一笑，道：「咱們也要有一番安排才是。」

語聲一頓，接道：「咱們應該全力對付西門瑤，解決了這件事，然後，再對付那一批人物。」

王宜中道：「那領隊的黑衣人，似乎是和你很熟識。」

高萬成道：「是的，他能一口叫出我的名字，而且知曉我的身分。」

王宜中道：「先生認識他嗎？」

高萬成道：「我應該認識的，但我竟然認不出他。」

王宜中道：「爲什麼？」

高萬成道：「我想他可能戴了人皮面具之類，或是經過藥物易容。」

這時，遠走在七、八丈外開道帶路的嚴照堂，突然停了下來。魏鳳鳴、張領剛兩大劍士，立作戒備，分向兩側警戒。

林宗、常順，雖然身上仍帶著輕傷，亦都運功戒備，在右後方向警戒。

劉坤一收拉車的馬，沉聲道：「西門姑娘，可能會有了變化。」

篷車中傳出了西門瑤的聲音，道：「有你們金劍門中這麼多高手保護，大概用不著我這弱女子出手對敵了。」

劉坤冷冷地說道：「很難說，姑娘，如是敵人來的太多了，我們一樣沒有辦法對付。」

西門瑤冷笑一聲，不再答話。

王宜中凝目望去，只見嚴照堂雙目盯注在道旁一片草叢中，肅立不動，看情形似是和強敵對峙一般。

王宜中一皺眉頭，道：「先生，咱們過去瞧瞧如何？」

高萬成道：「好！」語聲一頓，道：「兩大劍士，請爲門主開道。」

魏鳳鳴、張領剛應了一聲，並肩向前行去。

王宜中心中暗道：「這高萬成似是小題大作，真正厲害的敵人，既要我出手對付，平時，卻又要這麼多高手來保護我。」

高萬成似是一直在留心著王宜中的舉動，王宜中心中之意，似是也被他瞧了出來。微微一笑，低聲說道：「以門主的武功而言，金劍門是要你保護。但平時要他們保護門主，是養成一種向力心，要金劍門中人，個個明白，他們有這樣一位門主領導爲榮。」

王宜中點點頭，微微一笑。

高萬成輕輕咳了一聲，又道：「近月以來，屬下的用心，都在啓發門主的靈智，希望門主能把一身所學發揮出來。目下，門主已啓開心靈之門，胸記絕學，源源而出，所以，門主也應該改學一件事了。」

王宜中道：「學什麼？」

高萬成道：「學用人。你有很多武功高強的屬下，爲什麼不用他們？」

王宜中先是一怔，繼而淡淡一笑，道：「是的，金劍門中這麼精銳高手，我應該好好運用他們。」

高萬成道：「用人效命，也該是一門很大的學問，門主仔細地想想，不難找出運用之妙。」

王宜中道：「我會用心去想，但還望先生從旁指點一、二。」

兩人談幾句話的工夫，已到嚴照堂停身之處。

只見張領剛、魏鳳鳴右手搭在劍把上，四道目光，盯注在嚴照堂的身前瞧著。

王宜中心中大奇，暗道：「這些人都是見多識廣的武林高手，什麼事沒有見過，怎會看得這樣入神，不知是什麼稀奇的事物。」

凝目望去，只見三人前面兩丈左右處，草叢中突出的一塊岩石上，放著兩個一尺多高的木頭人。那兩個木頭人一男一女，都穿著很鮮豔的衣服，雕工細緻，看上去栩栩如生。

那精美的雕刻，不足為奇，奇的是明明是兩個木頭人，但卻能不停地在岩石上面跳躍，而且發出一種呀呀似語的聲音。

王宜中愣住了，既覺得兩個木頭人的舉動十分好看、好笑，但卻又給人一種莫名的恐怖感覺。

回眸望去，只見高萬成也被兩個奇異的木偶震動，望著兩個木偶出神。

圍集在王宜中身側之人，個個都被那兩個木偶的怪異行動吸引，瞧得十分入神。

王宜中忍不住長長吁一口氣，道：「先生，這是怎麼回事？」

高萬成臉色凝重，緩緩說道：「屬下也無法具體說出它代表些什麼，但卻給人一種恐怖的感覺。」

嚴照堂回過臉來，道：「門主，我知道。」

王宜中啊了一聲，道：「說說看，這是怎麼回事？」

嚴照堂道：「三十年前，屬下追隨先門主，在峨嵋山尋找一種藥物時，在一處懸崖下面，見到過這樣兩個木偶，也是在跳、在唱。」

高萬成接道：「完全一樣的嗎？」

嚴照堂道：「不一樣。」

高萬成道：「有何不同？」

嚴照堂道：「當時因爲這件事太奇怪了，屬下的記憶十分深刻，那是兩個男的木偶，衣服也沒有這一次穿的鮮豔，動作似乎也沒有這樣優美。這些年來，似乎是這些木偶也長進了很多。」

高萬成道：「先門主如何對付這兩個木偶？」

嚴照堂道：「先門主只好迴避。想起來，這些木偶叫人恐怖得很，這些木偶的出現，並非無故。」

王宜中聽得一呆，道：「你是說，這兩個木偶還有用心？」

嚴照堂道：「是的。再等一會兒，他們可能說出現身的用心。」

王宜中喃喃自語，道：「這當真是一樁十分奇怪的事了，木偶怎麼會說話呢？」

高萬成道：「這是一種經過特殊設計、製造的木偶，看久了，雖然覺著它有些恐怖，但最可怕的，還是這木偶背後的主人。」

王宜中道：「我覺著有些奇怪，既然是背後有人，他們為什麼不肯現身出來呢？」

高萬成道：「故作神秘，愈是神秘的事，愈給人一種恐怖的感覺。」

王宜中突然舉步向前行去，直行到那草叢中的岩石前面，才停了下來。

在王宜中舉步向前行進之時，兩大劍士，同時舉步而行，分隨在王宜中的身側。

這時那兩個木偶正跳得熱鬧，王宜中看看那兩個跳動的木偶，突然伸出手去，希望抓住一個瞧瞧。

就在他右手將要接觸木偶之時，突聞嚴照堂大聲喝道：「門主不可。」

王宜中愣了一愣，道：「嚴護法，這木偶難道也會傷人麼？」

這時高萬成急步行了過來，接道：「殺人的不是木偶，而是那幕後人，在這木偶身上的設計、安排。」

正在這當兒，兩個跳動的木偶，突然停了。一種古怪的聲音，從那男木偶的口中發了出來。那似是一種音樂，但又極不悅耳。

所有的人，似乎是都未聽過那等難聽的樂聲，聽得人有種刺耳椎心的感覺。

高萬成低聲說道：「門主，咱們走吧，這聲音太難聽了。」

王宜中道：「先生，我相信這木偶的腹內，一定有著特殊設計的機簧等，因此，我想帶一個回去瞧瞧。」

高萬成道：「如是門主決定要帶回去，屬下帶著也是一樣。」行近岩石，舉手去抓木偶。

嚴照堂大聲道：「高兄，不可動那木偶。」

高萬成縮回了手，道：「嚴兄，我已經仔細地瞧過了。」

這時，那刺耳的樂聲，也突然停了下來。山野中恢復了寧靜。兩個木偶也同時停止了跳動。

但這突然的寧靜，卻似是給人帶來沉寂的恐怖。

突然，那木偶發出了一種極細微的聲音，道：「你們聽過了我的歌唱，應該付出一點代價了。」

聲音細如蚊鳴，幸得場中人都是一等一的武林高手，還能聽得清楚。

木偶會說話，簡直邪門透了，場中人無不感覺到有些震驚。王宜中卻緊皺眉頭，若有所思。

高萬成突然大聲喝道：「向後退開。」

群豪應聲而退，向後躍退了二丈，只有王宜中仍然靜靜地站在那裡。

高萬成急聲叫道：「門主，退回來。」

王宜中淡淡一笑，道：「不要緊，你們再站遠一些。」

嚴照堂卻大步行了過來。

王宜中劍眉微聳，冷冷說道：「沒有聽到我的話嗎？」

嚴照堂一欠身，道：「屬下聽到了。」

王宜中道：「聽到了，爲什麼還要走過來？」

嚴照堂道：「屬下護法有責，不能讓門主單身涉險。」

王宜中道：「退開去，我才能從容對付。」

嚴照堂怔了一怔，向後退開了五尺。

五尺的距離很短，完全在掌力、拳風所及之內，一旦門主遇險時，也好出手搶救。

王宜中回顧了嚴照堂一眼，高聲說道：「閣下可以現身了。」

那極細的聲音，又從木偶身上傳了出來，道：「我不是站在這裡嗎？」

王宜中冷冷說道：「看來，我如不說出內情，閣下是不會現身了。」

語聲微微一頓，接道：「閣下能借極細的絲索，把聲音傳在木偶身上，這一手借物傳

音，十分高明，但你該把絲索藏好，別讓人瞧出來才是。」

嚴照堂心中一動，暗道：「原來這木偶身上繫有絲索，我怎麼一點也瞧不出來呢？」

心中念轉，雙目中卻神光凝聚，向兩個木偶看去。在極度細心觀看之下，果然發覺有一條和岩石一般顏色的細索，繫在那木偶的身上。其實那線索並不太細，在場之人都能夠看得出來。只因所有的人，都沒有想到這些，只注意到那木偶身上彩色的衣著，和那跳躍的恐怖，沒有人留心到一條山石顏色的細索，繫在那木偶的身上。

這是一件很奇怪的事，愈是閱歷豐富的老江湖，愈是對那些費解的事感覺到恐怖，連一向多智的高萬成，亦被跳躍的木偶所震駭，未能保持冷靜，去研判內情。但王宜中卻是心地瑩潔，未爲怪異的木偶震駭，覺著木偶說話，必有原因，很容易地看出了那繫在木偶身上的細索。

這時，高萬成已冷靜了下來，笑一笑，高聲說道：「閣下這兩個木頭人，做得果然精巧，不但能跳、能叫，而且會哭。」

他這大聲點破，場中群豪，頓然間膽氣一壯。

但見那穿著男裝的木偶，突然飛躍而起，直向高萬成撲了過來。

七星劍張領剛，突然長劍出鞘，一道寒芒，直捲過去。那木偶生生被劈作兩半。

木偶雖被迎頭劈開，但去勢不衰，右面一半，仍向高萬成飛了過去，同時，一片淡紅色

的粉末，由那破開的腹腔中激射而出，擴散成一片淡紅色雲霧。

張領剛首先，但覺異香撲鼻，立時仰面栽倒。

高萬成文昌筆疾點而出，迎著擊來的半個木偶，人卻同時倒躍而退。

嚴照堂右手揮動，強烈的掌風，疾捲而去，口中喝道：「門主快走！」

不退反進，嚴照堂直向王宜中撲了過去。

王宜中未想到會有這等奇突的變故，一怔之後，雙掌連環拍出。耳際間也同時聽到了嚴照堂的喝叫之聲，本能地向後退去。

嚴照堂前進之勢，正迎著王宜中後退倒躍，只好急急向旁側一閃，急速應變。用了極大內力，不得不換一口氣。

一股淡淡的異香，吸入胸腑，頓難自制，暈倒於地。

八步趕蟬魏鳳鳴，仗憑輕功，一躍而起，落到了張領剛的身側，一手抱起了張領剛，長腰提氣，向外飛躍。

一則，那木偶體內的詭異設計，有著強大的擴散能力，使淡紅色的毒粉，飛蓋了一片極大的地方，二則，王宜中和嚴照堂發出掌力，使彌空毒粉，來回地激蕩衝擊。

一股淡紅色的粉末，直撲魏鳳鳴的面門，魏鳳鳴閉住了呼吸，但雙目之內，卻飛入了不少粉末，但覺一陣奇瘊、奇疼，忍不住熱淚奪眶而出。

魏鳳鳴奮起餘勇，抱著張領剛一躍兩丈，衝出了那淡紅粉末未籠罩的範圍，但人卻吸入了少許毒粉，一齊摔在地上。

這一番對手，連對方人也未見，金劍門已然有三個高手躺了下去。

一陣山風吹來，淡紅色的粉末，飄散消失於青草叢中。

沒有流一點血，也沒有凶殘、凌厲的搏殺，但卻有了慘重的損失，一個木偶，擊倒了三個武林高手。

王宜中愣住了。望著倒在地上的嚴照堂、魏鳳鳴和張領剛，內心中泛起了莫可言喻的驚駭。

良久之後，才長吁一口氣，道：「先生，看起來江湖上的古怪事物，層出不窮，有人能役用毒物傷人，也有人能用木偶殺人，武功、機智，有時也無法應付。」

高萬成低聲應道：「是的。一個人在江湖上走動，三分武功，三分機智，另外的四分是幸運。」

語聲一頓，接道：「不經一事，不長一智，咱們知道了這木偶的厲害，也知道了這木偶並不是什麼邪魔鬼怪，而是由人來操縱，那是巧手匠心的產物。」

王宜中道：「先生，咱們現在應該如何？」

高萬成道：「先想法救醒嚴護法和兩位大劍士。」

王宜中道：「如何救他們？」

高萬成道：「試試看用冷水如何？一般的迷魂藥物，冷水都可……」

突然臉色一變，住口不言。

王宜中接道：「先生，你怎麼……」

目光轉動，瞥見四個身著彩衣木偶，不知何時，已然停到了自己的身側。林宗、常順、高萬成三人身旁不遠處，都站著一個木偶。

這次，幾人都清晰的可以看到，那些木偶身上有一條細索繫住。

王宜中暗中數一數，現身的木偶共有八個之多，連同適才張領剛劍劈的一個，和停在岩石上的一個，總計有十個，雖然，王宜中知道這木偶並非什麼邪魔鬼怪，但它給人的疑惑、恐怖，仍有著巨大的力量。

目睹嚴照堂和兩大劍士，倒了下去，都不敢輕易地對身側木偶出手。沒有人能預測出手一擊之後，會有什麼樣的變化。

木偶靜立著不動，八人也靜靜地望著木偶出神。如是在幾人身側，站的不是八個木偶，而是八個身手高強的人，這幾人絕不會受到這麼大的震驚。

驚疑造成了沉默，良久之後，高萬成突然高聲說道：「那位高人，何不請出一見，有何高見，還請當面指教。」

木偶仍然靜靜地站著，山風吹動著草叢，四周靜悄悄的，聽不到一點回音。

忽然間，輪聲轆轆，那停在道中的篷車，向前行來。

過度的沉靜，已使坐在車中的西門瑤等的有些不耐起來。

王宜中心中大吃一驚，不論這木偶中是什麼機關，王夫人決無能避過危險。

高聲說道：「劉護法，快些停車。」

劉坤收住韁繩，篷車停了下來。車簾啓動處，西門瑤一躍四丈，落足道中。

這些奇怪的木偶，同樣的給了西門瑤極大的震驚，使她立刻停下。她臉上仍然蒙著黑紗，在風中飄動。

高萬成心中一動，暗道：「如若西門瑤也傷在這些木偶手中，至少給了我們救出王夫人的一半機會。」

心中念轉，高聲說道：「西門姑娘，這些木偶自具功用，不可輕易招惹。」

西門瑤冷笑一聲，道：「幾個木偶難道還會傷人不成，我倒要瞧瞧它。」

她口中雖然說得輕鬆，但此時此地，出現了這些木偶，使人有看來如鬼怪的感覺。

她拔出了長劍，指向一個木偶。那木偶昂然不懼，也正面對著西門瑤。

王宜中生恐西門瑤劈出劍勢，招惹了這些木偶，鬧出混亂之局，急急叫道：「西門姑娘，這木偶中間藏有毒粉，不可斬削。」

西門瑤探出的長劍，又突然收了回來。

高萬成眼看將挑起的一場是非，竟然被王宜中一句話就給壓了下來，心中暗叫可惜。

王宜中回顧了高萬成一眼，沉聲說道：「先生，咱們如何才能離開。」

高萬成道：「先設法退去身子四周的木偶。」

王宜中點點頭，低聲說道：「這些木偶真的會跳起來傷人嗎？」

高萬成道：「不會跳。力量在那根細索上，暗中受人操縱。」

王宜中微微一笑，道：「如是我們把那細索斬斷呢？」

高萬成道：「那些木偶立刻失去效用。不過，這動作要快得很，迅雷不及掩耳。」

王宜中道：「為了安全一些，我出手斬那木偶的後面細索時，你招呼他們離開此地，向後躍退，閃避開去。」

高萬成點點頭，道：「門主呢？」

王宜中道：「我相信，我能避開它們的攻擊。」

王宜中暗中打量好形勢，算計了出手的方式，突然拔劍而起。但見冷芒電閃，飛繞起一圈寒光。

高萬成同時大聲喝道：「諸位退開。」當先飛躍而起，疾退三丈。

他這一聲斷喝，金劍門中人，本能地應聲而退，向外躍飛。

王宜中劍光打閃，果然一轉之下，斬斷了八個木偶身後的索線。單就快、準而言，已是劍道高手的身分。

八個斷了身後操縱線的木偶，頓然失去了變化之能，真正的變成了木偶。直到此刻，群豪才恍然大悟。

忽然間，白光一閃，一個木偶陡然飛起，飛落向三丈外草叢之中。

王宜中長劍橫胸，高聲說道：「閣下的玄虛，已爲人識破揭穿，用不著再躲在草叢中了。」

心中卻是大感奇怪，暗道：「他八個木偶的索線，都已經被我斬斷，怎的又有一個木偶飛回了他的手中。」

念頭轉動，忍不住數了數在場中的木偶，敢情這場中還是八個木偶。不知何時，那場中竟然又添了一個木偶。

但聞一個低沉、陰森的聲音，傳了過來，道：「誰取我的屬下，他就等於抱著一包火藥睡覺，隨時會把他炸成細粉。」

說完話，突然見深草叢中，波分浪裂，分向兩側倒去。直到草叢盡處，才飛起一團灰影，一閃不見。

王宜中瞪著眼睛看，仍未看清楚那飛起來的人影。大道中，留下了八個木偶。

這時，林宗已找來一壺山泉，潑到嚴照堂和兩大劍士的臉上。

但聞三人長長吁一口氣，挺身坐了起來。

王宜中心中大喜，道：「嚴護法們清醒過來了，咱們用不著再擔心了。」

高萬成也有著意外的驚喜，微微一笑，道：「有些事，常常可用最簡單的辦法，解決最大的問題。」

輕輕咳了一聲，道：「門主，目下有兩件急事，一是設法搶回王夫人，一是設法收拾這些木偶。」

王宜中回顧了西門瑤一眼，道：「我攔住西門瑤，不讓她回援。」

高萬成道：「對，我們很快地能對付了金眼鷹和那位黑衣姑娘。」

但聽西門瑤冷冷說道：「高萬成，我已經再三的警告過你，你那一肚子壞主意，別在我面前施展，否則你會造成很大的遺憾。」

高萬成心中有些不服，緩緩說道：「姑娘請猜猜看，在下又出了什麼壞主意？」

西門瑤道：「你要王宜中纏住我，你們合力下手搶王夫人，對嗎？」

高萬成呆了一呆，道：「姑娘聽到了在下的話？」

西門瑤道：「你們用傳音之術交談，聲音很小，別人很難聽到。」

高萬成道：「那麼你姑娘怎會知曉？」

西門瑤道：「因為我很知曉你的為人，所以，我會猜出來。」

西門瑤頓了頓，又道：「我姐姐和金眼鷹都受了傷，他們的行動，自然是不夠快，如若劉坤能突然出手救人，你們應該有成功的機會，但現在不成了，你們連五成的機會都沒有了。」

高萬成道：「姑娘曾告訴他們，要他們嚴密戒備，是嗎？」

西門瑤冷冷說道：「我們用手勢連絡，你如不信，現在，我讓他們表演一次，給你瞧瞧。」說完話，舉手一揮。

果然車簾啓動，一方白色絹帕，飛出車外。

西門瑤笑一笑，道：「高萬成，我不希望鬧出慘局，傷了王夫人，對我們未必有利，王宜中如若是情急拚命，我自知非他敵手，再說，我也不願一個全然不會武功的老夫人，無緣無故地受到了傷害。」

高萬成淡淡一笑，道：「姑娘已經說得很明白了，如若不是情勢逼迫，我們有八成把握時，也是不願冒險。」

西門瑤道：「你為人老奸巨猾，老實說，我不得不小心地對付你。」

高萬成道：「姑娘對在下，欠缺信任，但姑娘處處和我們金劍門作對，不知是用心何在？」

西門瑤笑一笑，道：「這才是一件我們雙方都關心的事情。不過，你高先生把話說得太

偏激了一些，我們和金劍門沒有仇恨，就算有一點，那也是很多年以前的事了，早已經淡了下來。重要的是，我們需要人手，貴門是武林精英所聚，這就是我們急於收羅貴門的原因。」

王宜中笑一笑，冷然說道：「金劍門有門規，有理想，行仁、行俠，姑娘最好別再打這個主意。」

高萬成插口接道：「如若姑娘肯投入我金劍門中，事情應該好辦多了。」

西門瑤沉吟了一陣，道：「目下我們之間，還未分出勝敗，我要看過貴門主和我義父動手一戰之後，才能有所決定。」

高萬成一拱手，道：「姑娘既有目的，希望在途中別再玩出花樣，咱們上路吧！」

伏身撿起八個木偶，用一根繩索捆了起來。

西門瑤卻回身行入篷車。

王宜中望著高萬成收集的木偶，怔了一怔，道：「先生，要帶走這些木偶嗎？」

高萬成道：「處處留心皆學問，那對羽翼，對門主有了很大的幫助，這些木偶構造的精巧，自有它的佳妙之處，屬下要仔細研究一下，也許能在這中間找出主人的身分。」

廿八　各擅勝場

一行人，很快地趕回了金劍門中秘密分舵。馬車在外面停下，西門瑤啓簾而出。

高萬成一抱拳，道：「姑娘，請入莊中侍茶。」

西門瑤搖搖頭，道：「不用了。」

高萬成道：「一路行來，連番遇險，姑娘腹中應該有些饑餓了吧？」

西門瑤道：「有些饑餓，但我更急著見我義父。」

王宜中道：「家母呢？」

西門瑤道：「看到了白雲峰，我立刻把令堂交還於你。」

王宜中點點頭，道：「好吧！姑娘請入莊中喝杯茶，在下吩咐他們盡快安排一下，立刻與白前輩過招。」

西門瑤沉吟了一陣，道：「好，我陪令堂入莊。」

行入車中，扶著王夫人，向莊院中行去。她緊隨王夫人身側，只要金劍門稍有逾越，王

夫人立刻有生命之危。

王夫人的神情，倒很鎮靜安詳，在西門瑤攙扶之下，緩步而行。

一面走，一面低聲說道：「瑤姑娘，你如是我女兒，那該多好。」

西門瑤道：「可惜，我不是。」

王夫人笑一笑，道：「宜中他爹死的早，要不然，宜中早就成家了。」

西門瑤道：「令郎年少英俊，武功又高，實是江湖兒女們夢寐以求的情郎。」

王夫人道：「別人是否喜歡他，無關緊要，但不知你瑤姑娘，對他如何？」

西門瑤道：「伯母是過來人了，應該知道女孩子的心事。」

王夫人道：「瑤姑娘，但你和別的女孩子有些不同，老身也不敢妄作論斷。」

西門瑤道：「不怕伯母你老人家笑話，對令郎，我和別的女孩子並無不同，只可惜……」她狡黠地笑一笑，住口不言。

王夫人道：「可惜什麼？」

西門瑤道：「可惜令郎和我們一直站在敵對的立場，大勢所阻，自然難顧到兒女私情了。」

十七年天牢生活，把王夫人磨練成一股特有的堅強，望著西門瑤笑一笑，道：「瑤姑娘，老身和你一見投緣。」

西門瑤道：「我知道，伯母很喜歡我。」

王夫人道：「但我也從姑娘身上，發覺了很多過去未曾想到的事。」

西門瑤道：「什麼事？」

王夫人接道：「姑娘才貌雙全，所以，你恃才傲物，也把老身玩弄於股掌之上。」

西門瑤突然發覺了這位王夫人，在無限慈愛中，有一股高貴的嚴肅。那不是發自深厚內功的威嚴，而是另一種高貴氣質形成的自然威勢。這等威勢，使得西門瑤爲之一呆，竟然忘了去攔阻王夫人。

王夫人大步而行，直入廳中。

王宜中飛身一躍，落在母親的身側。高萬成用盡心機，未救出來的王夫人，就這樣自行脫險。

西門瑤神色肅然，目光凝注在王宜中的身上，道：「令堂是一位氣度華貴，充滿著仁慈的人，如不是咱們彼此敵對，我真的會認在她的膝前，做一義女，希望你好好地孝順她。」

王宜中拱拱手，道：「多謝姑娘。」

王夫人突然停下腳步，回過頭來，緩緩地說道：「宜中，爲娘的有一句話，你要牢牢的記著。」

王宜中一欠身，道：「孩兒恭候吩咐。」

王夫人道：「不論西門姑娘以後對你如何，但你卻不許傷害到她。」
王宜中道：「孩兒敬遵慈命。」
高萬成緩步行了過來，長揖到地，道：「太夫人請入內宅休息。」
王夫人兩道目光盯注在高萬成的臉上，只看得這位智計多端的老江湖，心中也有些忐忑不安。
良久之後，王夫人突然歎息一聲，道：「高先生，是你想盡了辦法，把宜中拖入江湖。現在，你滿足了嗎？」
高萬成道：「屬下該死。不過，這是先門主的遺命，而且，事先也得了王夫人的允准。金劍門如不能得到王門主的領導，很可能會瓦解於江湖之中。」
王夫人道：「這樣嚴重嗎？」
高萬成道：「屬下是由衷之言。」
王夫人道：「好吧！過去的事，咱們不談了，我的兒子，既然已經涉入了江湖之中，你們要好好地指導他，別讓他做出有傷家聲的事。」
高萬成道：「太夫人放心，金劍門仁慈為懷，所作所為，都是見得天日的事。」
王夫人道：「希望如此。」
這時兩個穿著花布衣褲的丫頭行了進來，扶著王夫人而去。

西門瑤目睹王夫人去遠之後，才緩緩說道：「我已經放了你的母親，你是否還準備遵守信約？」

王宜中道：「自然守約，姑娘請吧！」

幾人魚貫行入後院，寬敞的後院早已擺好了一張木桌，桌上放著香茗、細點，後面一排放著七、八張椅子。

西門瑤選擇了一張靠旁邊的椅子，坐了下來，道：「王門主，我還要等多久？」她語氣溫柔，但詞鋒卻是犀利得很。

王宜中淡淡一笑，道：「如若天竺武功真能擊敗我王某人，就算我好好休息兩天，也是難以勝人，姑娘用不著用言語激我。」

解下身上的人造羽翼，高聲說道：「帶上白雲峰。」

片刻之後，兩個勁裝劍手，帶著白雲峰行了過來。白雲峰面色紅潤，精神飽滿，一望即知並未受什麼折磨。

王宜中一揮手，喝令兩個劍士退開，緩步行了過去，拍活了白雲峰的穴道。

白雲峰伸展了一下雙臂，目光轉注西門瑤的身上，道：「瑤兒，他們呢？」

西門瑤搖搖頭，淡淡地說道：「他們有事。」

她盡量保持平靜，用最簡短的話，回答白雲峰的問話。但她卻無法掩飾住心中的悲傷，

黯然神情。

王宜中一抱拳，道：「老前輩對失手遭擒一事，心中一直不服氣，是嗎？」

白雲峰嗯了一聲，道：「不錯。」

王宜中道：「現在，老前輩的身體好嗎？」

白雲峰道：「老夫的身體，向來不錯。」

王宜中道：「老前輩曾經說過，要以天竺武功，勝過區區在下，對嗎？」

白雲峰點點頭，道：「老夫說過。」

王宜中道：「好！晚輩也極願見識一下老前輩天竺奇學，不過，老前輩委屈一日，如是精神不好，那就改期比試。」

白雲峰沉吟了一陣，道：「老夫的精神很好。」

王宜中道：「那就現在動手。」

白雲峰道：「天竺武功和中原武學，有甚多不同之處，閣下要小心了。」

王宜中道：「老前輩只管施展，晚輩如敗在你手下，死而無怨。」言罷，暗中提一口氣，凝神而立。

白雲峰突然吸一口氣，右手一抬，陡然間欺到了王宜中的身前。

四周觀戰之人，個個吃了一驚。原來，白雲峰腿不屈膝，腳未踏步，硬挺挺地欺到了王

宜中的身前。

王宜中屹立不動，右手一揮，拍出了一拳。掌勢看來緩慢，但卻似是有著很強大的力量。

白雲峰欺近王宜中的身軀，陡然間又向後面退了五尺。

嚴照堂低聲說道：「高兄，這白雲峰用的是什麼身法？」

高萬成道：「天竺武功，向以詭秘見稱，適才那飛身一躍，是否有著古古怪怪的感覺？」

嚴照堂道：「不錯，那種武功，看上去不像人，有些像殭屍一樣。」

談話之間，白雲峰又欺身攻了上來。這次的攻勢，更見奇怪，只見他身子像旋風一般，急轉而至，而且愈轉愈快，人還未近王宜中，自己已經先轉成一個人影。

王宜中的臉上，也泛現出迷惘之色。顯然，對這等來勢，亦有著無法應付之感。

但見急速的旋轉之勢，呼地一聲，直向王宜中身上撞了過去。

王宜中雙掌齊出，向外一推。但覺雙掌落空，身不由己地向前撞了過去。就這樣，王宜中的身子忽然消失不見，只見到一個較小的人影，在空地上急旋轉動。

這果然是見所未見、聞所未聞的怪異武功。

轉眼看去，只見一大團人影，在地上翻轉滾動，已然無法分辨敵我。

這等打法，大約是也出了西門瑤的意外，只見她瞪著一對大眼睛，望著那人影出神。看她愕然之狀，顯然內心之中，也有著無比的緊張。

足足過了有一盞熱茶的工夫，那糾結在一處的人影，突然分開。

快！快的好似一陣風！

高萬成等都還未看清楚，兩個人影，已然各自站開，相距有五尺遠近。

王宜中神情嚴肅，雙目圓睜，凝注著白雲峰，白雲峰的神情，卻是微現黯然。

雖然場中之人，無法看出來誰勝誰敗，但金劍門中人，至少都看出來門主並沒有吃虧。

相峙了片刻，白雲峰突然歎息一聲，道：「王門主的內功精深，叫老朽好生佩服。」

王宜中一抱拳，道：「老前輩過獎了。」

白雲峰道：「老朽沒有勝，但也沒有落敗。」

王宜中道：「不錯，咱們未分勝負。」

白雲峰道：「老朽心有未甘。」

王宜中道：「老前輩如若還有別的指教，晚輩極願見識。」

白雲峰道：「好！門主小心了。」

突然一伸手，點向王宜中的前胸。本來，兩人距離有五尺左右，但白雲峰那一伸手，身子隨著突張的手臂，忽然間向前欺進。似乎那隻手是拋出之物，整個的身軀，都落在那手臂之後。

王宜中右手一揚，突然在前胸化出了無數的掌影。至少，看上去是如此，好像王宜中一下子伸出去十幾隻手掌。

白雲峰呆了一呆，向前欺進的身子，又忽然退回了原地。

這一來一去，始終是腿未屈膝，腳未跨步，硬挺挺地來回了一趟。單是這一種怪異、卓絕的身法，就看得四周觀戰之人震駭不已。

白雲峰神情肅穆，緩緩說道：「你學會了千手掌。」

王宜中淡淡一笑，道：「老前輩見笑了。」

白雲峰仰天長歎一聲，道：「長江後浪推前浪，一代新人勝舊人，劍神朱崙如若還活在世上，也未必能練到似你這等武功。」

王宜中道：「過獎，過獎。」

語聲一頓，接道：「晚輩希望早些結束今日這一戰，不知老前輩有何高見？」

白雲峰歎道：「天竺武功雖極詭異，但要對付王門主這等高手，似乎也沒有多大的用處了。不過，老夫學過了一種極厲害的武功……」

王宜中道：「老前輩請施展出來，讓晚輩見識一下。」

白雲峰道：「老夫不想施展。」

王宜中道：「為什麼？」

白雲峰道：「因為施展出來之後，只有兩個結果。」

王宜中道：「請教？」

白雲峰道：「不是我們兩人之間有一個人死，就是同歸於盡。」

王宜中一抱拳，道：「彼此既無深仇大恨，用不著以性命相拚。」

白雲峰拱手接道：「老夫甘願認輸。」

王宜中道：「咱們本就未分勝負，何況老前輩還有絕技未曾施展。」

白雲峰嗯了一聲，道：「有一天，老夫要用那奇技對付敵人時，希望你王門主能在場中觀戰。」

王宜中道：「但蒙相邀，定必趕往。」

白雲峰大步行到西門瑤的身側，道：「孩子，咱們走吧！」

西門瑤道：「就這樣放過了他？」

白雲峰苦笑一下，道：「王門主的武功，強過義父甚多。」

西門瑤道：「你沒有敗啊！」

白雲峰道：「難道一定要鬧出傷亡，才算分出勝敗嗎？」

西門瑤輕輕歎息一聲，雙目中奇光暴射，掃掠了王宜中一眼，道：「王門主，有一天，我會代義父和你一較高下。」

王宜中笑一笑，道：「王某人隨時候教。」

高萬成突然行了過來，抱拳一揖，道：「老前輩，在下想請教一事。」

白雲峰道：「你說吧。」

高萬成道：「老前輩和敝門主武功各擅勝場，難分高下，英雄應相惜，希望這場比試之後，雙方能化去干戈，彼此不再相犯。」

白雲峰沉吟了一陣，道：「老夫一向不說謊言，因此，老夫不能答應你。」

此言使得王宜中心頭冒出一股怒火，登時劍眉聳動，俊目放光，大有立刻發作之意，但他卻又強自忍了下去。

高萬成卻是一片平靜，微微一笑，道：「老前輩不尙空言，晚輩等萬分敬佩，不過，晚輩覺著，雙方似是已經到了無可再試的境界了。」

白雲峰微現怒意地道：「高萬成，你應該明白了，爲什麼非要逼老夫說明呢。」

高萬成道：「就晚輩所知，老前輩一向是獨來獨往，此時忽然參加了幫派組織，晚輩縱然能想出一些什麼，也無法盡窺秘密，還得老前輩指點、指點。」

白雲峰歎息一聲，道：「明白點說，老夫也作不了主，不過，老夫仍答允你，盡量化解彼此之間一點怨隙。」

高萬成道：「老前輩估量一下，我們有幾分希望？」
白雲峰道：「難說得很，因爲，彼此之間，原則衝突，老夫全無把握。」
高萬成兜頭一個長揖，道：「多謝老前輩的指點。」
白雲峰拱拱手，目光動轉望著王宜中，道：「門主高明，老夫已經領教了，就此別過。」
明白了原因之後，王宜中心頭的怒火，減消了不少，淡淡一笑，道：「老前輩請留此便飯，再走如何？」
白雲峰道：「盛情心領，無暇叨擾，門主如若方便，請賜快馬數匹，我們用做代步。」
王宜中道：「晚輩一切遵照吩咐。」
送兩人出了莊門，快馬早已備妥，還有一輛篷車，停在莊外。
西門瑤低聲道：「義父，姐姐和金眼鷹還受傷很重，躺在車上，咱們無法騎馬了。」
白雲峰一皺眉頭，道：「有危險嗎？」
西門瑤搖搖頭，道：「危險已過，但要好好養息上十天、半月，才能復元。」
白雲峰不再多問，躍上車轅，長鞭一揮，馬車向前飛馳而去，就在揚鞭的同時，西門瑤也飛身而起，躍入篷車。
直待那篷車消失不見，王宜中才長歎一聲，道：「高先生，白雲峰武功很高。」
高萬成道：「比門主還遜一籌。」

王宜中搖搖頭，道：「如果我勝了，那也是慘勝。」

高萬成道：「不論是慘勝，或是平分秋色，但能和白雲峰動手不敗，當今之世，只怕沒有幾個人有此本領。」

王宜中道：「先生，如若我們的前途，還有很多危難，白雲峰是個很大的力量。」

高萬成道：「我明白門主的用意，不過，屬下會盡心。」

王宜中長長歎息一聲，道：「先生，我想請教一件事。」

高萬成道：「門主請吩咐。」

王宜中道：「咱們究竟有多少敵人？爲什麼很多人都要和金劍門作對呢？」

高萬成道：「因爲金劍門有一個目標，不願咱們完成這個目標的人，都全是咱們的敵人。」

王宜中點點頭，道：「先生說得有理。咱們要主持江湖正義，凡反對正義的人，都要和咱們作對，是嗎？」

高萬成道：「我想這只是原因之一，也許還有別的原因，咱們沒有發覺。」

這時，嚴照堂大步行了過來，低聲說道：「大廳已擺好酒、飯，恭候門主入席。」

數日來的勞累，就算鐵打的人，也有一些倦意，食過酒、飯之後，王宜中也坐息了一個下午。

但高萬成並未休息，他帶了所有的木偶，獨自躲在後園中一座小屋裡。他把帶來的八個木偶，分別放在木案上，望著木偶出神。

他明白，這木偶內腑中藏著彈簧機關，但卻又無法瞭然這外貌不同的木偶，各有著什麼作用。他下了極大的決心，冒死亡之險，準備把這些木偶一一解剖，仔細地瞧個明白，以便對那木偶主人，多一分瞭解。但他面對著擺在四周的木偶，心中又有了不少的畏懼，覺著這樣死了，實在有些不値得，一時間猶豫難決。

忽然間，傳過來一陣步履之聲，直到了小屋門外。這本是僻處花園一角的小屋，平時很少有人到此，高萬成特地向整理花園的工人借來。高萬成認爲是那工人回來取什麼應用之物，並未在意。

但腳步聲靜止了良久之後，還無人推門，陡然使高萬成心生警覺。

他久歷江湖，十分沉得住氣，吸了一口氣，暗自戒備，道：「什麼人？」

木門呀然而開，一個身著彩衣的女木偶，一跳一跳地行了進來。那木偶只有半尺高一些，比起高萬成收集來的木偶，只有一半高。這應該是很好玩的事，一個穿著彩衣，雕刻精緻的小木偶，眉目如畫，極爲可愛，但它給予高萬成的卻是顫慄、恐怖。

不自主的，高萬成站了起來，右手抽出了文昌筆。

那跳躍而進的彩衣木偶，也忽然地停了下來。一對靈活的小眼，眨動了一下，流出來淚水。

滾下的兩顆淚珠兒，像兩個無形的鐵拳，擊打在高萬成的前胸，使得這位閱歷豐富的老江湖，震駭不已。木偶製作愈是精巧，也愈使人可怕。

高萬成深深地吸一口氣，沉聲說道：「朋友，你那製作木偶的精巧，高某極是佩服。不過木偶究竟非人，他不能開口，無法轉達你朋友的意思，爲什麼你不堂堂正正地現身出來，咱們談談。」

那彩衣木偶忽然跳了起來，張開雙臂，撲向高萬成的懷中。那就像一個身著彩衣的女童，伸張著雙臂，飛投向母親的懷抱。

高萬成疾快地向旁側閃去，但一股強烈的異香已撲入鼻中。那是劇烈無比的迷魂藥物，無色無形，高萬成竟沒有瞧出來那藥物由何處噴來。

不知道過去了多少時間，高萬成由暈迷中清醒過來。但見燭火輝煌，自己正躺在臥室木榻之上。

嚴照堂、魏鳳鳴，坐在木椅上，相對無語。

高萬成睜開雙目，緩緩坐起了身子。

嚴照堂道：「好啦，高兄清醒了。」

高萬成長長吁一口氣，道：「那些木偶呢？」

魏鳳鳴道：「什麼木偶？」

高萬成穩定了一下心神，道：「我帶回來的那些木偶，放在後園一間小室中的。」

嚴照堂道：「咱們找到高兄時，已近三更時分，還是那園工發覺了高兄暈倒在地上。」

高萬成道：「是啦，他要取走那些木偶。」

嚴照堂道：「高兄和他照了面嗎？」

高萬成道：「沒有。我瞧到的也是一個木偶，不知它如何放出了迷神藥物，我就暈了過去，然後，他取走了所有的木偶。」

嚴照堂道：「又是一個木偶？」言畢，也不禁呈現出駭異之色。

魏鳳鳴道：「有兩個守護後院的劍士，也被迷藥迷倒，他從後園進來。」

高萬成道：「門主是否也受到了驚擾？」

但聞室外響起了王宜中的聲音，道：「沒有，我沒有受到驚擾。」隨著語聲，王宜中緩步入室。

魏鳳鳴、嚴照堂齊齊欠身作禮，高萬成也挺身坐了起來。

王宜中搖搖頭，道：「兩位請坐。」

他急行一步，到了木榻前面，道：「先生不要妄動。」

高萬成道：「屬下只是中迷藥暈倒，清醒之後，一切如常了。」

王宜中道：「那些木偶呢？」

高萬成道：「都被取走了，唉！他本可輕易地把我殺死，何以卻未傷我就離去？」

王宜中道：「這麼說來，他用心只是在取走木偶，並沒有和我們作對的用心。」

高萬成道：「就事而論，確然有些奇怪，不過。他能來去自如，這一點卻是可怕得很。」

魏鳳鳴道：「看來，咱們必須面對這場挑戰，以暗器對付木偶。」

高萬成道：「木偶可大可小，無孔不入，這人真要和咱們作對，只怕是不好對付。」

忽見嚴照堂神色一變，霍然站起了身子。他面對窗子而坐，室中人都不禁轉眼向窗子望去。這一瞧，所有的人，都不禁駭了一跳。

原來，不知何時，窗前木桌上，站著一個木偶。

木偶只有四寸大小，但卻眉目清明，穿著一身黑色的衣服，是個女木偶，還留著披肩長髮。

魏鳳鳴一抬腕，長劍出鞘。

王宜中低聲道：「魏劍士，不可造次。」

其實，魏鳳鳴心中也有些害怕，這些幽靈一般的木偶，隨時可以出現，實給人極大的震動。不論這木偶是否真能殺人，但它給人的恐怖感覺，就叫人承受不了。

但見那出現的木偶，冒出一陣淡煙，全身衣服，自行燃燒起來。

室中雖然有四大高手，也看得有些頭皮發炸。

衣服、頭髮燒去之後，木偶的形象，愈見恐怖，白白的胸腹間，現出四個紅色的字，寫的是：「動手者死」。

高萬成定定神，沉聲說道：「好精確的計算，出現到燃燒，正是一個受到驚駭的人，情緒還未完全靜下的時候，幸好魏兄沒有輕易地出手。」

魏鳳鳴道：「咱們總得試試看，不論這些木偶有些什麼變化，咱們都得承受，不然咱們就永遠無法瞭解，更難有對付之策。」

王宜中雖然聰明，但他的閱歷、見識，究竟難和這些老江湖們相比擬。

望著木桌上的木偶，緩緩說道：「這些木偶身上的衣服、假髮，怎的竟然會自動燃燒起來，而這木偶，卻又能安然無恙。難道這木偶已具有了會燃火的靈性。」

高萬成道：「會自行燃燒，並非太難，這設計簡單得很，但要控制到隨心所欲，卻非易事，必須精密算計，如此才可以遙作控制，這就證明了一件事。」

魏鳳鳴道：「什麼事？」

高萬成道：「這木偶的主人，不但是一位雕刻能手，製造出各種栩栩如生的木偶，還是位精通機關消息的高人，看木偶燃燒的情形，他又是一位精於火器的人物，是一位很難得的人

才。」

嚴照堂接道：「也是一位很難纏的人物。」

王宜中道：「你怎麼知道他難纏得很？」

嚴照堂道：「先門主就避開他，自然不是一位簡單的人物了。」

王宜中歎息一聲，道：「照嚴護法的說法，這位木偶主人，實是一位息隱山林的高人，為什麼硬要和我們金劍門作對呢？」

嚴照堂道：「這真是一個不可思議的問題，在下覺著金劍門從來沒有惹過他。」

魏鳳鳴道：「事已臨頭，咱們只在紙上談兵，無補於大局。」

高萬成道：「魏兄的意思呢？」

魏鳳鳴道：「咱們之中，總要有一個人冒險試試才成。」

高萬成道：「怎麼一個試法？」

魏鳳鳴道：「動動那木偶，看看它究竟會有些什麼變化？」

高萬成道：「那人既然精通火器，必然會用火藥，如若這木偶之中藏有烈性火藥，咱們能走脫幾個？」

魏鳳鳴道：「門主和諸位先躲出去，屬下試試。」

王宜中搖搖頭，道：「目下，還不宜冒險，咱們應該先把事情弄清楚。」

魏鳳鳴道：「會說話的人，不肯出面，咱們只能和這些木偶打交道了，試探如何能把事情弄的清楚。」

嚴照堂對那木偶，似有著很大的畏懼，一直沒有主張採激烈的行動。

王宜中突然高聲說道：「老前輩派遣這些木偶，苦苦和本門作對，不知用心何在？何不現身出來，彼此談個明白。如若本門中確有冒犯閣下之處，在下自會給老前輩一個交代，似這般苦苦相逼，那是逼我們拚命了。」

忽然間，那木偶雙手揮展，似是要有所舉動。這恐怖的氣氛，逼得諸人有窒息的感覺。

那木偶雙足緩緩移動，行至木桌旁邊時跌了下去。木桌下面，正是燭光難以照到的地方，一片黑暗。

一時間，眾人的目光，都無法適應那木桌下面的黑暗。

魏鳳鳴突然一提真氣，身子如脫弦之箭一般，衝出室外。

高萬成順手抓起床頭木几上火燭，晃然火摺子，點起燭火，手搭蓮蓬，把燭火逼入暗影。

就這一陣工夫，那木偶已消失不見。

王宜中神情肅然，道：「先生，這困擾太大了，在下覺著咱們應該先盡全力，解決了木偶的事，再行對付別人。」

高萬成道：「是的，不論這木偶的威力如何，但它給人的恐怖感覺，對人的心理影響至大，不過……」

王宜中道：「不過什麼？」

高萬成道：「屬下總覺得，應該先把事情弄個明白，如是非拚不可，那也只好放手和他一拚了。」

這時，躍出室外的魏鳳鳴已然急步行了回來。

高萬成道：「魏兄發現了什麼？」

魏鳳鳴道：「邪門得很，我在你臥室周圍，行了一圈，未發覺有隱藏的人。我相信在此室周圍五丈內，如若有人，絕對逃不過我的耳目，如若那木偶無人操縱，難道它們會自己行動？」

說話時，臉色泛現出恐怖之色，已不復如適才豪氣干雲，顯然，他心中一直相信，有人在室外不遠處操縱著木偶，一旦勘查之後，不見有人，心中對木偶，又有一番看法。

高萬成低聲說道：「天亮之後，派人嚴密地搜查一下，然後，再作一番佈置，同時下令各劍士，善用暗器的多帶暗器，不善用暗器的亦要帶些制錢、石塊，做爲對付木偶之用。」

王宜中眼看嚴照堂和魏鳳鳴，都已有畏懼之色，心中突然一動，暗道：「看來這些木偶，已然在金劍門引起了極大的震驚，如若不能及時遏止，這番震驚，必將在金劍門中造成無可彌補的傷害。」

王宜中立刻有了一個決定，必須首先對付這些木偶。

當下說道：「高先生，這些木偶的本身，都是被人操縱行動，是嗎？」

高萬成道：「不錯，木偶的本身，並無行動的能力。只不過那創造木偶的人，精密設計出很多機關，賦予它行動的能力。」

王宜中道：「我已經瞧出了，適才那木偶並沒有連接它的索繩，所以，那木偶絕對不會離開。咱們找找看，不論那創造木偶的人，多麼高明，也不會在全無操縱之下，使那木偶離開這座臥室。」

一面舉步行近木案，右手一抬，托起了木案，移向旁側。

高萬成舉著燈火，急步行了過去。

嚴照堂、魏鳳鳴齊齊跟在王宜中的身後。

果然，那木偶停在一角。

王宜中微微一笑，道：「先生，我記起了一句俗話，見怪不怪，其怪自敗。」

在燈光照射下，木偶胸前四個「動我者死」的大字，特別刺眼。

王宜中笑一笑，道：「你們閃開，我要試試這木偶，有些什麼變化。」

魏鳳鳴、嚴照堂突然有一種慚愧的感覺，兩個人同時搶在王宜中的身前。嚴照堂一伸手，向那木偶抓了過去。

王宜中右手疾快探出，抓住了嚴照堂的右腕，道：「嚴護法，咱們不害怕，但也不能太大意。」

放開了嚴照堂的右手，王宜中的目光轉注到魏鳳鳴的身上，道：「魏劍士，把長劍借給我。」

魏鳳鳴道：「門主，屬下來。」

王宜中道：「我要自己試試，把長劍給我。」

魏鳳鳴無可奈何，緩緩將長劍遞了過去。

王宜中接劍在手，緩緩說道：「諸位請避到室外。」

嚴照堂道：「要門主涉險，我等已慚愧萬分，如何還能避開。」

王宜中笑道：「你們不避開也可以，不過要躲在屋角，萬一有什麼變化時，也好接應。退下去吧！」

嚴照堂、魏鳳鳴相互望了一眼，緩緩退到屋角。

王宜中接過高萬成手中的火燭，道：「你也退過去。」

舉步行近木偶，長劍緩緩探出，刺向木偶。

他劍上早已貫注了內力，劍勢來到，由劍上透出的劍氣，早已擊中了木偶。忽見那木偶手、足緩緩伸動了一下。就像一個人感受到痛苦之後，本能地伸動一下四肢。

王宜中劍勢一頓，打量了一下門、窗形勢，突然劍勢一挺，挑起木偶，投入院中。

但聞波的一聲輕響，那木偶著地爆裂，化成了一團藍色的火焰，熊熊地燃燒起來。

這時，天色已經大亮，那藍色火焰雖然強烈，但看上去，並無什麼恐怖的感覺。

不知那木偶體內藏的什麼，但那燃燒之力，十分強猛，足足燒了有一盞熱茶工夫之久，才煙滅火熄，地上只留下一攤黑灰。

這一陣強烈的燃燒，那整個木偶，已燒的點滴不存，連一點殘餘之物也未見到。

高萬成緩步行了過來，蹲下身子，仔細瞧瞧那堆黑灰，搖搖頭，道：「燒的一點也未餘下。」

王宜中把長劍緩緩交到了魏鳳鳴的手中，道：「下一次，咱們把木偶先丟在水中。」

高萬成微微一笑，道：「他雖然不留下一點痕跡，但咱們也可猜出一部分。」

嚴照堂、魏鳳鳴也都把目光投注到高萬成的身上，一副洗耳恭聽的神情。

高萬成道：「第一件事，咱們證明了這木偶只是一種製造精巧之物。」

嚴照堂突然地接道：「不錯，咱們應該先行設法破除了心中對它的恐懼。」

高萬成笑一笑，道：「第二件，咱們知道了這些木偶雖然可能有意想不到的用處，但必須有人操縱，諸位大概都已經瞧出了一件事，那就是在我臥室中出現的木偶，比起咱們在途中見到的要小了很多。」

魏鳳鳴道：「高兄的意思是，愈小的木偶，愈是容易把它藏起來。」

高萬成道：「這就是它神秘的原因。先把木偶藏到一定的地方，然後，算好時間，使木偶內腑的機關自然發動，一個全無生命的木偶，就造成了無與倫比的恐怖。咱們必須先行除去心中的恐怖，才能放手對付這些木偶。不過……」

王宜中道：「不過什麼？」

高萬成道：「這些木偶變化多端，咱們無法猜測每個木偶的作用，它能噴毒、起火，我想還有別的變化。」

王宜中道：「有法子加以防備嗎？」

高萬成道：「咱們知曉了木偶的變化，自然不難想出對付的辦法。」

嚴照堂道：「現在，高兄想出來沒有？」

高萬成道：「這木偶雖然變化多端，但行動的能力，只有兩種，一種是受人操縱，一種是受著內腑的機關操縱，如是受人操縱的木偶，必得有人在附近，如是受內腑中機關操縱的，可以選擇一處地方，先把它藏起來。」

他這一番仔細地解說，嚴照堂和魏鳳鳴心中的陰影，頓然一掃而空。

嚴照堂道：「對付有人操縱的木偶，可以斬斷他操縱木偶的繩索，但對付無人操縱的木偶呢？」

高萬成道：「暗器。門主已經表現出了對付兩種木偶的法子，咱們照著施爲就是。但爲了減少傷亡，對付木偶的距離，愈遠愈好。」

魏鳳鳴道：「我立刻通知張兄，召集兩隊劍士，告訴他們對付木偶之法。」

高萬成微微一笑，道：「如是大家都瞭然了內情，減少了畏懼之心，木偶就不可怕了。」

王宜中道：「最重要的一件事，咱們還未找尋到那木偶的主人。」

高萬成道：「自然。這是一勞永逸之法，不論白雲峰是否還會和我們作對，但在三、五日之內，不致有所行動，咱們要利用這個空檔，先解決木偶主人。」

嚴照堂道：「可惜咱們沒有見過他，這些木偶又神出鬼沒，真要找他時，還不太容易。」

高萬成笑道：「在下有一個奇怪的聯想，這木偶主人，很可能是被人重金禮聘來對付咱們。」

王宜中雙目神光一閃，道：「大有可能。不然他和金劍門無怨無仇，爲什麼處處和咱們爲難？」

高萬成道：「先門主處處避開他，不願和他衝突，那證明了木偶主人，和先門主，可能很熟，也證明他沒有惡跡，以先門主的性格而言，如若木偶主人是一位惡跡昭著之徒，不論如何厲害，先門主決不會躲避他。」

嚴照堂道：「如若木偶主人，當真是受人禮聘而來，那就失去了他高山隱士的氣度，也將失去武林人對他的敬重。」

魏鳳鳴道：「不論有些什麼原因，但他數番侵犯咱們金劍門，咱們不能無限期的長此忍耐下去。」

高萬成道：「俗語說得好，再一、再二，不能再三、再四，門主已替咱們揭開了這木偶的神秘，不用再怕它們了，今晚上咱們設下埋伏，誘他深入，逼他現身，問個明白。」

他語聲一頓，接道：「有勞魏兄，去請張大劍士來此一行。」

魏鳳鳴應了一聲，轉身而去。

片刻之後，帶著七星劍張領剛，連袂而至。

高萬成就莊院形勢，說明了人手部署的位置。

他才氣甚高，設計的困敵佈置，十分嚴密，二大劍士，只有點頭的份兒。

分派好了各人的職司，高萬成回身對王宜中道：「請門主指點。」

王宜中道：「先生深諳兵法，在下十分敬服。」

高萬成道：「門主既無修正意見，諸位請各依職司行事，木偶主人如若要來，必在晚間，現在，諸位先回房休息。」

高萬成用竹枝，削成了一些竹哨，分散下去，各處守衛，人手一個，便於傳警。

廿九　索債逼婚

太陽下山之後，忽然間浮起了滿天烏雲，而且，開始下起毛毛雨來。天色很快地暗了下來，莊院中燃起了十數盞氣死風燈。

二更時分，小雨停歇，但天上的烏雲，卻是更爲濃深。抬頭看，只見一片黑暗的夜空，看不到一顆星星。

但二十名劍士，卻早已在初更時分，各就了守護位置。

王宜中燃起了一支火燭，坐在案前燭下看書。

三更左右，高萬成緩步行了進來。

王宜中站起身子，道：「有動靜麼？」

高萬成搖搖頭，道：「還沒有。」

王宜中笑一笑，道：「今夜裡烏雲蔽天，也許他不會來了。」

高萬成道：「月黑風高，正是夜行人出動的好時光，他應該會來的。」

王宜中道：「先生都安排好了嗎？」

高萬成道：「都好了。」

忽然間，對面一株高大的榆樹上，傳出了一個冷漠的聲音，道：「就憑你幾十個年輕的劍士，還想擋住老夫嗎？」

王宜中放下手中的書，一拱手，道：「在下王宜中恭候大駕很久了。」

高萬成道：「金劍門和老前輩井水不犯河水，不知何以竟和老前輩結下樑子，有道是話不說不明，紙不點不透，還望老前輩現出身來，把話說明，不論結果如何，金劍門決不留難老前輩。」

那冷冷的聲音，接道：「老夫如是怕你們金劍門，也就不敢來了。」

王宜中緩步行出室外，仰望著老榆樹，緩緩說道：「在下王宜中，恭候老前輩的大駕。」

但見兩個黑影由那老榆樹上飛落而下，砰砰兩聲，落著實地。

王宜中暗中運氣戒備，人卻紋風未動。

凝目望去，只見落地的竟是兩個木偶，一男一女。這兩具木偶比起王宜中等所見過的，都大了很多。

木偶本是平平地落在地上，但著地之後，卻挺身站了起來，足足二尺多高。

室內的燭光映照之下，閃起了兩道寒光。原來，這木偶手中還執著兵刃，是兩把尺許長短的劍。劍上發出藍色的光芒，一眼之下，即可瞧出是淬毒之物。

木偶的衣著不同，打扮的就像觀音菩薩兩側的金童、玉女。

王宜中對這些木偶的靈巧、詭變，已有很大的戒心，一直注意木偶的動作。幸好，兩個木偶挺身而起之後，並未再有變化。

但聞老榆樹上，傳過來呵呵大笑，道：「小娃兒，你很沉著啊！」

王宜中一抱拳，道：「老前輩過獎了。」

一條人影，由樹上飄落實地，站在王宜中的對面。是一位穿著灰色長衫，留著白鬚的老者，頭上戴著灰色的氈帽。

不待王宜中開口，灰衣老者已搶先說道：「初生之犢不畏虎，也許你還不知道老夫這拘魄童子、追魂玉女的厲害。」

王宜中心中暗道：「明明是兩個木偶，卻偏定下兩個陰森、凶暴的名字出來。」口中卻說道：「晚輩初入江湖，見識不多，還得老前輩指點一下。」

灰衣老者冷笑一聲，道：「你可是不信老夫的話嗎？」

王宜中道：「晚輩已見識過老前輩驚人的才藝，怎有不信之理。」

灰衣老者臉上泛現出微笑，道：「當年朱崙，見到老夫這些屬下時，也要退避三舍。」

王宜中道：「這個，晚輩也聽說了。」

灰衣老者目光轉注到高萬成的身上，道：「你是高萬成。」

高萬成聽得一怔，抱拳說道：「不錯，老前輩……」

灰衣老人搖搖頭，道：「可是想問老夫如何識得你嗎？」

高萬成道：「老前輩高見。」

灰衣老者道：「咱們先談正經事。」也不待王宜中相讓，舉步行入了房中。

王宜中又回顧了那兩個木偶一眼，才舉步入室。

高萬成親手捧過一杯香茗，道：「老前輩用茶。」

灰衣老者也不客氣，接過茶，便在王宜中坐的主位上坐了下來，道：「小娃兒，朱崙留給你些什麼遺物？」

王宜中道：「遺物倒有幾件，但不知老前輩要問什麼？」

灰衣老者道：「朱崙欠我一筆債，老夫早想去討了，但眼看金劍門息隱山野，不再在江湖上走動，昔日的聲譽，快將被人遺忘，老夫不忍去討，就這樣拖了下來。」

王宜中道：「老前輩說得是。欠債還錢，如是上代門主，確欠了老前輩什麼，王某人自當代為清償，但不知先門主欠的什麼？」

灰衣老人道：「很難得，年輕輕的，還懂得講理。」

語聲一頓，道：「他欠我一條命。但他已經被人殺了，老夫無法再討了，所以，只好要他留下遺物，代作償命。」

王宜中道：「可惜得很。」

灰衣老者接道：「可惜什麼？」

王宜中道：「先門主在遺物之中，並沒有交代。所以，在下不能交給老前輩。」

灰衣老者冷冷說道：「朱崙留下之物，也不會是什麼好東西，老夫要不要，並不要緊，不過，他欠老夫一命，何人償還？」

王宜中道：「老前輩不似說謊的人，不過這件事太重大了，人命關天，豈是一、兩句話，就可以叫人相信的。」

灰衣老人道：「你們準備如何？」

王宜中道：「第一件事，在下要證明此事的真僞，那要明確的證物才成。」

灰衣老人哈哈一笑，道：「王門主，你說話算不算話？」

王宜中道：「在下出口之言，絕無反悔。」

灰衣老人道：「那很好，如是老夫拿出了證物，你將如何？」

高萬成接道：「如果那是千真萬確的事，我們自然要給老前輩一個公道。」

灰衣老人道：「咱們先說清楚，你們準備怎麼一個還法？」

高萬成道：「這個得……」

灰衣老者一揮手，攔住了高萬成，道：「住口，你是什麼身分，隨便從中插言。」

王宜中道：「他是敝門中軍師。」

灰衣老人道：「老夫一生，只和大當家首腦人物論事，要麼咱們不用談下去了，要麼由貴掌門和老夫談。」

王宜中道：「好吧！閣下如是真能拿出證物，金劍門願意認下這筆帳。」

灰衣老人道：「老夫如是拿不出來，甘願永遠爲你奴僕，一生受你之命，但得你一聲吩咐，赴湯蹈火，萬死不辭。」

王宜中道：「言重了。」

灰衣老人道：「如是你王門主不喜如此，老夫就立刻自絕當場。」

王宜中道：「我已經說過了，拿出證據時，我們金劍門願認這筆帳。」

灰衣老人道：「認下這筆帳又如何？」

王宜中正待接言，高萬成已搶先道：「門主不可輕作允諾。」

灰衣老人目光轉到高萬成的身上，冷冷說道：「你最好不要亂出主意，免得造成不可收拾之局。」

王宜中道：「老前輩請先拿出那先門主的證據，在下定然會給閣下一個交代。」

灰衣老人道：「老夫想先要和閣下談個明白，你準備如何給老夫一個交代？」

王宜中道：「老前輩想要什麼呢？」

灰衣老人道：「老夫不要你的命。」

王宜中接道：「那是要別人的命了。」

灰衣老人搖搖頭，笑道：「不傷害你們任何人。」

王宜中心頭突然一鬆，笑道：「那你要什麼？」

灰衣老人臉上突然泛現出茫然之色，道：「老夫只要你答應我一件事。」

王宜中道：「什麼事？」

灰衣老人肅然說道：「不論什麼事，老夫只要說出口來，你都得答應。不過老夫決不會讓你死。」

王宜中道：「我也不能離開金劍門。」

灰衣老人道：「可以，老夫要你答應的事，和金劍門全無關係。」

王宜中笑了笑，笑得很輕鬆，道：「這樣說來，在下實在想不出什麼事了。」

灰衣老人道：「你答應了？」

王宜中點點頭，道：「答應了。不過，老前輩最好能先告訴在下什麼事？」

灰衣老人臉上突然泛現出一抹笑容，道：「老夫要給你作個媒。」

王宜中作夢也想不到竟然是作媒的事，不禁一呆道：「這個，這個……」

灰衣老人道：「怎麼，你後悔了，是吧，老夫說作媒，是用詞客氣，明白點說，就是要你討個媳婦，老夫把一個女人交給你，你要好好地待她。」

高萬成接道：「對方是什麼人？」

灰衣老人道：「你們不能問什麼了，就算她長得又老又醜，又殘又怪，王門主還是得娶她，而且還得好好地待她。」

王宜中沉吟了一陣，道：「你拿出證據吧！」

灰衣老人目光轉動，四顧了一眼，道：「你們哪一位能認出朱崙筆跡？」

高萬成行前一步，道：「晚輩認識。」

灰衣老人緩緩從衣袋之中，摸出一片白絹，道：「你仔細瞧過，記著對就對，錯就錯，不可作違心之論。」

既是先門主的遺物，高萬成立時流現出無比的誠敬之色，伸出雙手，接了過來。

燈火下展開瞧去，只見上面寫道：「欠命一條，有索即償。」

字跡很潦草，也很簡單，顯然是在極緊急的情況之下寫成，但下面的畫押，確是朱崙。

灰衣老人神色肅然，望著高萬成。

王宜中卻沉聲問道：「先生，是不是先門主的遺墨？」

高萬成點點頭，道：「照屬下的鑑定，確出於先門主的手筆。」

王宜中道：「那是真的了。」

嚴照堂大步行了過來，瞧了一眼，道：「不錯，門主，真的是先門主的手筆。」

灰衣老人臉上泛起了笑容，道：「你們沒有辱沒朱崙的名聲，都還有君子之風。」

王宜中取過字絹，瞧了一眼，雙手奉上，道：「老前輩收起來吧！」

灰衣老人道：「老夫索債而來，如是你肯償還，老夫應該交還字據。」

王宜中道：「門主寫此字據時，似是心中極爲焦急。」

灰衣老人哈哈一笑，道：「如非萬不得已，朱崙怎會肯寫此字據。」

王宜中道：「現在，老前輩可以說明內情了，要我們償還什麼？」

灰衣老人道：「由明天起，三天之內，老夫送人來。」

王宜中接道：「什麼人？」

灰衣老人道：「你剛剛答應的事，難道就忘了嗎？自然是送新娘子來了。」

王宜中呆了一呆，做聲不得。

灰衣老人目注高萬成道：「看來，你是個很會辦事的人，這件事，就拜託你了。行禮、喜宴，勞你代辦，老夫當送一份很厚的嫁妝。」

高萬成道：「老前輩，三天的時間，太急促了。而且敝門主上有高堂，必得先行稟明。」

灰衣老人搖搖頭，道：「不行，三天就是三天，要不然你們還命來。」

高萬成皺皺眉頭，道：「老前輩，這件事不能操之過急，慢慢地商量一下如何？」

灰衣老人望望天色，道：「老夫沒有太多的時間，天亮之前，你們必須要有一個決定。」

高萬成道：「此刻離天亮時分，還有近一個多更次的時光，咱們都有誠意，一個多更次的時間，也應該談得差不多了。」

王宜中神情木然，緩緩說道：「老前輩請坐啊！」

灰衣老人緩緩坐了下去，道：「有什麼事，你可以說了。」

王宜中道：「金劍門已經答應了這件事，當然我王某人要負起這個責任。」

灰衣老人道：「那很好，你準備如何處置這件事情？」

王宜中道：「在下很爲難，一時間很難做一個決定。」

灰衣老人道：「老夫有一個原則不變，你如不答應這件事，那就只有還命一途。」

王宜中道：「是的！我不能死，金劍門需要我，我也很難答應婚事，因爲我也無法作主，婚姻大事，必須父母決定，這件事，必須先要母親同意。」

灰衣老人點點頭，道：「你說得也是道理。不過老夫不能等，如是你母親不同意，那又

如何？」

高萬成道：「老前輩別太激動，我們還有時間，不妨慢慢地談談。」

灰衣老人搖搖頭，道：「只有這兩條路，再別無選擇了。」

高萬成道：「老前輩，那女人是誰，老前輩怎會如此關心她？」

灰衣老人搖搖頭，道：「老夫不能說，也不願意說。有一件事你們要明白，這是霸王硬上弓，用不著多解說。」

高萬成道：「老前輩，可否先讓在下見見那位姑娘，也許能……」

灰衣老人接道：「也許你能說服她是嗎？」

高萬成道：「在下只是希望那位姑娘能諒解世道人情，給敝門主一個時間，求得高堂允准，他們日後才能夠婆媳融洽，和好百年。」

灰衣老人道：「你不能見她，因爲，老夫無法預料你見到那位姑娘的後果。」

室中人都聽得心頭一震，目光轉注在王宜中的身上。

高萬成吁一口氣，道：「可是那位姑娘生得太醜嗎？」

灰衣老人搖搖頭，欲言又止。

高萬成道：「她是殘廢、白癡，或是瘋子？」

灰衣老人大聲說道：「老夫不知道。我不知道她是醜是美，但她至少沒有缺胳臂斷腿，

她說話聲音柔美，是老夫生平所聽到最好聽的聲音，如若她真的殘廢了，至多是瞎了一隻眼，或是少一個耳朵什麼的，但那不會影響到她什麼。就算她真的有什麼缺點，但她美妙的聲音，足夠補償她所有的缺陷了。」

他吼叫的有點失常，室中群豪也聽得相顧愕然。

仔細地想了想灰衣老人的話，高萬成很快地在心中理出一個輪廓，道：「老前輩不認識那位姑娘，至少你和她不很熟悉，是嗎？」

灰衣老人道：「爲什麼？」

高萬成道：「因爲，你只能聽她的聲音，不能見她的人，縱然是見了，也只是一個身影，無法看得清楚。」

灰衣老人道：「就算是吧！那又怎樣？」

高萬成笑一笑，道：「老前輩定和先門主一樣，欠了人家什麼，被逼來此作媒，是嗎？」

灰衣老人哼了一聲，未置可否。未置可否，就是承認。

高萬成道：「如是老前輩願意和金劍門交個朋友，金劍門願盡全力，助老前輩一臂之力，解決這件事。」

灰衣老人道：「不用了，老夫從不願受人幫助。」

高萬成道：「當然這有代價，我們助老前輩解決受人要脅之苦，就算補償先門主欠的一條命，我們收回字據，此後，各不相欠。」

灰衣老人道：「不行，老夫告辭了。三天後我帶新娘子來，你們準備喜宴，立刻成親，要不答應，那就喜事變喪事，禮堂變靈堂。」

王宜中神情有些木然，望望高萬成，又望望灰衣老人，道：「先生，要答應嗎？」

高萬成望了王宜中一眼，道：「老前輩既然如此堅持，門主就答應下來吧。」

高萬成道：「門主既然認下了先門主的舊帳，不答應也不成了。」

王宜中道：「應該答應，那就只好答應了。」

灰衣老人哈哈一笑，道：「咱們三日後見，老夫告辭了。」

一躍出室，順手抓住了兩個守在門口的木偶，第二次騰身飛起，一閃不見。

高萬成快步追出室門，高聲說道：「門主已和來人有約，任何人不得攔阻。」

語聲落口時，耳際間響起了一聲金鐵交鳴。

高萬成暗暗歎息一聲，忖道：「這老兒的輕身之術，似是已到了爐火純青之境，走得像一陣風似的，我已經傳諭夠快了，仍然是晚了一步，但願不要傷人才好。」

回頭看去，只見王宜中呆呆地坐著。他似是著了魔一般，瞪著眼，一語不發。

嚴照堂站守身側，也是默默無語。

高萬成緩步行了過來，低聲說道：「門主，咱們還有三天時間。」

王宜中長長吁一口氣，道：「不錯，咱們還有三天時間，應該好好的利用。先生，我如是不幸死了，什麼人該接我之位。」

高萬成道：「咱們金劍門沒有副門主，也不是隨便一個人都能接門主之位，如是金劍門門主人人可當，咱們也不會等候門主十七年了。」

王宜中道：「照先生的說法，我應該和他送來的人成親了。」

高萬成道：「情勢逼人，咱們沒有法子不答應，再說，門主已承諾在先，金劍門主身分，豈可輕易失信江湖。」

王宜中道：「先生的意思，要我委屈求全了。」

高萬成道：「求全，但不能委屈門主。」

王宜中苦笑一下，道：「你還有什麼良策？」

高萬成道：「屬下覺著有些奇怪，木偶主人，狂傲不可一世，爲什麼竟會爲人作媒。」

王宜中精神一振，道：「他受人逼迫。」

高萬成道：「什麼人？什麼方法？能夠逼使木偶主人就犯。」

王宜中道：「那老人武功既高，生性又極倔強，逼他就犯，不是容易的事。」

高萬成道：「最妙的是，他並不知曉那女子是誰？說他是作媒說合而來，倒不如說他是

挾恩求援。」

王宜中道：「我很爲難，如若這樣做對金劍門真的有利，也替先門主、我的義父清償了一筆債務，在我個人而言，也無可厚非，但我母親那一關，只怕是很難通過。」

高萬成道：「門主既有此念，事情就簡單多了，想法子先把夫人疏通一下，如若太夫人能夠同意，事情就少去了很多麻煩。」

王宜中道：「站在金劍門主的立場，我可以爲金劍門付出任何犧牲，但我母親不是金劍門中人，所以，這件事很難商量。」

高萬成輕輕咳了一聲，接道：「門主，我想明天去見老夫人，據實陳稟內情，不知門主意下如何？」

王宜中搖搖頭，道：「我想，先生先不要告訴我的母親，家慈極力反對我身入江湖，目下情勢變化，家慈已允准我身在金劍門中，此時此情，似乎不便再給她刺激，先拖它幾天再說，也許在這幾天之中會想出別的辦法。」

高萬成道：「門主說得是，反正還有三天時間，也許還有變化。」

嚴照堂低聲說道：「門主，這幾天，咱們是否要準備喜宴的事呢？」

王宜中道：「準備，不過，要機密一些，別讓家慈知道。」

高萬成道：「門主請好好休息一下，也許三日後，還得有一場搏鬥。」

王宜中道：「要門中劍士們都撤回來吧，他們也該好好地休息一下。」

高萬成應了一聲，傳下令諭。

三日時光中，王宜中雖然盡力保持著神情的平靜，但內心之中，卻有著無比的緊張。

前兩天，他一直留在母親身側，但王夫人卻似是變了一個人似的，根本不問金劍門中的事情。

王夫人的表現，使得王宜中安心了不少。

第三天，王宜中已無法再控制自己，神情間流現出焦灼、不安，獨自躲在書房中。

高萬成暗中下令，準備了喜宴、喜幛、對聯等結婚應用之物，但卻沒有佈置。

太陽下山了，仍不見木偶主人到來。

王宜中獨自坐在書房看書，用以掩飾內心中的緊張。

高萬成準備好了一切事情，緩步行到王宜中的書房中，低聲說道：「門主。」

王宜中內心中如坐針氈一般，但表面卻故作輕鬆地笑一笑，道：「怎麼？那木偶主人來了嗎？」

高萬成道：「如若他過了子時還不來，咱們自然可毀約，不過在下相信，木偶主人一定會在子時之前，趕到此地。」

語聲甫落，出山虎林宗已急步衝入書房，道：「那木偶主人到了。」

王宜中道：「幾個人？」

林宗道：「一個。」

王宜中站起身子，道：「現在何處？」

林宗還未及接言，嚴照堂陪著木偶主人，大步而入。

木偶主人仍穿著一身灰衣，神情間並無歡愉之色。

王宜中站起身子，輕輕咳了一聲，抱拳說道：「老前輩，一個人來的麼？」

木偶主人道：「怎麼，你喜歡老夫一個人來嗎？」

王宜中淡淡一笑，道：「老前輩如有需要金劍門效勞之處，王某人萬死不辭。」

木偶主人道：「不用，老夫一向不喜求人相助。」

王宜中只覺無話可說，拱手說道：「老前輩請坐。」

木偶主人搖搖頭，道：「你母親答應了這樁婚事嗎？」

王宜中道：「晚輩還未向家慈提過。」

木偶主人冷哼一聲，道：「那是你的事了，老夫也不願多問。現在，老夫想知道，你是否已有了決定？」

王宜中道：「那位新娘現在何處？」

木偶主人道：「就在附近，老夫來聽你的最後決定，如是不願做新郎官，老夫就割下你人頭帶走。」

目光一顧高萬成，接道：「你什麼也沒有準備，是嗎？」

高萬成道：「全都準備好了，一聲令下，半個時辰之內，可使整個宅院，洋溢喜氣，一片新婚景象。」

木偶主人抬頭望著王宜中，道：「娃兒你怎麼說？」

王宜中道：「晚輩既然答應過了，自然不會言而無信，不過，晚輩是希望先見見她，不知是否可以？」

木偶主人道：「可以，不過把時間拖延一些。」

王宜中接道：「拖到幾時？」

木偶主人道：「拜過天地，洞房花燭時刻，你可以揭去她的蓋頭。」

王宜中一皺眉頭，砰的一聲，坐在木椅上。

高萬成低聲說道：「老前輩既然堅持不允相見，是否可以透露一二內情呢？」

木偶主人道：「什麼內情？」

高萬成道：「譬如那女人長的如何？」

木偶主人道：「這個，老夫如何知……」說了一半，改口說道：「知道了也不能告訴你們。」望了高萬成一眼，道：「你們準備，一個時辰之內，老夫送她到此。」

高萬成道：「老前輩，今天太晚了，哪有夜裡成禮的，明天一早如何？」

木偶主人道：「不成。」語聲一頓，道：「現在，你準備，二更天行禮，三更之前進洞房。」

高萬成道：「老前輩，婚姻大事，豈同兒戲，禮之一道，不可擅變。老前輩，我看這件事，咱們還得從長計議。」

木偶主人道：「從長計議？老夫沒有這多閑工夫。一個時辰佈置不好，老夫就帶貴門主人頭走路，你高萬成也搭上一條命，算老夫收的利息。」

高萬成笑道：「老前輩，今個日子不好，犯五鬼鬧房，老前輩沒有瞧過黃曆麼？」

木偶主人冷冷喝道：「高萬成，你少給老夫磨蹭，今日就算八鬼鬧房，也非得行禮不可。」

王宜中劍眉聳動，俊目中冷芒電閃，霍然站起，

木偶主人冷笑一聲，道：「新娘送進房，媒人丟過牆，老夫只要看你們行過嘉禮，進入洞房，然後，老夫拍手就走。以後的事，老夫也不再管，你們夫妻百年好合也好，洞房反目也好，老夫不吃謝媒酒，也不再多管你的閒事，你算替朱崙還了一筆債，據老夫所知，朱崙一生

不欠人，老夫是一生中唯一的債主。」

王宜中搖搖頭，歎息一聲，道：「你明明有一肚子苦水，爲什麼不吐出來？」

木偶主人道：「那是老夫的事，用不著你們金劍門過問。我去帶新娘子來，先行告辭一步了。」飛身一躍，離廳而去。

王宜中回頭瞧瞧高萬成，道：「先生，現在應該如何？」

高萬成道：「咱們想得不錯，那木偶主人確然有著很深的痛苦，只是他不肯說。」

嚴照堂道：「那老頭兒自視極高，一次人已經覺著丟不起，不用再丟一次人，要咱們幫助他。」

王宜中道：「他這般固執己見，看來是很難合作的成了，應付目前之局，咱們應有對策。」

高萬成沉吟了一陣，道：「門主，辦法倒有一個，可解一時之急，不知門主是否願意？」

王宜中道：「什麼辦法，快些請說。」

高萬成道：「找一個人代門主和她拜堂。」

王宜中神情肅然地說道：「先門主的爲人如何？」

嚴照堂道：「一言九鼎，江湖上人人敬重。」

王宜中道：「這就是了。如是先門主有過背信的事，只怕也不會受到武林同道的敬重了。」

高萬成道：「門主的意思是……」

王宜中神情嚴肅地接道：「我認了。不論那結果是多麼痛苦，我王宜中個人事小，金劍門的聲譽重大，如若隨便找一個人，代王宜中和人家行了大禮，至少，此事將在我金劍門中留傳，我還有何顏統率金劍門中的劍士？」

高萬成、嚴照堂等都愣住了，只覺王宜中說得義正詞嚴，無可駁斥。

高萬成歎息一聲，道：「門主，屬下慚愧。」

王宜中道：「這和你無關，你已經盡了力，是咱們的對手太強，先門主欠下了這筆債，咱們更是應該償還。」

高萬成道：「太夫人方面，門主又如何交代？」

王宜中道：「我母親既已答應我身入江湖，她可能早想到江湖事千奇百怪，無所不有，我和她相處了兩天，她從未問過我金劍門中事，西門瑤這一番舉動，似乎是幫了我一個大忙，使我母親體會了她從未想到過的事。」

高萬成黯然說道：「門主，一個天降予大任的英雄，具有的氣度、胸懷，都非常人能夠及得，所以，有些人雖有著絕高的才智，但卻永遠不能領袖群倫，那就因爲他們天生不具有這等氣度。」

嚴照堂道：「門主這等一諾如山，不惜一賭今後數十年幸福的做法，必將爲我武林中留下了一段佳話，也將使金劍門中人，個個心生敬服。」

王宜中一揮手，道：「高先生，你去準備吧，婚典中應該用些什麼，不要有所缺失。」

高萬成道：「屬下明白。」舉步向外行去。

人多好辦事，高萬成一聲令下，不過半個時辰，整個的莊院，都佈置的花團錦簇，洋溢著一片喜氣。

王宜中望著那綵燈、紅幛，直有著驚心動魄的感覺。但他表面上，卻又不得不裝出一臉輕鬆的笑容。

很多的莊丁、僕婦，都被那綵燈、紅幛，點綴的滿臉春風，卻不知道誰是新郎。

四位護法、兩大劍士，都從那高萬成、嚴照堂口中知曉了原因，都被門主顧全大局的屈己犧牲精神所感動，洋溢喜氣，對他們全無感染，反而每個人都顯得十分沉重。

王宜中站在庭院中，仰望著滿天的繁星出神，他的心亂到了極點，想不出一個應付目前局勢的方法。

高萬成安排好所有的事務，緩步行了過來。

王宜中微微一笑，道：「先生，你是否覺著奇怪？」

高萬成道：「什麼事？」

王宜中道：「那位新娘子，會不會也和我們一樣的受人逼迫下嫁？」

高萬成雙目一亮，道：「這個，這個大有可能。」

王宜中道：「表面上看起來，似乎是一件很單純的事，但如仔細地想一想，中間卻複雜萬端。」

高萬成正待接口，一個劍士急急奔了過來，道：「新娘子來了，要門主親迎於大門之外。」

三十　朱崙遺書

王宜中點點頭，回顧了高萬成一眼，道：「先生，陪我去吧！」

高萬成道：「屬下應該。」

王宜中舉步向外行去，四大護法一直在暗中守護，王宜中一舉步，四大護法同時現身，林宗、劉坤搶先開道，嚴照堂和常順緊隨身後。

大門外高挑的兩盞綵燈之下，停著一輛篷車。黑色的布篷，密密圍起，無法瞧到車中景物。

木偶主人仍穿著一件灰色的長衫，肅立在篷車前頭，車轅上坐著一個趕車的半老徐娘。

在那個時代中，從沒有女人趕車，何況那趕車的婦人，還戴了一頭珠花，穿著一件大紅衣服，臉上還擦著一層脂粉。

夠了，只瞧那趕車的半老徐娘一眼，王宜中就不禁一皺眉頭，忖道：「有僕如此，主人也決不會高明。」

王宜中道：「是的，姑娘如是想聽實話，在下就據實而言了。」

新娘子道：「對我個人嗎？」

王宜中道：「對整個的這件事，那自然包括你姑娘在內了。」

新娘子黯然說道：「我應該是無辜的。」

王宜中冷笑一聲，道：「木偶主人受了一種壓力，無法自主，強來作此大媒，那不是來自姑娘你的壓力嗎？」

新娘子道：「你誤會了，我沒有做這種事。」

王宜中心中大奇，緩緩回頭，望了新娘子一眼，只見她端坐在床邊，蓋頭未去，雖然仍穿著寬大的新娘衣服，但仍可看出，她是屬於嬌小玲瓏一類的女人。

一雙透出衣袖外面的玉手，白的像雪一般，纖長的手指，給人一種靈巧的感覺。可惜，蓋頭掩去了她的面目。

忽然間，王宜中有一種奇怪的衝動，希望揭下她的蓋頭，瞧瞧她的面目，但他卻強制地忍了下去。

洞房中又沉寂下來。

良久之後，仍然是新娘子開了口，道：「你可是決定要休了我？」

王宜中微微一怔，道：「咱們還未成夫妻，我爲什麼要休了你？」

新娘子道：「但我已經嫁給了你，雖然洞房冰寒沒有夫妻之實，可是咱們已有了夫妻的名份，難道要我再去嫁人嗎？」

王宜中冷漠地笑一笑，道：「姑娘，我想咱們今後很難相處下去，與其彼此痛苦數十年，爲什麼不早一些，把事情說清楚呢？我被迫與你成親，既未得高堂同意，我們又素昧平生，想想看，你如何能過以後的日子？」

新娘子道：「只是爲了這些嗎？」

王宜中道：「難道還不夠？」

新娘子道：「我想這不是很大的難處，我自信能討取婆婆的歡心，也無意要你對我恩愛體貼，你可以整年不歸，在外面蓄養姬妾。」

王宜中接道：「姑娘你……」

新娘子接道：「我說的是由衷之言，你很需要我這麼一個人，照顧你的母親，你才能放開手腳，在外面逐鹿武林。」

語聲微微一頓，接道：「揭下我的蓋頭。」

王宜中緩緩向前行了兩步，歎息一聲，道：「姑娘，我不想侵犯到你，因爲，我不願承認這件事，雖然，已經成了事實。」

新娘子接道：「那你就不該和我交拜天地，既然已有了夫妻之名，不論你是否要我，但

揭下我的蓋頭，決不算侵犯於我。」

王宜中道：「你自己爲什麼不揭下來呢？」

新娘子道：「好像是千百年來，大都是由男人揭下新娘的蓋頭，你爲什麼一定要我揭？連這一點點的安慰，也難使人如願嗎？」

王宜中道：「好吧！在下話已經說清楚了，姑娘既然全無顧慮，在下就恭敬不如從命了。」

新娘子欠欠身，道：「多謝夫君。」

王宜中伸出手去，揭下了新娘子臉上的蓋頭。

燭火下，王宜中只覺著眼睛一亮。那是一位絕世無倫的美人，當真是芙蓉如面柳如眉，目似秋水膚似雪。

王宜中瞧得呆了一呆，長長歎了口氣。

新娘子笑了一笑，露出一口整齊細小的玉齒，道：「夫君。」

王宜中搖搖頭，接道：「別這樣叫我。」

新娘子輕移蓮步，倒了一杯香茗，道：「請喝杯茶。」

王宜中接過香茗，笑一笑，道：「姑娘，在下不明白。」

新娘子道：「什麼事？」

王宜中道：「姑娘貌美如花，何以會……」

新娘子笑一笑，接道：「謝謝夫君的誇獎，在夫君感覺之中，妾身是一位不堪入目的醜陋婦人，是嗎？」

王宜中哦了一聲，道：「這就有些奇怪了。」

新娘子搖搖頭，道：「他只能玩玩沒血沒肉的木偶，還不配擺佈賤妾。」

王宜中不承認也不否認，話題一轉，道：「爲什麼姑娘會聽憑那木偶主人的擺佈呢？」

新娘子道：「奇怪什麼？」

王宜中道：「聽姑娘的口氣，似乎是全然不把那木偶主人放在眼下。」

新娘子接道：「我們至少是互不相犯。」

王宜中道：「但姑娘的終身大事，卻斷送於木偶主人之手。」

新娘子道：「夫君似是很恨他？」

王宜中道：「談不上恨他，他手中持有先門主的遺書，逼債索命，在下如不答允這件婚事，他就要帶我的腦袋離去。因此，在下只好答應了，但你姑娘……」

新娘子接道：「夫君，可以改個稱呼嗎？」

王宜中道：「改什麼稱呼？」

新娘子道：「夫婦之間，哪有一口一個姑娘，豈不太過疏遠了。」

王宜中緩緩說道：「咱們先談談正經事，再論私情如何？」

新娘子笑一笑，道：「出嫁從夫，不論夫君要問什麼，只要我知道，我都會據實地回答你。」

王宜中聽她一口一個夫君，叫的有些張慌失措，皺皺眉頭，道：「你是否受人逼迫，下嫁於我？」

新娘子搖搖頭，道：「沒有，沒有人逼迫我。」

王宜中怔了一怔，道：「咱們沒有見過面吧？」

新娘子道：「沒有。」

王宜中道：「這就使在下有些糊塗了，既是素昧平生，姑娘爲什麼要那木偶主人作媒？」

新娘子道：「我也沒有請那木偶主人作媒，一切事，我都聽奶奶安排。」

王宜中道：「你沒有母親了？」

新娘子道：「沒有了母親，也沒有了爹，我從小就在奶奶扶養之下長大，什麼事，都由奶奶替我作主。」

王宜中搖搖頭，道：「但這一次，你祖母可能錯了。」

新娘子眨動了一下圓圓的大眼睛，一臉無邪的嬌稚，望著王宜中，道：「爲什麼？」

突然間，使王宜中興起了一種極大的不安之感，只覺此女嬌弱可愛，一片純真，使人不忍傷害到她。

歎口氣，道：「事情太過突然了，而且，咱們的婚姻，是被人逼出來的。」

新娘子幽幽說道：「要是真的如此，那也只怪我的命苦了。」

王宜中本來有很多很多的事情要問她，但見她一片天真嬌柔神態，覺著有些事問她也是白問，只好忍下，輕輕咳了一聲，道：「夜深了，你請早些安歇吧！」

新娘子茫然道：「你要到哪裡去？」

王宜中道：「書房，今晚上我要在書房中安歇。」

新娘子點點頭，道：「不論你要做什麼，我都應該依著你，對嗎？」

王宜中忽然間泛升起無限憐惜之心，覺著像她這樣千依百順，純潔無邪的女人，實在是無辜的。

但他強忍著，大踏步行出了新房，回頭帶上了房門，直奔書房而去。

他點起火燭，隨手取過一本書來看，但卻一個字也看不下去，索性合上書本，望著那熊熊的燭火出神。

突然間，響起了一陣輕微步履之聲，傳入耳際。

王宜中輕輕歎息一聲，道：「什麼人？」

室外響起了高萬成的聲音，道：「我。屬下是高……」

王宜中接道：「是高先生嗎？請進來吧！」

高萬成緩步行了進來，道：「門主在想什麼事情？」

王宜中道：「我在想咱們事先預料的事，一件也不對。」

高萬成緩緩在王宜中身側坐了下來，道：「門主又遇上了什麼意外的事？」

王宜中道：「關於那位新娘子。」

高萬成一怔，道：「新娘子怎麼樣？」

王宜中道：「很美麗。」

高萬成呆了一呆，道：「比起那位西門姑娘如何？」

王宜中道：「先生，我不知道如何拿兩人作比，兩人有很多不同之處，如若一定要打個比喻出來，春蘭、秋菊，各有所長。」

高萬成道：「有這等事？」

王宜中嗯了一聲，道：「還有一件事，更出了先生的意料之外。」

高萬成道：「什麼事？」

王宜中道：「那位姑娘很賢慧，賢慧的有些出人意料之外。」

高萬成道：「有些出乎常情嗎？」

王宜中道：「先生，閨房私語在下本來不應該說，但爲了讓先生多一些推斷的根據，在下想把新娘子一番話盡行奉告。」

當下把和那新娘子一番對話，盡都說了出來。

高萬成道：「太奇怪了，奇怪的有些不可思議。」

王宜中道：「先生，我瞧出她不是說謊的人，但我也不相信她的話。」

高萬成道：「這麼說來，問題在她老奶奶的身上了。」

王宜中道：「木偶主人是否能完全脫了干係？」

高萬成道：「事情愈出常情，其原因亦愈必離奇，屬下仔細想了想，覺著這件事情非同小可，幸好是門主把持得住。」

王宜中愣然說道：「你是說，他們對我個人有所謀算？」

高萬成道：「如若他們對金劍門有所圖謀，最好的辦法，就是先制服門主。」

王宜中道：「先生，我看得很仔細，她不像什麼壞人，而且也不像說謊的人。」

高成道：「她不用很奸詐、陰沉，只要她肯聽別人的話就行了。門主，屬下這次重入江湖，連番遇上了智力絕高的人，對很多事，屬下已不敢妄作斷言，所以，屬下願多提一點意見，供門主裁決。」

王宜中道：「細想此事，確然突兀，咱們自應從多方面推想，以便求證。」

高萬成道：「最可悲的一件事，就是那位新娘子並不知道，她來此的目的，也就是說，在一種極精密的策劃之下，她只是一個工具，可能也不知在受人利用。」

王宜中道：「哦！那的確可怕，咱們不論用什麼方法，都無法從她口中知道內情了。」

高萬成沉吟了一陣，道：「門主，就事論事，你不能永遠逃避下去。」

王宜中接道：「我知道，但我應該如何呢？」

高萬成道：「盡量應付她，看看能不能從她身上找出一些蛛絲馬跡。」

王宜中道：「這是一事，但另一件更重要的事，必需要做決定。」

高萬成道：「什麼事？」

王宜中道：「我要不要承認她妻子的身分，如是我承認了，是一種做法，如是心中不承認這件事，又是另一種做法了。」

突然間，七星劍張領剛急步行了過來。

王宜中一皺眉頭，道：「又有什麼事？」

張領剛道：「一個黑袍蒙面的人，求見門主。」

王宜中接道：「沒有問他姓名？」

張領剛道：「問了，但他不肯說，守衛劍士阻他不住，屬下親自趕去……」

高萬成接道：「你和他動手了？」

張領剛道：「屬下賭輸了，所以，特來請命定奪。門主新婚，屬下本不敢驚動，但獲得嚴護法見告，門主在此。」

高萬成接道：「你們怎麼一個賭法？」

張領剛道：「他一招不還，不用兵刃，躲過我三劍攻勢，我如能傷到他，他回頭就走，如是傷他不著，就帶他來見門主，屬下無能……」

高萬成道：「能接張兄三劍不還手的，武林中屈指可數，這人定非尋常人物了。」

王宜中道：「好！去帶他進來。」

張領剛欠身應命而去。

王宜中微微一笑，道：「事情來得很快，當真是一波未平，一波又起了。」

高萬成道：「天色未亮，好夢正甜，豈是拜會人的時刻，自是有爲而來的了。」

談話之間，張領剛已帶著一個全身黑袍罩、黑頭巾的人，急步行來。

王宜中站起身子，一抱拳，道：「朋友天色未明來訪，定有要事見教。」

黑袍人答非所問地道：「你怕不怕我？」

王宜中怔了一怔，笑道：「如是在下害怕，也不會請你朋友進來了。」

黑袍人道：「那很好。你既然不怕我，那就請屏退左右，我有要事奉告。」聲音沙啞，聽來極是刺耳。

王宜中沉吟了一陣，目光一掠高萬成和張領剛，道：「你們下去吧！」

黑袍人道：「如若你能叫他們走遠一些，聽不到咱們談話，我就取下蒙面黑巾，以真面目和你交談，你如是心裡有些害怕，要他們守在附近也行，我就這樣說完話，回頭就走。」

王宜中從來沒有聽過一個人說話的聲音那麼彆扭，似乎是用了很大的力氣，才發出聲音。

這就更引起了王宜中的好奇之心，提高了聲音，道：「你們走遠一些。」

高萬成、張領剛應了一聲，行向遠處。

黑衣人很守信用，一抬手取下了蒙面黑巾。燭火下，現出了一個嬌媚橫生的粉臉。

是西門瑤……

王宜中幾乎失聲大叫，但他忍住了，低聲說道：「是你！」

西門瑤笑一笑，道：「沒有想到吧！驚擾了你的洞房花燭，抱歉得很。」

她長長吁一口氣，不容王宜中有開口的機會，搶先接道：「我猶豫了一陣，但終於忍不住趕來了，想不到，就是晚了一陣工夫。」

王宜中道：「姑娘有什麼急事？」

請續看《神州豪俠傳》之四

臥龍生精品集 51

神州豪俠傳（三）

作者：臥龍生
發行人：陳曉林
出版所：風雲時代出版股份有限公司
地址：10576台北市民生東路五段178號7樓之3
電話：(02) 2756-0949
傳真：(02) 2765-3799
執行主編：劉宇青
美術設計：許惠芳
行銷企劃：林安莉
業務總監：張瑋鳳
封面原圖：明人入蹕圖（原圖爲國立故宮博物館典藏）

出版日期：2019年5月
版權授權：春秋出版社呂秦書
ISBN ：978-986-352-699-5
風雲書網：http://www.eastbooks.com.tw
官方部落格：http://eastbooks.pixnet.net/blog
Facebook：http://www.facebook.com/h7560949
E-mail：h7560949@ms15.hinet.net
劃撥帳號：12043291
戶名：風雲時代出版股份有限公司
風雲發行所：33373桃園市龜山區公西村2鄰復興街304巷96號
電話：(03) 318-1378
傳真：(03) 318-1378
法律顧問：永然法律事務所 李永然律師
北辰著作權事務所 蕭雄淋律師

行政院新聞局局版台業字第3595號 營利事業統一編號22759935

定價：240元

國家圖書館出版品預行編目資料

神州豪俠傳（三）／臥龍生著. --初版. 臺北市：
風雲時代，2019.04-　冊；公分

ISBN 978-986-352-699-5 （平裝）

857.9　　108003142